Thi Linh Nguyen | Alexander Oetker

Die Schuld, die uns verfolgt

Alexander Oetker
Thi Linh Nguyen

Die Schuld, die uns verfolgt

Kriminalroman

PIPER

Mehr über unsere Autorinnen, Autoren und Bücher:
www.piper.de

Wenn Ihnen dieser Kriminalroman gefallen hat, schreiben Sie uns unter Nennung des Titels »Die Schuld, die uns verfolgt« an *empfehlungen@piper.de*, und wir empfehlen Ihnen gerne vergleichbare Bücher.

ISBN 978-3-492-06401-9

Satz: Satz für Satz, Wangen im Allgäu
Gesetzt aus der Excelsior
Druck und Bindung: CPI Books GmbH, Leck
Printed in the EU

1

»Stefanie, siehst du nach den Kleinen? Ich habe noch ein Elterngespräch in der Cafeteria.«

»Klar, mach du dir mal wieder 'n lockeren Morgen.«

Gitta zog eine Augenbraue hoch, dann mussten sie beide fürchterlich lachen. Wenn Irene, ihre strenge Chefin, im Urlaub war, so wie diese Woche, dann konnten Gitta und sie die Dinge ein bisschen leichter nehmen.

Gitta, die stellvertretende Kitaleiterin, verschwand im Inneren des Sechzigerjahre-Betonklotzes und zog die Tür hinter sich zu. Stefanie sah ihr nach. Um sie herum lärmten die Kinder auf dem kleinen Spielplatz, der im Hof der Kita lag – Rutsche, Sandkasten, eine Tellerschaukel, um die sich immer alle stritten.

Ein Elterngespräch um halb acht Uhr morgens. Das konnte ja nur Ärger bedeuten. Wahrscheinlich wollte sich mal wieder eine Mutter beschweren, weil die Erzieherinnen ihre kleine Kröte nicht richtig gewickelt hatten. »Die Kacka war schon ganz fest«, sagten die Mütter dann mit gestrengem Blick, so als hätten die Mitarbeiterinnen der Kita einen Kot-Radar, der anzeigte, welcher ihrer dreißig Schützlinge die Buttermilch beim Mittagessen nicht gut vertragen hatte.

Und es wurde immer schlimmer. Nicht mit den Kindern, nein. Die waren wie die Kinder vor zwanzig Jahren auch: Sie wollten spielen, kuscheln, sich manchmal langweilen, viel lachen und sich gegenseitig Bausteine auf den Kopf hauen. Nur die Eltern wurden immer anstrengender. Mittlerweile hatten sie mehr Anmeldungen fürs vegetarische Mittagessen als fürs normale. »Nein, Theresa möchte die Bolognese mit Rindfleisch nicht mehr essen. Sie hat auch zu Hause entschieden, dass sie nur noch ein Ei pro Woche isst und die Hafermilch bevorzugt, und Fleisch bitte gar nicht mehr.«

Na klar hatte Theresa das alleine entschieden. Mit zweieinhalb Jahren.

Oder all die Halal-Kinder, die statt der Teewurst nur den Zucchiniaufstrich aufs Knäcke haben durften. Oder die Kinder, die nur koscher aßen und für deren Essen im Catering ein eigener Topf verwendet wurde, oder die … Ach, sie wusste doch auch nicht. Manchmal schüttelte sie noch abends den Kopf über den ganzen Wahnsinn.

»Carla, Ivy, Susi, streitet euch nicht um das Bobbycar, wechselt euch bitte ab«, rief sie. »Und Chris, zieh deine Jacke wieder an.«

Noch war die Luft kühl, doch der Tag sollte richtig heiß werden, hatten sie in den Sechs-Uhr-Nachrichten beim Berliner Rundfunk gesagt. Das erste Frühstück war gerade durch, die ersten Kinder versorgt, jene, deren Eltern früh zur Arbeit mussten und selbst keine Zeit für eine ordentliche Mahlzeit in der Früh hatten. Nachher, kurz vor dem Morgenkreis um neun, brachten die Eltern mit den einträglicheren Berufen ihre Kinder – die Anwälte oder Ärzte und die Väter mit *Projekten,* die irgendwas mit Film, Werbung oder ähnlichem Quatsch machten.

Früher waren die Kinder alle vor acht gekommen, doch seit der Kitaplatz- und Erziehermangel in der Stadt noch größer geworden war, mussten auch Hipster-Eltern wohl oder übel auf die Betreuungsplätze im Wedding ausweichen.

Bis zum zweiten Frühstück war freies Spielen im Garten angesagt, dann war Morgenkreis, und anschließend würde sie alle Kinder eincremen müssen, bevor die Sonne richtig rauskam. Das sollten die Eltern eigentlich schon zu Hause machen, aber wenn sie sich darauf verließ, hatte sie gegen Mittag ein paar kirschrote Racker durch den Garten flitzen.

Stefanie schnupperte einmal durch die Luft. Das war besser als jeder Kot-Radar. »Jerôme, hast du die Windel voll?«

Sie hob den kleinen Jungen mit den dichten schwarzen Locken hoch und roch an seinem Po. »Halleluja …«, entfuhr es ihr. »Na, dann wollen wir mal. Kinder, gleich machen wir zweites Frühstück. Alle schön hiergeblieben.«

Den kleinen Jerôme auf dem Arm, ging sie durch die Glastür ins Haus und legte das Kind vorsichtig auf die Wickelkommode. Der Kleine summte ein Lied.

»Gleich singen wir *Meine Hände sind verschwunden*, gleich geht's los, ja?« Jerôme gluckste vor Freude. Sie wischte ihm den Po sauber und trocknete ihn ab, dann nahm sie eine neue Windel, schmierte reichlich von der Pflegecreme, die sich die Eltern wünschten, weil er so schnell wund wurde, auf sein Hinterteil und machte den Body wieder zu.

»So, Abmarsch«, sagte sie und hob den kleinen Jungen von der Wickelkommode. Er flitzte los wie ein Derwisch.

Sie blickte kurz zur Cafeteria, in der Gitta lachend mit einer Mutter stand. Na, das schien doch kein Problemgespräch zu sein. Immerhin etwas. Sie trat durch die Glastür wieder hinaus in den Garten und sah, dass die Kinder schon im Kreis neben dem Sandkasten saßen. »Na, ihr seid ja lieb! So, dann kommt hier mal der Kasper.« Sie hob die kleine bunte Figur mit dem gelben Haar an. »Guten Morgen, liebe Kinder«, sagte sie mit verstellter Stimme in die Runde. Doch dann stutzte sie.

»War Emily nicht eben schon hier?« Es war eine rhetorische Frage, denn sie war sich ganz sicher: Eben hatte Emily noch mit den anderen Kindern gespielt. »Carla, ist Emily reingegangen? Ist sie drinnen pullern?«

Das kleine braunhaarige Mädchen sah sie ratlos an.

Stefanie stand wieder auf und ging hinein. Sie war noch ruhig, na klar, das hier war Routine. Sie blickte um die Ecke in die Garderobe, wo die Sonnenhüte und die Badehosen der Kinder hingen. Sie ging weiter und öffnete die Tür zu den Toiletten, hoffnungsvoll und doch schon mit einem leichten Anflug von Panik. Auch hier war das Kind nicht. Keine Emily, niemand.

Sie ging wieder hinaus. Spürte ihren Atem, merkte, wie ihr Herz ein wenig schneller schlug. Der Weg zum Zaun kam ihr lang vor. Sie blickte hinüber, nach links, nach rechts. Die Autos auf der Brunnenstraße rasten auf vier Spuren vorbei. Sie drehte sich wieder um, bemerkte die Blicke der Kinder auf sich. Auch sie spürten, dass etwas vor sich ging.

»Sagt mal, wo ist Emily? Habt ihr sie gesehen?«, fragte sie in die Runde und bemühte sich, ihre Stimme nicht zu laut werden zu lassen. Es misslang, sie klang fürchterlich schrill.

»Die ist abgeholt.« Der kleine Cornelius sah sie mit großen Augen an.

Sie machte einen Schritt auf ihn zu, fasste ihn am Arm. »Was erzählst du denn? Ihre Mama hat sie doch vorhin erst gebracht. Wer hat sie abgeholt?«

»Ein Mann, ein großer Mann.«

»Wo war ein großer Mann?«

Cornelius zeigte zum Zaun. »Er hat gewinke. Sie ist zu ihn gegangen.«

»Und dann? Was war …?«

»Er hat Emily hochgehoben.«

Ihr Herz setzte aus, sie war sich ganz sicher, dass sie jeden Moment umkippen würde. Doch sie blieb stehen. Ihr Puls schlug im Hals, in den Armen, in ihren Ohren rauschte es. Sie rannte zur Glastür.

»Gitta! Gitta, komm mal!«

»Gleich …«, ertönte die helle Stimme ihrer Kollegin aus der Cafeteria.

»Nein, jetzt!«, rief sie. »Emily ist verschwunden.«

2

Ihr Blick flirrte, die Schatten tanzten, bis alles verschwamm. Sie wischte sich über die Augen, weil der Schweiß darin brannte. Sie konnte ihren Fuß nicht ruhig auf der Kupplung lassen, sie nahm ihn nach links, auf die kleine Leiste im Fußraum, trat darauf herum, bis sie plötzlich bremsen musste, weil ihre Hände so zitterten, dass sie zu weit nach rechts geraten war. Die Reifen knirschten auf dem Kies des schmalen Seitenstreifens. Verdammt!

Sie lenkte den Wagen zurück auf die Fahrbahn, sah in den Rückspiegel. Kein anderes Auto weit und breit. Nur diese Weite. Rechts der blühende Raps wie ein gelbes Meer und über allem diese verfluchte Sonne, die die Landschaft so sorglos aussehen ließ, aber alles Schwindel. Sie kam sich verarscht vor von all dem Schönen ringsum, von der Sonne, von ihrem ganzen Leben. Am Wochenende, wenn sie Zeit hatte, dann goss es in Strömen, und heute, da sie hätte arbeiten müssen, brannte die Sonne vom Himmel.

Doch nun musste sie nicht mehr arbeiten. Alles war anders.

Zwei Windräder im Feld. Die Rotorblätter flappten,

und ihre Schatten flappten zeitgleich über die Erde. Dann endete das Feld, und Dunkelheit fiel auf den Wagen, der Wald begann, der endlose Kiefernwald. Unwillkürlich trat sie wieder auf die Bremse. Sie hatte erst vor vier Monaten in der Dämmerung ein kleines Wildschwein angefahren. Sie war kurz ausgestiegen und hatte in die offenen Augen des Tieres gesehen, das gar nicht wimmerte, wie sie es gedacht hätte, sondern ganz ruhig und schicksalsergeben dalag.

Sie war wieder eingestiegen, hatte zurückgesetzt und war dann im großen Bogen um das sterbende Tier herumgefahren. Was hätte sie schon machen können? Doch jetzt dachte sie jede Nacht an die leeren Augen und das leise, röchelnde Atmen des Tiers.

Die Seitenpoller rasten vorbei, hundert Meter, noch mal hundert Meter. Und wenn noch tausend von ihnen vorbeifliegen würden – wie sollte sie eine Lösung finden?

Sie hasste das alles. Diesen Wald, diese Einsamkeit. Ihr beschissenes Leben.

Verdammt, der Schweiß lief ihr Gesicht hinab und brannte. Sie konnte kaum noch die Straße sehen, weil Tränen ihren Blick verschmierten. Sie fasste sich wieder in die Augen, dabei wusste sie, dass es alles nur noch schlimmer machen würde. Aber so war es immer bei ihr: Sie wusste, wie es enden würde, und machte trotzdem immer genau den gleichen Scheiß.

Ihr Atem ging flach. Sie verspürte den Drang, rechts ranzufahren und zu kotzen, aber sie konnte nicht, weil ihr die Angst die Kehle zuschnürte. Nur in Bewegung bleiben, nur in Bewegung bleiben.

Hörte dieser verdammte Wald denn nie auf?

Der Motor brummte, sie spürte die Kraft des Wagens,

im Radio dudelte irgendein Song, das Beste der Achtziger, Neunziger und der verfluchten Zweitausender, sie dachte, sie hätte es längst ausgestellt.

Ihr war übel, so übel. Während ihr Kopf glühte, schien in ihrem Bauch ein riesiger Eisklumpen zu stecken. Die Kälte kroch ihr durch den ganzen Körper, den Rücken hinab, sie schüttelte sich, als wäre ein unsichtbarer Geist hinter ihr. Sie lenkte nach rechts, sie musste jetzt doch ranfahren. Im selben Moment sah sie die Lichtung, dort vorne, das kleine gelbe Schild, viereckig, sie hielt das Lenkrad umklammert, blieb auf der Straße, gerade so. Sie kam näher, *Flecken-Zechlin* stand da, sie wusste es, und dennoch war es für sie, als erblickte sie es zum ersten Mal.

Die Reifen schlugen hart auf dem Kopfsteinpflaster auf, sodass sie im Wagen einen Satz auf ihrem Sitz machte. Dann spürte sie, wie sie ganz ruhig wurde. Wie sie auf einmal wusste, was zu tun war. Etwas in ihrer Kehle löste sich, ein Kloß, sie spürte, wie das Adrenalin anstieg, und in dem Rhythmus, mit dem es durch ihre Adern pulsierte, kehrten ihre Lebensgeister zurück. Und ihre Wut. Die Angst pulsierte immer noch, klar, aber die Wut war jetzt stärker, größer, wie ein Herbststurm nach einem langen Sommer.

Sie fuhr durch das Dorf, betrachtete die kleinen, niedrigen Häuser mit dem grauen Putz, zwischendrin stand auch immer mal wieder eine Stadtvilla, die sich diese Leute gebaut hatten, die ohnehin nie da waren, weil sie ja arbeiten mussten, um das Geld für diesen schönen Schein ranzuschaffen.

In der Mitte des Dorfes, an der Kreuzung, von der es links ab nach Wittstock ging, stand auf der rechten Seite das Haus, zu dem sie wollte. Zwei Geschosse, oben war eine Wohnung. Sie schien schon länger leer zu stehen. Die Gardinen sahen speckig aus, jemand hatte Fensterbilder an die staubigen Scheiben geklebt. Es gab ihr einen Stich. Unten aber war das verhangene Schaufenster und die Tür. Mit dem S darüber. Ein rotes S mit rotem Punkt.

Sie hielt in einiger Entfernung und trank einen Schluck aus ihrer Plastikflasche mit diesem komischen Wasser mit Kirschgeschmack, das sie sich angewöhnt hatte, weil sie von Red Bull wegkommen wollte. Beim ersten Mal hatte es schrecklich geschmeckt, aber jetzt war sie süchtig danach. Sie schraubte die Flasche zu und beugte sich hinüber zum Handschuhfach. Es klickte, und dann lag da die Knarre, schwarz und glänzend. Ihr Schutz, den sie noch nie gebraucht hatte. Bis heute. Als hätte sie geahnt, dass dieser Tag kommen würde.

Sie steckte die Pistole unter ihrem T-Shirt in den Hosenbund, was überflüssig war, weil ohnehin niemand auf der Hauptstraße unterwegs war. Dann stieg sie aus und trat auf den Bürgersteig, der aus losen Feldsteinen zusammengesetzt war. Sie spürte die Huckel unter ihren Füßen. Endlich spürte sie wieder etwas. Hier und jetzt. Hier und jetzt.

Sie fasste sich an den Kopf. Sie war echt zu dämlich. Mühsam kletterte sie wieder in den Transporter. Noch einmal das Handschuhfach. Sie hatte die schwarze Strumpfmaske vorhin nur aus dem Augenwinkel wahrgenommen. Der Kollege trug sie immer unter dem Helm, wenn er mit dem Motorrad zur Arbeit fuhr. Er musste sie vergessen haben. Sie nahm sie an sich und stieg wieder aus. Die Hauptstraße war menschenleer.

Sie betrat das Gebäude durch die Glastür, es gab den

Gong, der einen Besucher ankündigte, dann schloss sich die Tür hinter ihr.

Wäre in diesem Moment jemand auf der Friedensstraße von Flecken-Zechlin entlanggegangen, hätte er zuerst einen Schuss gehört und dann einen Schrei, der die vor Hitze trägen Vögel in den Bäumen aufscheuchte.

3

»Sie wollen das *Junge Konto* eröffnen?«

Die Frau mit den hellrot gefärbten Haaren nickte heftig. *Frau,* dachte Tina Kaminske. Das stimmte doch gar nicht. Hinter dem Tresen stand ein Mädchen, ein hochschwangeres Mädchen genauer gesagt, das sie mit einer Mischung aus unsicherem Stolz und schlecht verstecktem Zweifel ansah.

Hinter ihr stand ein Mann mit verschwitztem T-Shirt, zerrissener Jeans und einem tief in die Stirn gezogenen Basecap, der blass aussah und dessen unreine Haut ihr einen Schauder über den Rücken jagte. Sie kannte beide vom Sehen, der Kerl machte irgendwas bei der Gemeinde und war älter, als er aussah. Die Teeniemutter war aus einer der kleinen Siedlungen im Wald, die aus drei Häusern und einer Bushaltestelle bestanden. Schon vor acht oder neun Jahren hätte Tina Kaminske auf genau diesen Fortgang der Ereignisse gewettet, damals war das Mädchen höchstens zehn und lief rauchend im Arm eines Jungen durchs Dorf.

»Haben Sie denn einen Termin?«, fragte Tina Kaminske. Sie siezte, wen sie nicht genau kannte, schließlich war sie Bankkauffrau.

Diesmal flogen die hellroten Haare von links nach rechts.

Einen Termin!, dachte Sarah Krämer. Sie hatte es Benny doch gesagt. Sie hätten einen Termin gebraucht. Da kann man sich nicht einfach morgens entscheiden und herkommen. Andererseits: Das hier war eine Sparkasse, und sie brauchte ein Konto. Wofür sollte sie denn einen Termin brauchen? Sollte die Tante am Empfang ihr doch gleich sagen, dass sie Mädels ohne Job und mit Baby im Bauch kein Konto gaben – dann könnte sie sich den ganzen Quatsch sparen. Aber sie brauchte nun mal ein Konto, schon fürs Kindergeld, was sie bald kriegen würde. Dann gleich zweimal. Für sich selbst. Und für den Wurm in ihrem Bauch. Benny sei Dank.

Wie sie es hasste, wenn man sie so musterte, wie diese Frau hinter dem Schalter es tat. Da lag alles drin in diesem Blick: Die Frau schaute so, als hätte sie die Klugheit mit Löffeln gefressen, als könnte sie sich über sie erheben. Teeniemutter, pah!, dachte die bestimmt. Hinzu kam das Wissen, dass dieses künftige Konto stets so gut wie leer sein würde, bei null oder knapp darüber – und zwar nur deshalb, weil die Sparkasse einer jungen arbeitslosen Mutter nie im Leben einen Dispo einräumen würde. Und dann war da noch Mitleid in diesem Blick. Mitleid. Das war das Schlimmste.

»Hm, unser Filialleiter telefoniert noch. Er ist nur zweimal die Woche hier, wissen Sie? Und er kümmert sich persönlich um die Kontoeröffnungen. Aber wenn er fertig ist, dann frage ich, ob er Sie zwischenschiebt, in Ordnung? Wollen Sie sich so lange dort hinsetzen? Gibt zwar nur einen Stuhl, aber Ihr Freund kann ja stehen.«

Sarah wandte sich um und erblickte den Holzstuhl in der Ecke neben der Tür. Auf einmal fand sie die Frau gar nicht mehr so schlimm.

»Sie brauchen sich nicht so viel Mühe geben beim Unterschreiben, Frau Müller. Ich sehe doch, dass Sie es sind. Nachname reicht.«

Tina Kaminske lächelte die alte Frau an, die am Nachbarschalter damit beschäftigt war, Formulare auszufüllen. Sie musste sich zusammenreißen, um der Dame nicht den Stift aus den zittrigen Fingern zu nehmen, mit dem sie, auf ihren Rollator gestützt, ihren vollen Namen schrieb, so ordentlich, wie sie glaubte, dass es in einer Bank nötig war. Dabei war Henriette Müller einundneunzig Jahre alt und würde sicher nicht versuchen, die Sparkasse Ostprignitz-Ruppin zu betrügen – dessen war sich Tina Kaminske absolut sicher. Sie hatte Frau Müller schon durchs Dorf spazieren sehen, als sie selbst noch als kleines Mädchen auf ihrem Klapprad herumgefahren war.

»Darf ich die Überweisung schon haben? Danke …« Sie nahm das Formular entgegen. Zwanzig Euro für *Vier Pfoten* las sie, wieder einmal eine alte Dame, der die Fotos von den traurig blickenden Hunden auf den Werbebroschüren so zugesetzt hatten, dass sie ihr Geld dafür einsetzte, den Tieren zu helfen.

»Und dann würde ich noch siebzig Euro mitnehmen«, sagte Henriette Müller. »Können Sie es etwas kleiner machen?«

»Natürlich, Frau Müller«, sagte Tina Kaminske und tippte auf der Tastatur des Computers herum. »Ein Zwanziger und der Rest in Zehnern?«

»Genau, junge Frau.«

Siebzig Euro. Jede Woche am Montag hob Henriette Müller genau siebzig Euro ab. Damit würde sie über die Woche kommen. Das passte genau für den Einkauf im *Nahkauf:* zwei Packungen Toastbrot, drei Gurken, ein Stück Butter, zweimal H-Milch, eine Dose Königsberger Klopse, eine kleine Flasche Eierlikör, ein bisschen Aufschnitt aus der Frischetheke und das Thüringer Pflaumenmus, das sie seit 1970 aß. Nach der Wende hatte sie es nur einmal gegen das von Zentis ausgetauscht, aber das hatte ihr gar nicht geschmeckt. Viel zu süß, keine Stückchen. Leer gegessen hatte sie das Glas trotzdem.

Das Mittagessen brachte der Fahrer vom Menüservice. Mehr gab es eigentlich nicht zu bezahlen. Bis auf die fünf Euro, die sie der Pflegerin zusteckte, die immer am Donnerstag kam, um einmal durchzusaugen und das Bad zu wischen. Die verdiente so wenig Geld, die freute sich über jeden Euro. Henriette Müller hingegen hatte mehr, als sie zum Leben brauchte – ihre eigene Rente und die Witwenrente für ihren Gerhard, der vor vierundzwanzig Jahren gestorben war. Als Vorarbeiter in einer Leiterfabrik hatte er immer gut verdient. Seine Kriegsversehrtenrente bekam sie auch noch. Viel mehr Geld, als sie brauchte, so war es. Wenn sie doch nur etwas damit anzufangen wüsste.

Eine Stimme riss sie aus ihren Gedanken und ließ sie

zusammenzucken, obwohl sie eigentlich schwer hörte. Aber dieses dumme Weib hörte sie. »Guten Morgen, liebe Frau Kaminske! Oh, und guten Morgen, liebe Frau Müller.«

Henriette Müller drehte sich nicht um und sah erst auf, als die Dame in dem dunkelblauen Kostüm neben ihr stand und zu ihr herunterschaute. *Dame* – pah, so sah die sich sicher selbst, in diesem Designerfummel! Und dazu auch noch eine riesige Sonnenbrille, die sie sich in ihr auftoupiertes, aber viel zu dünnes Haar gesteckt hatte. Eine Dame war die ganz und gar nicht!

Henriette Müller kannte sie noch als picklige Teenagerin, die sich vor der Wende immer aufgespielt hatte, weil ihr Vater der Bürgermeister gewesen war und der finsterste Stasi-Knecht, den es im ganzen Ruppiner Land gegeben hatte. Nach der Wende war seine Macht schneller weg gewesen, als er BRD sagen konnte. Das hatten zumindest alle im Dorf gedacht. Doch es war anders gekommen. Er hatte sich nur gut geduckt und gewartet, bis die Entstasifizierungswelle über ihn hinweggerollt war. Als niemand mehr darüber sprach, hatte er so viel Geld und neue Weggefährten eingesammelt, dass er einfach weitermachen konnte wie vorher. Bis ihn ein Herzinfarkt am Steuer an eine alte Kastanie gesemmelt hatte. Die arme Kastanie.

Schon eine Woche später hatte seine Tochter seinen Posten übernommen. Nun war Janine Kukrowski die Ortsteilbürgermeisterin von Flecken-Zechlin.

❖

»Morgen, Frau Kukrowski! Ich mache nur noch Frau Müllers Überweisungen fertig, dann bin ich gleich für Sie da, in Ordnung?«

»Ja, lassen Sie sich Zeit«, antwortete die Ortsteilbürgermeisterin, aber in ihrer Stimme schwang noch eine andere Aussage mit: *Aber nicht zu viel. Schließlich bin ich eine Frau mit Terminen, während die Alte nur noch eine Empfängerin sozialer Leistungen ist.*

Tina Kaminske konnte die Kukrowski auf den Tod nicht ausstehen. Gewählt hatte sie sie trotzdem vor zwei Jahren, schon zum dritten Mal. Stand ja kein anderer auf dem Zettel. Wer wollte diesen undankbaren Job auch machen? Kaum Geld und dafür stundenlange Sitzungen, ständig Streit mit den Gemeindevertretern und dazu noch diese schrecklichen Bürgersprechstunden. Das konnte man nur aushalten, wenn man einen Mann hatte, der gut verdiente. Dann ließ sich entspannt Hof halten in dem winzigen Rathaus gegenüber der Kirche und nach Feierabend im riesigen Audi Q5 durch die Ortsteile juckeln.

»Ach, ich hab mich verschrieben«, sagte Henriette Müller und stöhnte.

»Lassen Sie mich sehen, das geht bestimmt.«

»Nein, nein, ich mache es noch mal«, antwortete die alte Dame in einem Ton, der Tina Kaminske befahl, sich wirklich nicht einzumischen.

»Gut, dann, Frau Kukrowski, was kann ich für Sie tun?«

»Ich würde gern den Chef sprechen.«

»In welcher Sache?«

»Das muss ich mit ihm besprechen, wie gesagt.«

»In Ordnung. Haben Sie einen Termin?«

»Er wird wohl Zeit haben«, antwortete die Bürgermeisterin schnippisch.

Tina Kaminske sah auf den Bildschirm ihres Rechners, als stünde dort eine schlagfertige Antwort. Dann blickte sie mit einem Lächeln wieder auf. »Nun, dann müssen Sie sich etwas gedulden. Diese Dame dort möchte ein Konto eröffnen – und sie hat einen Termin.«

Janine Kukrowski blickte sich genervt um, sah die schwangere Jugendliche und murrte etwas in sich hinein, das wie »unerhört« klang.

Tina Kaminske tauschte einen Blick mit Sarah Krämer aus, ein Zeichen leisen Einverständnisses, als die Türglocke erneut anschlug.

4

Es war, als hätten sich alle Köpfe gleichzeitig zum Eingang gewandt. Vielleicht, weil von draußen ein Schwall drückend warmer Luft in die Sparkasse wehte. Vielleicht war es auch die unheilvolle Energie, die in diesem Moment in den stickigen Raum gespült wurde. Jedenfalls sahen sie alle auf und erblickten die Person mit der schwarzen Strumpfmaske, und alle bis auf die sehr alterskurzsichtige Frau Müller sahen auch das schwarze, glänzende Etwas, das die maskierte Person in der Hand hielt.

Tina Kaminske schoss ein Gedanke durch den Kopf: »Ach du Scheiße!« Nein, sie hatte es nicht gedacht, sie hatte es sogar gesagt. Nicht schon wieder!, das dachte sie gleich darauf.

Und dann ging auch noch die Nebentür auf, der Filialleiter trat pfeifend in den Hauptraum. Eine weibliche Stimme rief: »Legt euch auf den Boden, mit dem Bauch zuerst! Du auch, Oma. Das ist ein Überfall.«

Es gab im Leben eines Sparkassen-Filialleiters nur wenige Dinge, die man fürchten musste: Eine zu genaue Kontrolle des Finanzamtes, weil immer irgendein Schlamper die verschiedenen Steuersätze nicht genau in den PC eingab. Oder einen Stresstest von der europäischen Finanzaufsicht, der am Ende sogar noch in der winzigsten Filiale im Landkreis Ostprignitz-Ruppin zu spüren war, weil auf einmal nicht genug Eigenkapital vorhanden war, um auch noch dem allerletzten Tischler ohne Businessplan und mit Altschulden einen Kredit zu geben.

Der Albtraum jedes Sparkassen-Filialleiters aber war ein sonniger Morgen, an dem irgendjemand mit Strumpfmaske überm Kopf die Bank stürmte und allen befahl, sich auf den Boden zu legen.

Ihm, Björn Seelinger, war das noch nie passiert, was insofern kein Wunder war, weil er bislang nur in solchen Filialen gearbeitet hatte, in denen sich nicht mal am Monatsersten ein Überfall lohnte.

Nein, er war kein Held, ganz und gar nicht, und er wollte auch keiner sein. Als er im Türrahmen stehen blieb und die maskierte Frau sah, die ihn aus ihren dunklen Augen bedrohlich anfunkelte, da wäre er am liebsten im Erdboden versunken. Er war neunundzwanzig Jahre alt, Herrgott, er wollte doch nicht hier sterben, in diesem Kaff, so weit weg von zu Hause! Panisch blickte er sich nach weiteren Bankräubern um, aber da war nur sie. Er sah, wie sich die Kaminske auf den Boden legte, neben ihr lag eine schwangere Frau auf der Seite; er sah, wie die Räuberin mit der Waffe herumfuchtelte. Ihr Mund bewegte sich, aber er hörte sie nicht. Es war alles wie hinter einem Vorhang.

Er war kein Held, und doch handelte er. Es war, als

wäre er im Autopilot-Modus: Direkt unter dem Lichtschalter war der Alarmknopf. Björn Seelinger wusste es, weil er die beiden Schalter schon fünfmal verwechselt und jedes Mal einen Anschiss vom Regionalleiter bekommen hatte für den Fehlalarm. Unter dem Lichtschalter jedenfalls befand sich der Alarmknopf, und ihm schien, als würde eine unsichtbare Kraft seine Hand heben.

»Hinlegen, du Kasper!«, schrie sie und spürte, wie die schweißnasse Maske an ihrem Gesicht klebte. Doch als sie sah, dass sich seine Hand zum Schalter hob, wusste sie schon, dass es zu spät war, dass sie sich wieder zu blöd angestellt hatte, und die Pistole in ihrer Hand zitterte.

Der Typ mit dem grauen Anzug und der roten Krawatte schaute ihr nicht ins Gesicht, er konnte nur die Waffe ansehen, und dann klickte es. Er hatte den Alarm gedrückt – und nichts geschah.

Keine Sirene, wie sie es sich ausgemalt hatte, keine Gitter, die automatisch runtergelassen wurden.

Und doch war alles zu spät, denn sie zuckte trotzdem zusammen, und in diesem Moment löste sich der Schuss. Es knallte ohrenbetäubend, und der Typ im Anzug schrie auf und brach zusammen, und nun war nicht mehr nur seine Krawatte rot.

5

»Caro, nun komm schon, es gibt Frühstück!«

Linh-Thi Schmidt ließ ihrer Tochter gerne die zehn ungestörten Minuten am Morgen, zwischen Dusche und Klamottenauswahl, aber jetzt waren schon zwanzig Minuten verstrichen. Ein typischer Montag. Außerdem war sie nicht umsonst um sieben Uhr aufgestanden. Sie war stolz, dass sie sich durchgesetzt hatte und sie an zwei Tagen in der Woche vietnamesisches Frühstück aßen.

Wenigstens war Adam schon am Frühstückstisch, na ja, er saß zumindest auf seinem Stuhl. Richtig da aber war er nicht, bemerkte sie mit einem Blick in sein Gesicht, das abwesend wirkte, abwesend und verschlossen. Als wäre Adam tief in Gedanken versunken.

»Deutschlandfunk, die Presseschau. Zu der angekündigten Sozialreform findet die Stuttgarter Zeitung, die Kanzlerin betreibe Klientelpolitik …«

Für Adam war die Weltlage mittlerweile nur noch wie ein nicht enden wollender Verkehrsunfall. Er wollte nichts mehr davon wissen und konnte trotzdem nicht abschalten. Nicht wegsehen. Die Nachrichten am Morgen waren für ihn ein Ritual geworden, eine innere Bestätigung dafür, wie verkommen die Welt war.

»Morgen!«, murmelte Caro, während sie sich auf ihren Stuhl fallen ließ, die Augen auf das iPhone gerichtet.

Das Smartphone, ein Fehler zum elften Geburtstag, schwerwiegend, aber unvermeidlich. Ihre Klassenkameraden waren Carolin circa ein Jahr voraus gewesen, was die unnötige Unterstützung des Apple-Konzerns im Silicon Valley betraf.

»Guten Morgen, Liebste!«, sagte Linh-Thi und gab ihrer Tochter einen Kuss auf die Wange, welchen diese nicht mal richtig abwehrte, weil die Timeline bei Instagram allzu vollgeladen war mit den neuesten Wie-mache-ich-mein-Fitnessprogramm-und-ziehe-mir-währenddessen-die-Augenbrauen-nach-Tutorials.

Linh-Thi ging zum Herd und nahm die große Kelle, dann füllte sie aus zwei Töpfen die Bestandteile der Frühstücks-Pho zusammen: die Brühe, für die sie am Vorabend ein Huhn, Markknochen und Rinderbrust aufgesetzt hatte, und die Nudeln mit Ingwer und Sojasprossen, die sie heute früh frisch gekocht hatte. Sie gab noch etwas Koriander und geriebenes Zitronengras darauf und stellte die dampfenden Schüsseln vor Carolin und Adam auf den Tisch.

»Mhmm«, murmelte Carolin, und sogar Adam schloss für einen Moment die Augen, als er sich ganz nah über den Dampf beugte und den Duft inhalierte.

»Na, seht ihr, hat doch gar nicht so lange gedauert, bis ihr euch dran gewöhnt habt.«

Sie hatte ein Jahr diskutieren müssen, um ihren Mann und ihre Tochter von den Vorteilen der herzhaften warmen Frühstücksvariationen aus Fernost zu überzeugen. Carolin war allzu deutsch aufgewachsen, und auch Adams Familie hatte in der schlesischen Heimat höchstens mal eine mit Fett durchzogene Bratwurst und Ei als warmes Frühstück akzeptiert. Doch Linh konnte keinen Toast mit Marmelade mehr sehen – zumindest nicht *jeden* Morgen.

»Ist heute der Mathetest?«

»Nee, Frau Krüger hat uns bei WhatsApp geschrieben, dass sie krank ist. Wir schreiben erst Donnerstag.«

»Schon wieder krank?« Adam runzelte die Stirn. »Ach ja, ist ja Montag.«

Die Mathelehrerin war bekannt dafür, dass sie vor und nach Wochenenden und an Brückentagen oft vom Eintagefieber heimgesucht wurde. Dass sie den Schülern ihre Krankmeldung aber per WhatsApp mitteilte, darüber würde er wohl nie hinwegkommen. Schöne neue Welt.

»Okay, aber vergiss nicht, dass du heute Nachmittag Schwimmen hast, ja?«

»Jaa-aa, ich weiß.«

Linh musste grinsen, als sie sah, wie Caro sich, tief über die Schüssel gebeugt, mit den Stäbchen eine weitere Ladung Nudeln in den Mund schob.

»Ist superlecker«, sagte Adam und gab noch etwas von der Chilisoße auf sein Essen. »Sag mal, musst du gleich los? Ich würde gern noch etwas mit dir besprechen.«

Sie sah seinen Blick, die hellblauen Augen, die immer ein wenig feucht aussahen, und verstand. »Hm, ich fahre heute mit Brombowski die Hochstände ab, nachsehen, ob alles bereit ist für die Herbstjagden. Im August sind wir weg, und im September werden wir nicht mehr dazu kommen. Dafür kann ich aber auch ein wenig später los. Steht bei dir heute nichts an?«

»Nee, alles entspannt. Die Pitoli hat Bereitschaft.«

Also ein verlängerter Morgen. Er hatte so große Lust auf sie, dass er es kaum erwarten konnte, bis Caro in die Schule ging. Keine Frage, er liebte seine Tochter, auch wenn die Teenager-Manieren gerade richtig durchschlugen. Aber heute wünschte er sich, dass sie sofort das Haus verließ.

Vorhin, als er noch mit geschlossenen Augen in der blau-weiß gestreiften Bettwäsche gelegen und nach Linh gegriffen hatte, um sie an sich zu ziehen und dann total verschlafenen Sex mit ihr zu haben, musste er feststellen, dass das Bett auf ihrer Seite leer war. Richtig, es war Montag. Linh kochte.

Nun saß sie ihm gegenüber, sie trug zu ihrer Schlafshorts nur ein weißes Unterhemd, und er sah ihre kleinen Brüste, die sich durch den dünnen Stoff abzeichneten, und ihre dunkle Haut. Ihr Lächeln lockte ihn schon jetzt. Ja, das würde ein guter Morgen werden.

Das leise Klingeln kam aus dem Schlafzimmer. Linh-Thi bemerkte es als Erste. Ihr Blick suchte Adam, der es noch nicht wahrgenommen hatte, weil er gerade den letzten Kommentar der Presseschau hörte. Doch dann drang das sonore Dauerklingeln auch in seine Wirklichkeit. Er sah sie an und zog eine Augenbraue hoch.

»Zu früh, um gut zu sein«, sagte er, stand auf und ging rasch ins Schlafzimmer.

»KHK Schmidt?«

»Ich bin es.« Sandra Pitolis Stimme tonlos.

»Ja?« Er hätte gerne »Moin, was gibt's denn?« gefragt, aber sie klang zu erschrocken, obwohl sie eigentlich nicht zu erschrecken war. Das konnte nur eines bedeuten.

»Ein Kind ist verschwunden. Kita in der Brunnenstraße.« Kurze Pause, er hörte sie atmen. »Sie ist zwei.«

»Sieben Minuten«, sagte er. »Danke!« Dann legte er auf.

Aus der Küche drang das laute, melodische Klingeln von Linh-This Diensthandy an sein Ohr. Sie hob sofort ab.

Adam zog sich an, nahm die dunkle Anzughose und das schwarze Hemd aus dem Schrank. Die Lederschuhe durften es nicht sein, an so einem Tag würde er viele Kilometer zurücklegen. Seine Turnschuhe standen im Flur.

Als er in die Küche trat, telefonierte Linh noch immer.

»Was ist mit den Kräften aus Oranienburg?«, fragte Linh, während sie gedanklich alle Optionen durchging.

»Es gab 'nen großen Unfall aufm Berliner Ring. Sattelschlepper gegen Kleinwagen. Und die zwei Kripoeinheiten aus Neuruppin sind im Sondertraining in Potsdam.«

»Ach, komm, wirklich?«

»Wie mir scheint, sind wir beide erst mal auf uns allein gestellt. Aber ick fahr erst mal gucken, vielleicht is' ja auch nüscht. Du weißt ja, wenn die mit ihre nervösen Finger auf den stillen Alarm drücken …« Brombowski war wirklich durch nichts zu erschüttern. Seine Stimme kam so tief und brandenburgisch aus dem Hörer, als stünde er neben ihr.

»Aber möglich wär's. Monatserster, da haben die mehr Reserven.«

»Hab ick auch schon jedacht, aber keene Sorge, falls was is: Ick hab schon Alarm geschlagen. Die kommen alle, dauert halt nur.«

»Na, nach Flecken dauert's eh. Ich mach mich auf den Weg.«

»Ein Montagmorgen, wie er im Buche steht.«

»Bis gleich, Klaus!«

Sie legte auf und sah Adam an, der blass und starr vor ihr stand. Er hatte das schwarze Hemd an. Es durchfuhr sie.

»Was hast du?«, fragte sie und griff nach ihrer Kaffeetasse, weil sie irgendwas in der Hand halten wollte.

»Verschwundenes Kind. Du?«

»Stiller Alarm in einer Sparkasse. Brombowski ist auf dem Weg und sieht mal nach.«

»Oh, na hoffentlich ist das nichts Ernstes.«

»Kind geht vor. Du fährst. Ich bleib noch 'ne Minute mit Caro hier, und dann mach ich auch los.«

»Bis nachher, Schöne!«

»Bis heute Abend! Hoffentlich.«

Er öffnete den kleinen Tresor im Flur und blieb für einige Sekunden reglos davor stehen.

»Hey, Adam!« Er sah sie an, als hätte sie ihn aus einem tiefen Traum geholt. »Kriegst du das hin?«

Es schien, als müsste er überlegen, dann nickte er und murmelte: »Ja …« Schließlich nahm er das Holster mit der Pistole darin, schnallte es um und verließ die Wohnung. Noch Minuten nachdem sie ins Schloss gefallen war, konnte Linh-Thi Schmidt den Blick nicht von der Tür abwenden, durch die ihr Mann gerade verschwunden war.

25 JAHRE FRÜHER – 1997

Als sie noch jünger gewesen war, viel jünger als jetzt, da hatte sie oft stundenlang hier oben am Fenster gestanden und auf die Lichter unter sich gesehen. Auf die Lichter und auf die Bewegungen der Figuren und Fahrzeuge, die nur Ameisengröße hatten, wenn überhaupt. Alles sah aus wie eine Spielzeugwelt. Aus dem 17. Stock des Hochhauses in der Rhinstraße 21 sah die Welt aus wie ein aus Playmobil erbauter Ort. Die gelben Straßenbahnen der Linie 27 – eine fuhr in Richtung Endstation, eine in Richtung Innenstadt – begegneten sich gerade wie zwei Raupen. Daneben rasten die kleinen Autos vorbei wie Matchbox-Wagen, rot, blau, grau und schwarz; wenn's ganz bunt wurde, auch mal gelb oder pink. Sie stellte sich dann vor, wie die Fahrerin wohl aussah, die in so einem pinken Auto saß. Sie beobachtete die Fußgänger, die viel langsamer waren als die Fahrzeuge, aber von ihren Wegen abweichen konnten, weil sie weder die Straße noch die Schienen nutzen mussten – und doch taten sie es nicht, sie blieben brav auf den Bürgersteigen. Niemand schlug sich in die Büsche oder sprang oder rannte auf einmal los, wie sie es wohl gemacht hätte, wenn sie jetzt dort unten gewesen wäre. Sie gingen einfach brav im Schneckentempo ihrer Wege. Ganz anders als früher, in ihrer Playmobilwelt, mit der sie spielte, wenn sie mal nicht aus dem Fenster sah. Bei ihr rannten die Playmobilfiguren oft, sie sprangen wild herum, sie machten verrückte Sachen. Linhs Playmobilmenschen waren nicht sehr deutsch. In ihrer Spielzeugwelt lächelten auch alle. Die Müllfahrer, der Doktor in der Krankenstation, sogar die Polizisten. In ihrem echten Leben lächelten die Polizisten nie.

Das Sonnenlicht lief gerade wie ein gelbes Meer in die Häuserschluchten vor ihr, kam von rechts neben dem spitzen Fernsehturm, der alle drei Sekunden rot blinkte. Mama hatte es gut mit ihr gemeint, weil sie ihr und ihrem Bruder dieses Zimmer überlassen hatte, mit Blick auf Berlins Zentrum. Das Zimmer von Mama und Papa hingegen ging nach hinten raus, von dort sah man nur noch mehr Hochhäuser, hinter denen irgendwann die eintönigen Felder und Wälder begannen.

Sie aber, Linh-Thi, hatte immer auf den Fernsehturm schauen können, auf das Rote Rathaus, auf das Nikolaiviertel und die Kuppel des Berliner Doms. Sie hatte alle diese Gebäude benennen können, in bestem Deutsch natürlich, und dann hatte sie es Mama vorgesprochen, und Mama hatte versucht, die Wörter zu wiederholen, bis sie beide lachen mussten, weil Mama es so komisch gesagt hatte.

Alle fünf oder sechs Minuten war da auch ein Flugzeug. Je nachdem, wie der Wind an diesem Tag stand, setzte es gerade zur Landung auf dem Flughafen Tegel an oder schraubte sich hoch in die Luft, immer an ihrem Fenster vorbei, bevor es in eine scharfe Kurve ging. Entweder entfernte das Flugzeug sich in Richtung Westen, oder es flog über sie hinweg, genau über ihr Haus, dann bildete sie sich ein, es würde den Weg nach Hause einschlagen.

Nach Hause. Was wusste sie schon von ihrem Zuhause? Nur den Namen. Vietnam. Dort gewesen war sie noch nie. Zumindest konnte sie sich nicht erinnern. Sie war drei Monate alt, als ihre Mutter mit ihr und ihrem Bruder hergekommen war, dem Vater hinterher, der schon seit acht Jahren in Deutschland arbeitete und nur kurz nach Hause gekommen war, um sie zu zeugen, so schien es ihr heute.

Damals hatten Mama, Duc und sie nach der Ankunft in ein Heim gemusst. Zwei Jahre lang waren sie dortgeblieben, was für eine unvorstellbar lange Zeit. Hatten sich mit zwölf Leuten ein Zimmer geteilt, drei vietnamesische Familien, insgesamt sechs Kinder. Deshalb hatte Linh das gar nicht schlimm gefunden, auch wenn ihr die genauen Erinnerungen fehlten, sie war damals schließlich noch sehr klein gewesen. Sie erinnerte sich nur daran, dass es immer laut gewesen war, laut und fröhlich oder zumindest laut, und das war schön, weil sie niemals allein war.

Als sie dann in diese Wohnung gezogen waren, Rhinstraße 21, 17. Stock, war sie oft allein gewesen. Ihr Bruder Duc war viel älter als sie, er trieb sich draußen mit Freunden rum. Mama musste viel arbeiten, und Papa musste noch mehr arbeiten. Das sagte er zumindest immer, aber sie glaubte nicht, dass es wirklich stimmte. Doch wer würde Papa schon widersprechen? Mama sah jedenfalls immer erschöpfter aus als Papa, wenn sie am Abend heimkam, und Papa roch manchmal nach Schnaps. Mama roch nie nach Schnaps. Mama roch immer nach Plastik.

Bereits als Vierjährige hatte sie die Nachmittage nach der Kita allein zu Hause verbracht und war auch allein, als sie mit sieben Jahren, den Schlüssel an einem Band um den Hals, aus dem Hort nach Hause kam. Dann hatte sie entweder stundenlang am Fenster gestanden oder mit ihren Playmobilfiguren gespielt.

Irgendwann hatte sie entschieden, dass sie nicht mehr allein sein wollte. Da hatte sie sich im Hort einfach so viele Freunde gesucht, wie sie haben wollte, und hatte sich draußen herumgetrieben. Es war ihr nie schwergefallen, Freunde zu finden. Anderen zu gefallen. Sie war immer freundlich, das hatte sie von Mama gelernt.

Heute, sechs Jahre später, konnte sie den Moment am Fenster richtig genießen. Weil sie nicht mehr wartete, bis Mama oder Papa nach Hause kamen. Sondern weil sie endlich mal Zeit für sich hatte. Ganz kurz nur, bevor sie sich der nächsten Aufgabe widmen musste. Sie hatte zehn Minuten zum Einfach-mal-nur-Linh-Sein-und-aus-dem-Fenster-Sehen.

Jetzt war sie schon groß, kein Kind mehr, sondern ein erwachsenes Mitglied der Familie. Und ihre Familie arbeitete. Immer. Viel. Für einen Zweck: Geld. Geld anhäufen. Damit das größte Problem, die größte Sorge, endete: Armut.

Also arbeitete Linh. Sie konnte ihre ganze Welt von ihrem Fenster aus sehen. Dort unter den Bäumen, da lag die Kita, in die sie früher gegangen war. Sie sah die lustigen Bilder, die draußen auf die Wand gemalt waren: den Hasen und den Igel. Daneben stand ein größeres Haus. Auch ein Plattenbau. Aber nur mit vier Stockwerken und mit unzähligen Fenstern. Das war ihre Schule. Da arbeitete Linh jeden Vormittag. Damit sie klug wurde. Klüger als alle Nguyens vor ihr. Damit sie studieren und später viel Geld verdienen konnte. In einem ehrbaren Beruf.

Wenn sie aus der Schule kam, ging die Arbeit weiter: an den einen Tagen in dem kleinen Flachbau, der gegenüber der Waschanlage genau an der Rhinstraße lag. Linh hatte nie verstanden, warum an dieser lauten, achtspurigen Straße, auf der die Autos den ganzen Tag entlangrasten – morgens schnell rein in die Stadt und abends schnell wieder raus –, warum hier also Leute zu Fuß gingen und den kleinen Flachbau betraten.

Mama sah auf, wenn die Türglocke schlug, und sagte leise: »Morgen!« oder »Tag!« oder »Abend!«, je nach Tageszeit, mit ihrer hohen Stimme und in diesem komischen Singsang, weil sie in ihrem Leben sehr viel Vietnamesisch und nur sehr wenig Deutsch gesprochen hatte.

Sie ging zu der alten Dame oder zu dem Mann und fragte, welche Farbe sie wolle oder welche Größe er brauche, meistens sah sie es aber auch gleich. Und dann packte sie einen Pullover aus der Plastikfolie aus und hielt ihn der Frau an, oder sie führte den Mann zu den braunen Kunstlederschuhen und reichte ihm einen Karton.

Die Kunden probierten den Pullover oder die Schuhe an. Sie nickten, weil Mama immer recht hatte, und gaben ihr dann zehn oder zwanzig Mark. Manche diskutierten auch kurz, aber Mama schüttelte dann den Kopf und sagte in ihrem gebrochenen Deutsch: »Nein, geht nicht, ist guter Preis«, und dann zahlten die Leute den vollen Preis und gingen.

Seit sie zehn war, half Linh ihrer Mutter immer Dienstag und Donnerstag am Nachmittag, weil Donnerstag aus irgendeinem Grund die meisten Leute kamen, und Dienstag war das Geschäft auch immer gut. Sie packte dann die Pullover aus und hängte sie auf die Bügel und stellte die Schuhe wieder ordentlich hin, wenn ein Kunde sie verräumt hatte. Manchmal nähte sie auch Knöpfe an, wenn bei der Ware aus Polen mal wieder was abgefallen war.

Vom Fenster im 17. Stockwerk aus sah sie genau vor sich, was ihre Mama da unten gerade machte, weil sie es selber schon so oft gemacht hatte. Nur bei der Beratung der Kundschaft war ihre Mama einfach unschlagbar. Auch wenn Linh viel besser Deutsch sprach, wusste ihre Mama einfach tausendmal schneller, welche Farbe der alten Dame stand, die jede Woche vorbeikam, und welche Schuhe der Mann ohnehin nie kaufen würde, weil sie ihm zu elegant aussahen.

Wenn sie nicht bei ihrer Mutter in dem Flachbau war, der so dünne Wände hatte, dass der Wind an ihnen rüttelte, und bei dem die Scheiben klirrten, wenn ein schwerer Lkw vorbeirumpelte, dann war sie zweihundert Meter weiter stadtauswärts, in einem kleinen Verkaufsstand auf Rädern. Den sah sie, wenn sie ins Schlafzimmer ihrer Eltern ging oder aus dem Küchenfenster blickte.

Der Wagen stand genau am S-Bahnhof Springpfuhl, oben auf dem kleinen Platz vor den Treppen. Ein Wohnwagen also. Draußen abgeplatzte Farbe, darunter ziemlich rostiges Metall, eine hölzerne Theke und eine kleine Grillplatte für die Nudeln. Weiter hinten eine Fritteuse und der Reiskocher. Über der rechteckigen Öffnung, die sich über die ganze Seite zog, hing das gelbe Schild: *Asia Imbiss*. Links eine Tafel mit den Speisen. Viel Auswahl gab es nicht: *Chinapfanne mit Hackfleisch. Mit Hühnchen. Nur mit Gemüse* – wenn Kunden das bestellten, ärgerte sie sich immer, weil der Aufwand gleich groß war, es aber eine Mark weniger zu verdienen gab. *Mit Ente kross* – für die Reichen, was gut war, weil die Ente im Einkauf nicht viel teurer war als das Huhn. *Reis mit Huhn und rotem Curry und Gemüse* – ein Gericht, das niemand bestellte, aber Papa hatte es trotzdem mit auf die Tafel geschrieben, weil er irgendwas machen wollte, was der Küche in der Heimat nahekam. Wer hätte in Vietnam schon Chinapfanne bestellt?

Anfangs hatte Papa überlegt, noch Döner anzubieten, es dann aber doch gelassen, weil er den Geruch des billigen Fleisches nicht ertragen konnte. Nun war seit einem Jahr ein junger Türke mit seinem Dönerstand neben ihm auf dem Platz. Papa mochte Cetim, deshalb störte ihn der zweite Stand nicht. Bei den Getränkepreisen sprachen sie sich ab, damit niemand dem anderen die Säufer abjagte. So hatte Papa die Kunden, die gerne Berliner Pilsner aus der Flasche tranken und ab und an mal einen Pflaumenschnaps, und Cetim hatte die Kunden, die Kindl bevorzugten und ab und an mal einen Korn. Fünfzig-fünfzig – so blieb für jeden was übrig.

Linh half ihrem Vater immer mittwochs, freitags und samstags. Freitag ab dem späten Nachmittag hatten sie alle Hände voll zu tun. Erst kamen die Pendler, die aus der S-Bahn ausstiegen und schnell noch vier Gerichte mit nach Hause nahmen, als Einstand fürs Wochenende manchmal sogar mit Ente kross. Und dann, ab sieben, halb acht, kamen die jungen Leute, die vor dem Feiern noch schnell eine Chinapfanne bestellten, die sie dann auf dem Schoß in der S-Bahn als Grundlage aßen, damit sie nicht schon beim Vorglühen besoffen wurden, wie Papa immer sagte.

Am Samstag half Linh sogar den ganzen Tag. Da gab es die Kunden von der Waschstraße, die Kunden, die ihren

Wochenendeinkauf beim Aldi gemacht hatten, aber jetzt nicht mehr kochen wollten, und die Kunden, die immer samstags kamen. Nur am Sonntag war zu, wenigstens am Sonntagnachmittag. Und am Montag. Da hatte Linh frei – und Zeit für die Schularbeiten, zum Spielen, oder zum Aus-dem-Fenster-Sehen.

Zumindest bis sechs Uhr. Um sechs Uhr musste sie dann doch noch etwas machen: Abendessen für die Familie. Am Montagabend aßen sie alle zusammen. Und es gab mal nicht die übrig gebliebene Chinapfanne oder das ganze rote Curry, das wieder niemand bestellt hatte.

Nein, am Montag wurde richtig gekocht. Wenn Linh aus der Schule kam, setzte sie einen Topf mit Wasser auf, gab das vorbereitete Huhn und die Rinderknochen hinein, röstete eine Zwiebel an, wie Mama es ihr gezeigt hatte. Die braune Zwiebel gab sie zusammen mit Sternanis und Kreuzkümmel in die Brühe und ließ alles für mehrere Stunden kochen. Der Duft, der aus der Küche strömte, zeigte ihr an, dass das Essen fast fertig war.

Nun würde sie noch das Gemüse schneiden, bald die Nudeln dazugeben, und dann würde es heute Abend Pho geben. Endlich wieder Pho, das Nationalgericht ihrer Heimat, Pho mit Reisbandnudeln, heute zum Abendessen und morgen und übermorgen zum Frühstück, am Donnerstag sogar noch einmal mit Reis versetzt als Reissuppe. Einmal gekocht für vier verschiedene Mahlzeiten, das war doch was.

Essen würden sie irgendwann nach acht, wenn Mama ihren Laden im Flachbau verschlossen und Papa die Abendpendler versorgt hatte. Sie würden gesüßten Tee dazu trinken, Mama würde die Suppe mit vielen Worten loben und wenig davon essen, Papa würde nicht reden, sondern nur schlürfend seine Zustimmung kundtun. Sie würden zu dritt essen, bevor Mama zu Bett und Papa vor den Fernseher entschwinden würde. Eine große Schüssel Suppe aber würde auf dem Tisch stehen bleiben. Am nächsten Morgen wäre sie leer. Denn Linh-Thi schlief längst, wenn ihr Bruder Duc nachts nach Hause kam und hungrig die Suppe verschlang. Und wenn sie morgens zur Schule ging, schlief er noch tief und fest. Sie wäre so gern einmal in seinen Kopf geklettert, um zu erfahren, worüber er nachdachte und was er fühlte. Er sprach nicht mehr mit ihr, er sprach beinahe gar nicht mehr mit ihr. Früher hatten sie tagelang zusammen Quatsch gemacht. Heute war da nur eine bohrende Stille.

Duc.

Sie sah hinab auf ihre Welt. Unter sich sechzehn Etagen mit ein paar übrig gebliebenen Deutschen, den Alten, den Arbeitslosen und jeder Menge Familien aus aller Herren Länder, ein paar Pakistani, ein paar Eritreer, Türken, Libanesen, vor allem aber Menschen wie sie, Vietnamesen. Sonntags duftete es im ganzen Haus nach Pho und Harissa, und niemand wagte es hier, sie *Fidschis* zu nennen, dafür waren sie zu viele. *Fidschi*. Linh war sowieso noch nie so genannt worden. Sie wusste nicht, warum. Vielleicht hatten die Jungs zu viel Respekt vor ihr, weil sie immer mitkloppte, mitrannte, mitfeixte. Vielleicht war da auch noch etwas anderes, eine Stärke, ein ... Leuchten. Das sagte ihre Mama manchmal auf Vietnamesisch zu ihr: Linhi, du hast da was, so ein Leuchten. Linh bedeutete Frühling.

Sie war am ersten Tag des Frühlings geboren. So war ihre Welt eine, die ihr nichts Böses wollte, die sie geborgen hielt, so geborgen, wie sie es brauchte: Sie hatte die

Schule, den Bungalow, den Wohnwagen. All das kannte sie, und sie fühlte sich so, als könnte sie es auch beherrschen.

Nur wo Duc steckte, das wusste sie nie. Was trieb er? In der Schule hörte sie manchmal seinen Namen. Die größeren Schüler flüsterten ihn sich zu, Linh kam es vor wie ein Raunen. Sie hatte ihren Bruder mal danach gefragt, doch er hatte nur gelacht und gesagt: »Das verstehst du nicht, Schwesterherz.«

Duc half nie bei Mama und Papa mit, sie fragten ihn auch nicht. Irgendwie schien es, als wollten sie es nicht. Warum nur? Immer musste sie mithelfen. Das bisschen Freizeit, das ihr blieb, war so spärlich. Und er? Machte keinen Finger krumm – und niemanden scherte es.

Sie wusste nur, dass er irgendwo dort unten war. Auch heute Abend wieder. In den Häuserschluchten, zwischen der Rhinstraße und der Allee der Kosmonauten. Da gab es viele Vietnamesen, die vor dem großen Supermarkt standen – oder auf dem Parkplatz bei Möbel Höffner. Dort hatte sie Duc auch mal gesehen, mit anderen jungen Typen. Sie hatten alle stylische Klamotten getragen. Und einmal hatte sie ihren Bruder in einen schwarzen Mercedes steigen sehen. Er war aus einem der Hochhäuser gekommen, hatte ausgesehen wie ein Rockstar, eine Kippe im Mundwinkel, und er hatte gelacht, als er den Typen auf dem Fahrersitz begrüßte, einen kleinen Vietnamesen mit einer blond gefärbten Strähne im Haar. Hinten auf dem Rücksitz saß ein Mädchen, mit einem wilden Haarschnitt wie ein Gothic-Girl mit so einem schwarzen Pony, und sie hatte Duc zugelächelt, als fände sie ihn wahnsinnig toll.

Duc war wahnsinnig toll, da war sich Linh sicher.

Aber dass er ihr nicht sagte, was er da trieb, fand sie gar nicht toll.

Selbst wenn sie ihn hätte fragen wollen, sie sah ihn entweder schlafend – oder gar nicht mehr.

Und das machte ihr Angst.

6

Die Fahrzeit von der Schliemann- bis zur Brunnenstraße betrug nur sechs Minuten, wenn man aber die Schönhauser Allee querte, ohne anzuhalten, und mit dem Blaulicht auf dem Dach auf der Straßenbahnspur am Mauerpark vorbeischlitterte, dann schaffte man es auch in drei Minuten. Adam Schmidt riss das Lenkrad nach links, fuhr auf der Spur des Gegenverkehrs bis zur Kreuzung und zog dann, während alle anderen Fahrer in die Eisen gingen, straff nach rechts. Noch dreihundert Meter, zweihundert, einhundert, rechts der OBI, dann die Wohnblöcke, hoch und grau, und schließlich der Kita-Flachbau mit dem Spielplatz im sogenannten Vorgarten, der aber mehr Beton als echter Garten war.

Die Straße war schon abgesperrt, da standen drei Wannen, diese grün-weißen Mannschaftswagen der Bereitschaftspolizei, und zwei normale Streifenwagen, dahinter der zivile Daimler, mit dem Sandra Pitoli und ihr Kollege Kupferschmidt gekommen waren.

Der Kriminalhauptkommissar parkte trotzdem ordentlich auf dem Bürgersteig, atmete einmal tief durch und stieg erst dann aus. Jede Menge Absperrband, für normale Bürger war hier kein Durchkommen mehr, dafür aber hatten sich ein paar Nachbarn auf dem Gehsteig versammelt, den Blick in den Garten der Kita gerichtet.

Sandra Pitoli kam wie immer von irgendwoher, ohne dass er hätte zuordnen können, von wo genau. Sie war wie ein Phantom, aber sie tauchte immer im richtigen Moment auf. Zumindest an den guten Tagen. An den schlechten Tagen stand sie nur neben sich.

»Morgen, Chef!« Heute war ein guter Tag. »Wir halten es noch unter Verschluss. Wenn wir das über den Funk geben, dann haben wir in zehn Minuten die gesamte Klatschpresse Berlins auf dem Hof.«

Adam nickte. »Ich weiß gar nicht, ob das in diesem Fall so schlecht wäre.«

»Was meinst du?«

»Später«, sagte er leise. »Ich brauche mehr Informationen. Also: Wer ist weg und seit wann?«

»Emily Matysek. Zwei Jahre alt. Geboren am 24. Juli 2020. Wohnhaft Demminer Straße 8, gleich hier um die Ecke. Fehlt seit circa 7.25 Uhr. Anderthalb Stunden vorm Morgenkreis.«

Adam Schmidt sah auf die Uhr.

»Aber jetzt ist es bereits halb zehn. Das Kind ist seit zwei Stunden verschwunden, und wir fangen erst jetzt mit der Arbeit an? Wie kann das sein?«

»Na, das kannst du mal die Erzieherin fragen. Die drucksen rum, das ist echt unglaublich. Kein klares Wort, nur: *Wir waren uns nicht sicher, bla bla …*«

Er kratzte sich am Kopf, während er den Verkehr beobachtete, der auf der Brunnenstraße stadteinwärts glitt. Die Schutzpolizisten hatten die Gegenfahrbahn offen gelassen.

»Vielleicht ist es auch etwas ganz Unverfängliches?

Mama oder Papa haben sie abgeholt, weil sie einen Arzttermin vergessen haben? Passiert mir auch manchmal.«

Die Pitoli schüttelte so energisch den Kopf, dass ihr die schwarzen Haare ins Gesicht fielen. Gereizt strich sie sich eine Strähne hinters Ohr. »Ein Junge aus ihrer Gruppe sagt, dass Emily von einem Mann über den Zaun gehoben wurde. Dann sind die beiden verschwunden.«

»Emily ist zum Zaun gegangen? Warum? Und dann? Wo war denn die Erzieherin, verdammt?«

»Eine Erzieherin war im Elterngespräch, und ein Kind hatte in die Windel gemacht, deshalb waren die anderen Kinder draußen alleine. Am besten sprechen Sie selbst mit den Frauen, aber Sie werden es sehen, die beiden stehen völlig unter Schock.«

Adam schloss die Augen und knurrte in sich hinein. »So eine Scheiße … Haben wir die Eltern erreicht?«

»Die Erzieherinnen waren noch nicht in der Lage, uns die Nummer rauszusuchen.«

Adam sah auf seine Armbanduhr. Er hatte sich noch nicht daran gewöhnt, eine zu tragen, sie war ein Geschenk von Linh zu seinem 44. Geburtstag gewesen. Heute fühlte sie sich nützlich an. So, als würde sie die Zeit messen, die ihm noch blieb, um das Mädchen zu finden. »Gut, ich rede mit ihnen. Gehen wir rein.«

Sie gingen ein Stück, dann blieb er noch einmal stehen. »Okay, wir machen es so. Ich rufe die Mutter an. Wenn sie das Kind nicht abgeholt hat, dann gehst du sofort wieder raus und gibst über Funk die Vermisstenmeldung durch. Dann will ich hier den ganz großen Wind haben.«

»Wirklich, Chef?«

Adam nickte. »Druck, Druck, Druck. Wir brauchen Druck. Ich verstehe echt nicht, warum wir in Deutschland noch kein System für solche Entführungen haben. *Amber Alert,* wie in den USA, weißt du? Oder wie die *Alerte Enlevement* in Frankreich. Wenn da Kinder entführt werden, dann geht es richtig rund. Krach in allen Nachrichten, im Fernsehen, im Internet, im Radio. Nach zehn Minuten wird das Foto des Kindes einmal quer durchs Land gejagt, bis jeder sein Gesicht kennt. Und hier müssen wir jede Pups-Zeitung persönlich anrufen. Das geht so nicht – dafür haben wir keine Zeit!«

Sie wusste, was er meinte. Sie wusste es ganz genau. Polizeischule, drittes Semester. Bei einer Entführung, gerade bei Kindern, zählte jede Minute. Besonders wenn der Täter ein Fremder war. Vergingen nur Minuten, bis die Ermittlungen begannen, standen die Chancen gut, dass das Kind schnell und wohlbehalten gefunden wurde. Verstrichen hingegen die Stunden, ohne dass die Polizei eine Spur fand, wurde es von Minute zu Minute unwahrscheinlicher, das Kind noch lebend aufzuspüren. Je schneller die Beamten waren, je größer der Fahndungsdruck, desto größer die Überlebenschance. Sie mussten sich wirklich beeilen – sonst würden sie vielleicht nur noch Emilys Leiche finden, wenn überhaupt.

Aber Adam ahnte noch nicht, wie aufgelöst die beiden Frauen waren und wie sehr die Kinder ihre Angst spürten, so klein sie auch noch waren. Sandra jedoch wusste schon, dass die weit aufgerissenen Augen der Kleinen sie in den Schlaf verfolgen würden. Als die Kinder gesehen hatten, wie eine Armada von Uniformierten in die Kita gestürmt war, hatte sie den Schrecken gesehen, der den Kindern ins Gesicht geschrieben stand. Manchmal hasste sie ihren Job. Sie sah, dass Adam schon vorgegangen war, und riss sich zusammen. Schnell folgte sie ihm. Er war oft fieberhaft, aber so spannungsgeladen wie heute hatte sie ihn lange nicht mehr erlebt. Ein entführtes Kind. So durfte keine Woche beginnen. Überhaupt kein Tag. Niemals.

7

Die linke Spur mochte sie am liebsten. Doch nun, da sie ihr Blaulicht auf das Dach des alten Land Rover gesetzt hatte, ging sie die Tempobeschränkung von 130 km/h sowieso nichts mehr an. Sie raste gerade durch das Dreieck Havelland, die Sattelschlepper neben ihr nur langsame Schatten, als ihr Handy klingelte.

»Ja, Brombowski?«

»Sieht nicht gut aus.« Nun klang er doch erschüttert, für seine Verhältnisse zumindest.

»Kein Fehlalarm?«

»Die Jalousien sind heruntergelassen, und die Tür ist verriegelt. Ick hab mich nur einmal kurz rangeschlichen, aber ick wollte nicht klopfen oder so.«

»Gut, Klaus.«

»Hab drinnen anjerufen, hebt aber niemand ab.«

Die Gedanken in Linhs Kopf rasten. Das Thema Bankraub wurde auf der Polizeischule nur kurz behandelt, weil es so selten geworden war wie ein Scheckbetrug.

»Ich geh mal hintenrum und versuche, durch das Hoffenster zu sehen. Da ist das Büro des Filialleiters.«

»Nein, warte auf mich! Wenn ich mich beeile, bin ich in zwanzig Minuten da.« Fünfundzwanzig, aber das brauchte sie jetzt nicht zu erwähnen. »Bleib bei deinem Wagen. Bitte.«

Eigenschutz. Und Schutz der Menschen in der Bank. Die zwei goldenen Regeln.

»Halt alle auf, die in die Sparkasse wollen. Ich komme!«

Sie legte auf und wählte schnell die Nummer der Leitstelle in Oranienburg. Am Apparat meldete sich die vertraute Stimme der Disponentin, die immer anrief, wenn auf der B 96 mal wieder ein Auto gegen einen Baum gekracht war und die eigenen Streifenwagen alle unterwegs waren.

»Veronika? Hier ist Linh.«

»Hi, meine Liebe. Alles ruhig in Rheinsberg?«

»In Rheinsberg schon. Aber der Bankalarm in Flecken-Zechlin …«

»Ach ja, Brombowski hatte die Kollegen angefunkt. Bitte sag mir, dass es ein Fehlalarm ist.«

»Leider sieht es nicht danach aus. Jemand hat die Sparkasse überfallen. Der Täter ist offenbar noch drin. Klaus ist schon vor Ort, und ich brauche jetzt alle Kräfte, die du auftreiben kannst. Ich bin in zwanzig Minuten da und mache mir selbst ein Bild. Aber wenn es wirklich ein Überfall ist, dann brauche ich auch das SEK aus Potsdam.«

»Ich wusste, dass dieser Tag beschissen wird«, sagte Veronika am anderen Ende der Leitung.

»Monday, Monday …«

Die Dorfstraße lag so ausgestorben da, dass Klaus Brombowski sich fühlte wie in einem schlechten Film. Er kauerte hinter dem Opel Zafira in Blau und Neongelb und wartete. Sonst hasste er die klobige Karre, heute schätzte er sie, weil der hohe Aufbau ihm ein sicheres Versteck bot. Immer wieder schaute er sich in alle Richtungen um, damit er auch ja keine Oma übersah, die auf die Sparkasse zusteuerte. Mittlerweile hatte die Filiale in Flecken nur noch an vier Tagen pro Woche geöffnet, Montag und Mittwoch drei Stunden am Vormittag, Dienstag und Donnerstag auch noch mal zwei Stunden am Nachmittag. Deshalb war zu diesen Zeiten eigentlich immer was los. Überweisungen tätigen, Geld abheben, Münzen einzahlen oder auch nur einen Schwatz halten – irgendwas mussten die verbliebenen Bewohner des Dorfes ja tun, jetzt, da nach dem Fleischer und dem Tante-Emma-Laden auch der Bäcker dichtgemacht hatte.

Brombowski war selbst Stammkunde in dieser Filiale der Sparkasse, er wohnte nicht weit entfernt, einmal durch den Wald in Luhme, am grünblauen Kapellensee, aber in diesem winzigen Weiler gab es nicht einmal einen Geldautomaten.

Er sah wieder auf die Uhr. Erst zwei Minuten waren vergangen. Der Sekundenzeiger schien zu schleichen. Er rappelte sich mühsam auf und sah durch die Autoscheibe hinüber zur Sparkasse. Kein Laut drang zu ihm, er konnte auch nicht sehen, ob drinnen Licht brannte. Oder doch? Da. Was war das? Hatte sich da gerade die Jalousie ein paar Zentimeter bewegt? Er sah genauer hin. War da ein Gesicht gewesen? Es war zu schnell gegangen. Hastig duckte er sich wieder. Sein Blick ging über die Dorfstraße. Die Häuser standen dicht an dicht, kleine Einfamilienhäuser, gedrungene Bauten, wie Hexenhäuschen im Märchen.

Er hörte das Rumpeln auf dem Kopfsteinpflaster, bevor er den dunkelgrünen Land Rover um die Ecke biegen sah. Endlich! Er seufzte erleichtert auf. Wenn sie da war, wurde alles gut. Hätte er vor fünf Jahren auch nicht gedacht, dass er mal so fühlen würde.

Sie bremste den Defender ab und fuhr langsam an den Einfahrten der Häuser vorbei, dann hielt sie, etwa hundert Meter vor der Sparkasse. Sie sah Brombowski, der das Polizeiauto genau davor abgestellt hatte. Der alte Gauner – hatte intuitiv richtig entschieden. Kein Blaulicht, keine Panik verbreiten, aber klarmachen: So einfach kommt ihr jetzt hier nicht raus.

Sie stieg aus dem Wagen und schloss leise die Tür, dann schlich sie an den Vorgärten entlang zu dem zweistöckigen Haus, legte auf den letzten Metern einen Sprint ein und ging hinter dem Opel neben Brombowski in die Hocke.

»Und?«

»Absolut ruhig da drinnen. Als wenn geschlossen wäre.«

»Aber es ist nicht geschlossen.«

»Nee. Die Kaminske war seit zehn Jahren keinen Tag krank, glaube ich.«

»Kaminske?«

»Na, die Tina. Die Frau am Schalter. Is' ja eigentlich die heimliche Filialleiterin. Aber dann haben die ihr so 'n Naseweis von drüben vor die Nase gesetzt, so 'n Jungschen. Jetzt kommt der zweemal die Woche, und sie darf nur noch Stempel auf Überweisungen drücken.«

»Von drüben? Aus Polen oder was?«

Brombowski verzog keine Miene. Das war ein ständiges Spiel zwischen ihnen. Er kriegte die Ossi-Wessi-Sache einfach nicht aus dem Kopf, während sie zur Wende gerade mal fünf Jahre alt gewesen war.

»Okay, hör zu. Du bleibst hier. Aber stell dich hinter den Wagen. Sie müssen dich sehen können. Ich geh hintenrum und gucke, was da los ist.«

»Aber pass auf, ja?«

»Machst du dir etwa Sorgen um mich?«

»Nun geh schon«, brummte Brombowski, und doch lag da eine Mischung aus Sorge und Zärtlichkeit in seiner Stimme.

Sie blickte um den Wagen herum. Nichts. Keine Bewegung hinter der Jalousie.

Linh erhob sich und rannte in null Komma nichts los, zu dem Winkel des Hauses, der durch die Fensterscheibe nicht mehr einsehbar war. Dann drückte sie die Klinke des Hoftors herunter. Nicht verschlossen, puh. Sie ging an der schmalen und fensterlosen Seite des Hauses entlang. Über der Sparkasse war eine Wohnung, die Mieter betraten von hier hinten das Haus. Genau wie die Bankangestellten. Sie lugte vorsichtig um die Ecke, auch der kleine Hof war verlassen. Hinten versperrte eine zwei Meter hohe Betonmauer den Weg, danach begannen die Felder. Das hier war eine Sackgasse, wenn man keine Leiter dabeihatte.

Sie hatte die Haustür erreicht und drückte den Knauf. Verschlossen. Daneben war ein kleines Fenster, fünfzig Zentimeter im Quadrat, vergittert und zu hoch gelegen, als dass sie einfach hätte hindurchsehen können. Sie atmete einmal tief ein, dann streckte sie die Arme und umfasste die Stäbe. Langsam, jetzt bloß keine schnellen Bewegungen, sie durfte auf keinen Fall die Aufmerksamkeit von drinnen auf sich ziehen. Sie spannte ihre Muskeln an und zog sich, indem sie die Beine an der Wand abstützte, nach oben. Sie spürte ein schmerzhaftes Reißen in ihren Armen, aber es gelang. Sie konnte einen Blick ins Haus werfen.

Sie schaute in einen kleinen Raum, der als Kaffeeküche diente und direkt ins gläserne Büro des Filialleiters führte. Dahinter sah sie jemanden auf dem Boden sitzen. Eine Frau mit blondem Haar. Sie hielt sich den Kopf. Sie war sicher zehn Meter entfernt, und dennoch konnte Linh erkennen, dass sie weinte. Neben ihr war ein dunkler Fleck auf dem Boden. Blut? Linh konnte bei der Frau keine Wunde sehen.

Drei, zwei, eins … bevor ihre Arme ganz versagten, ließ sie los und kam federnd mit den Füßen auf dem Boden auf. Mit einem Satz war sie wieder beim Hoftor und rannte zurück zum Streifenwagen. Als Brombowski sie sah, atmete er auf. »Und?«

»Bankraub mit Geiselnahme.«

»Scheiße.« Brombowski wischte sich den Schweiß von der Stirn.

»Du sagst es. Ich glaube, ich habe Tina Kaminske gesehen. Entweder sie blutet oder jemand anders.«

»Schlimm?«

»Keine Ahnung. Aber es gibt also mindestens eine Geisel. Ich rufe gleich noch mal das SEK an. Weißt du, wer über der Sparkasse wohnt?«

»Da haben mal die Riedels gewohnt.«

»Und jetzt?«

»Die sind nach Meck-Pomm gezogen. Seitdem steht die Wohnung leer. Ist immer noch nicht so einfach, Leute dazu zu überreden, in ’ner winzigen Wohnung auf dem Dorf zu leben.«

8

»Ist das unser Thilo?«, fragte Adam, als sie leise den Gruppenraum betraten, in dem eine Gruppe von kleinen Mädchen und Jungen gebannt dabei zusah, wie Thilo Kupferschmidt, nur mit T-Shirt und kurzer Hose bekleidet, einen Holzturm baute.

»So, nur noch den obendrauf, und dann kannst du …«

Ein kleines Mädchen zeigte mit dem Finger auf sich selbst, und Thilo nickte.

»Ja, du.«

Die Kleine stand auf, ging vorfreudig glucksend ein paar Schritte und schlug dann mit der flachen Hand unten gegen das Fundament des Turms. Alle Steine fielen mit einem Krachen zu Boden, und die Kinder klatschten und lachten lauthals.

»Ja, die unbekannte Seite des Thilo K.«

»Vielleicht sollten wir Holzbausteine fürs Revier kaufen.«

Die Kinder waren so in ihr Spiel vertieft, dass sie die beiden Polizisten gar nicht bemerkten. Adam blickte Thilo an, der ihm ein Zeichen gab, dass er sich weiter um die Kleinen kümmerte. Etwas abseits im Raum saß eine ältere Frau. Sie wirkte erschöpft. Adam ging auf sie zu. »Sind Sie die Chefin hier?«

»Gitta Braun. Ich bin die stellvertretende Leiterin. Die Chefin hat Urlaub. Ich hab ihr schon auf die Mailbox gesprochen, aber sie ist in Österreich. Haben Sie sie? Haben Sie die Kleine gefunden?« Der Blick der Frau war irgendwo zwischen Schmerz und Hoffnung.

»Leider noch nicht. Ich bin Kriminalhauptkommissar Schmidt, ich leite die Ermittlungen. Meine Kollegin kennen Sie ja schon.«

Sandra mischte sich ein. »Frau Braun war in einem Elterngespräch, als Emily verschwand. Ihre Kollegin Stefanie ...« Sie sah in ihren Block. »... Stefanie Holzapfel war die ganze Zeit draußen bei den Kindern, mit Ausnahme der paar Minuten, in denen sie den kleinen Jerôme gewickelt hat. Sie ist in der Küche, sie steht unter Schock.«

»Okay, mit ihr reden wir gleich. Aber sagen Sie, Frau Braun, wieso haben Sie uns erst so spät benachrichtigt?«

Es gab in dieser Situation zwei Sorten von Menschen. Die einen senkten den Kopf, und dann kam alles zugleich: die Tränen, die Einsicht, die Reue. Die anderen wiederum gingen zum Gegenangriff über – Gitta Braun gehörte zur zweiten Gattung. Sie straffte sich und sagte: »Wir mussten uns sicher sein. Ich habe erst versucht, die Mutter zu erreichen. Aber sie ging nicht ran, ich habe sie ein paarmal angerufen. Ich dachte, sie habe Emily vielleicht abgeholt und sei mit ihr zum Arzt gegangen – da ist das Telefon dann ja oft aus. Anschließend hab ich erst mal unsere Verwaltung angerufen. In so einem Fall muss man doch auf Nummer sicher gehen ... Ich rufe doch nicht gleich die Polizei und mache hier einen Riesenaufstand.«

»Aber der Junge hat doch gesagt, ein Mann ...«

»Ach, Cornelius, der hat so eine blühende Fantasie«, fuhr sie ihm dazwischen.

Adam Schmidt funkelte sie wütend an. »Frau Braun, Kinder in diesem Alter lügen nicht, und dass Sie jetzt mit so einer Erzieherlegende kommen … Wenn er sagt, es war ein Mann, dann war es ein Mann. Wegen Ihnen haben wir wertvolle Zeit vergeudet. Damit ist jetzt Schluss. Wir gehen in Ihr Büro. Ich brauche dringend die Telefonnummer der Mutter.«

»Natürlich«, sagte die Erzieherin schnell und ging voraus, Adam wandte sich an Sandra: »Besorg einen Seelsorger, der sich mit der Betreuung von Kitas auskennt. Das gefällt mir gar nicht.«

»Mach ich, Chef!«

»Und sag Thilo, er soll bei den Kindern bleiben.«

Seit einigen Monaten ging sie wieder mit einem so guten Gefühl zur Arbeit. Die Kinder waren alle lieb, sie hatten großen Erfolg bei dem Jungen mit der Behinderung, und auch in ihrem Privatleben war alles in Ordnung. Mit ihrem Mann lief es einigermaßen, und in gerade einmal sieben Monaten würde sie in die vorzeitige Verrentung gehen – pünktlich zum Frühjahr. Dann konnte sie den völlig vernachlässigten Garten ihrer Datsche in Pankow endlich auf Vordermann bringen und den Sommer unter freiem Himmel genießen.

Gitta Braun hatte sich so darauf gefreut: Ein Renteneintritt mit sechzig Jahren, nach vierzig Jahren im Beruf. Damit war sie noch jung genug, um etwas vom Alter zu haben.

Und nun, so kurz vor dem Ziel, geschah das Schlimmste, was eine Kitaerzieherin sich vorstellen konnte: Ein Kind verschwand.

Natürlich hatte sie vorher schon Schreckliches erlebt. Einen Herzstillstand bei einem Baby vor ein paar Jahren, aber sie persönlich hatte es reanimiert. In der DDR hatte mal ein kleines Mädchen aus ihrer Gruppe eine Hirnhautentzündung gehabt und das Ganze nicht überlebt. All das ging ihr jetzt wieder durch den Kopf. Die Gesichter des Mädchens und des Babys.

Und Emilys Gesicht. Sie sah ihr kleines blondes Puppengesicht mit den großen Augen und dem gerade geschnittenen Pony vor sich.

Wer klaute denn ein Kind? Und ausgerechnet dieses Kind? Das aufgeweckteste, liebste, beste Kind, egal, aus welcher Familie es kam. Emily, die den kleinen Carlo immer tröstete, wenn er mal wieder hinfiel, weil er so ein Tollpatsch war. Emily, die immer alle Spielzeuge teilte. Emily, die ohne Kleckern und Rumnölen aß.

Sie hatte während ihres ganzen Berufslebens aufgepasst, weil sie sich immer vor so einem Moment gefürchtet hatte. Doch nun, weil alles so gut lief, weil das Ende in Sicht war, da hatte sie es schleifen lassen. Sie war sich zu sicher gewesen. Es mussten immer zwei Erzieherinnen bei den Kindern sein. Wie hatte sie diese Regel nur brechen können?

Sie zuckte zusammen, obwohl sie gewusst hatte, dass der große Polizist ihr gefolgt war bis in ihr kleines, verkramtes Büro. Er war hochgewachsen und schlank und hatte diese stechenden blauen Augen. Sein Haar war von wenigen grauen Strähnen durchzogen, sein Hemd gebügelt, genau wie seine Hose, seine Schuhe sahen teuer aus –

mit einem Wort: Er wirkte absolut souverän. Und doch lag da eine so tiefe Trauer in seinem Gesicht, dass sie am liebsten mit ihm zusammen geweint hätte – um Emily oder worum auch immer er trauerte.

»Frau Braun.« Adam war jetzt ganz ruhig, das war sein Modus Operandi. Wenn er endlich anfangen konnte, zu ermitteln, mit Zeugen zu reden, dann fühlte er sich sicher, dann war er selbstbewusst. »Ich brauche sehr dringend die Kontaktdaten der Eltern. Wenn Sie gleich nachsehen könnten …«

Er sah zu, wie die Frau hektisch mit der Maus rumfuchtelte. Es dauerte eine gefühlte Ewigkeit, bis sie erkannte, dass sie den Monitor noch anschalten musste.

»Ich weiß das eigentlich auch alles aus dem Kopf«, sagte sie und konnte doch den Blick nicht vom Bildschirm lösen. Er verstand sie, wusste, dass ihr all das jetzt irgendeinen Halt gab, während sie glaubte, zu fallen, immer weiter zu fallen. »Hier: Emily Matysek, ihre Eltern, nein, ihre Mutter Doreen. Die Kleine ist gerade zwei geworden. Wir haben hier sogar gebacken.« Ihre Unterlippe zitterte.

»Bitte, ich brauche die Nummer.« Adam zwang sich, nicht zu schreien.

Sie schrieb etwas auf einen Zettel und reichte ihn herüber.

»Was ist mit dem Vater?«

»Hier war nie ein Mann. Ich weiß nichts von einem Vater.«

»Bei der Anmeldung gab es keinen Eintrag des Vaters im Formular?«

»Sind Sie nicht aus Berlin, oder was? Sie wissen doch, wie das ist. Wenn ich bei jeder Alleinerziehenden nach dem Vater frage, dann kann ich auch gleich eine Seelsorge aufmachen.« Jetzt war sie wütend auf ihn. Wut war gut. Sie lenkte sie ab.

»Okay, danke. Ich versuche sie möglichst bald zu erreichen. Sind Sie Emilys Bezugserzieherin?«

»Nein, das ist Steffi. Aber wir haben so was hier nicht, eigentlich. Wir machen alle alles.«

»Gehen wir zu Ihrer Kollegin, einverstanden? Ich muss rausfinden, was genau passiert ist. Wir haben nur ein schmales Zeitfenster.«

»Sonst finden Sie sie nicht, oder? Das heißt es doch.« Gitta Brauns Stimme war nun weicher, sie wollte ihn nicht mehr angreifen, um sich zu schützen. Sie wollte nur, dass er Emily fand. Sie merkte, wie die traurigen Augen des Kommissars auf ihr ruhten.

»Wenn sie tatsächlich entführt wurde, dann haben wir nur wenige Stunden, das stimmt. Aber es ist ja noch nicht gesagt, dass ...«

»Erzählen Sie das bitte nicht meiner Kollegin, okay, Herr Kommissar? Sie ist ... es würde sie fertigmachen.«

Sie gingen den Flur entlang, an der Wand hingen Zeichnungen. Adam kannte das von früher, aus der Zeit, als seine Tochter ein Kita-Kind gewesen war, und doch überraschte es ihn, dass sich nichts geändert hatte: Die Mädchen malten aufwendige Bilder mit Schlössern und Prinzessinnen und pinken Pferden, die Jungs malten schwarzes Krickelkrakel. Unter einem Bild, das ein Zebra mit einem Kutschenanhänger zeigte, stand *Emily*.

Die junge Frau stand in der Küche an der Terrassentür

und sah nach draußen, sie hatte ein zerknülltes Taschentuch in der Hand. Als sie die Schritte hörte, wirbelte sie herum. »Und?«

»Wir suchen sie. Wir fangen gleich richtig an. Aber dafür brauche ich Ihre Aussage. Ich bin Kriminalhauptkommissar Adam Schmidt.« Er bat sie nicht, sich zu setzen. Sie würde es eh keine zehn Sekunden auf einem Stuhl aushalten.

»Sie waren draußen, und die Kinder haben dort gespielt? Ist das so korrekt, Frau …«

»Holzapfel, Stefanie Holzapfel. Ja, so machen wir es immer am Morgen. Wir sind dann beide draußen, eine von uns spielt mit den Kindern, die schon da sind, und die andere empfängt die Neuankömmlinge.«

Die Erzieherin war bereit, alle Fragen zu beantworten, die der Kommissar ihr stellte. Endlich konnte sie etwas tun! »Normalerweise sind wir ja mindestens zu dritt«, fügte sie betreten hinzu, »aber … es ist Urlaubszeit. Da sind weniger Kinder da und eben auch weniger Kolleginnen.«

»Und Sie sind dann weggegangen?«

»Ja. Gitta war drinnen beim Elterngespräch, und ich war draußen, aber es kamen gerade keine Eltern, um ihre Kinder abzugeben, deshalb bin ich mit Jerôme reingegangen, um ihm fix die Windel zu wechseln. Sie müssen mir glauben, ich kann das richtig schnell. Ich war höchstens zwei Minuten drinnen.«

Zwei Minuten, dachte Adam. Lass es drei gewesen sein. Oder vier. Dennoch wahnsinnig wenig Zeit, um ein fremdes Kind zu entführen.

»Und als Sie rauskamen, ist Ihnen da sofort aufgefallen, dass Emily verschwunden ist?«

Die junge Frau mit dem roten Haar überlegte kurz, dann nickte sie. »Ja, vielleicht nach einer halben Minute. Wir zählen immer durch, fast schon automatisch, und ich habe einfach kein blondes Mädchen gesehen. Wissen Sie, Emily ist so hübsch und lieb, die fällt einem sonst immer gleich ins Auge.«

»Sie sind sich also sicher, dass sie vor dem Windelnwechseln noch da war?«

Wieder das Stirnrunzeln der Erzieherin. »Ich glaube, ja. Aber ... ich bin mir nicht sicher. Ich kann es nicht genau sagen. Es ist, als hätte man mir den Stecker gezogen, ich kann mich nicht erinnern ...« Die Frau schluchzte auf.

»Wissen Sie, hier ist morgens echt viel los«, kam ihr Gitta Braun zu Hilfe. »Egal, ob Sommer oder Winter. Sie nehmen Kinder an, Sie windeln, Sie schneiden Äpfel und Bananen klein, verteilen Getränke, und dann müssen Sie noch ein Knie verarzten, weil mal wieder jemand hingefallen ist. Dann ist es neun Uhr, wir sind schon völlig fertig, und der Tag hat noch gar nicht richtig begonnen.«

»Aus was für Verhältnissen stammt Emily?«

Wieder Gitta: »Ihre Mutter ist immer nett, aber viel mehr kann ich nicht sagen. Wissen Sie, um neun, da kommen die Eltern, die immer reden wollen, die haben nämlich sehr viel Tagesfreizeit. Aber um sechs, halb sieben, da kommen die Eltern, die es gerade so aus dem Bett geschafft haben und sofort zur Arbeit müssen. Da wird das Kind übergeben und fertig. Da lernen Sie keinen kennen.«

»Und Emily wurde immer schon ganz früh gebracht? War die Mutter denn nicht bei den Elternversammlungen?«

»Welche Mutter mit Geldsorgen hat denn wochentags um vier Zeit für eine Elternversammlung?«

»Also hatte Emilys Familie Geldsorgen?«

»Emily wohnt in der Demminer, ihre Mutter ist alleinerziehend. Also: Ja.«

»Gab es irgendwelche Auffälligkeiten? Blaue Flecken, Wunden, so etwas?«

»Na hören Sie mal, Herr Kommissar, das hätten wir doch sofort gemeldet.«

»Natürlich.« Er hatte zu viel gesehen, kannte zu viele Geschichten und verschwiegene Vorkommnisse, um zu glauben, was sie sagte. Eine Traumatherapeutin hatte ihm einmal erzählt, wie viel Gewalt Kinder erlebten, daheim und in der Kita, und dass sie selbst die teuersten und modernsten Einrichtungen mit sehr viel Skepsis betrachtete.

»Gut. Wir machen uns auf die Suche. Was Sie tun können: Lassen Sie so viele Kinder wie möglich abholen, aber ohne dass Sie die ganze Geschichte erzählen. Sagen Sie den Eltern etwas von einer besonderen Situation, aber nennen Sie keine Details. Die restlichen Kinder betreuen Sie ganz normal weiter. Kein Wort zu irgendwem über das Verschwinden! Das übernehmen wir. Wir lassen Ihnen einen Beamten in Zivil hier. Sollte sich Emilys Mutter bei Ihnen melden, dann übergeben Sie das Gespräch an die Kollegen.«

Die beiden Erzieherinnen nickten.

»Ich hoffe wirklich, dass Sie Emily finden«, sagte Gitta Braun.

»O ja, dafür bete ich«, kam es leise von Stefanie Holzapfel.

❖

»Ey, wie gerne würde ich es machen wie in der englischen Serie, wenn Detective John Luther sagt: ›Los, besorgt die Aufnahmen der Überwachungskameras!‹ Und dann verfolgen sie den Täter mit den Kameras, die alle fünf Meter stehen. Und wir? Haben nichts! Verdammter Datenschutz.« Polizeiobermeister Kupferschmidt stöhnte.

»Trotzdem: Geh zum Späti da vorne, Thilo, vielleicht hat der illegal 'ne Dashcam an der Tür montiert. Und dann mach 'ne Abfrage bei der Bahnpolizei, S-Bahnhof Gesundbrunnen, U-Bahnhof Voltastraße und U-Bahnhof Bernauer. Die sollen uns alle Bilder von Männern schicken, die in Begleitung eines Kindes sind.«

»Geht klar, Chef.«

»Sandra?«

»Ja?«

»Eine Anfrage ...«

»... Pädos? Hab ich vorhin schon gemacht, als ich auf dich gewartet habe. Bericht müsste gleich da sein.«

»Hoffen wir, dass der negativ ist.«

Sie sah ihn an und nickte. Es gab Gedanken, die wollte man sich so lange vom Leib halten wie möglich, und doch sickerten sie längst durch alle Poren ins Gehirn.

25 JAHRE FRÜHER – 1997

»Wat grübelste denn schon wieder rum, Schmidtchen?«

Sie standen auf einem Parkplatz in der Siegfriedstraße. Er kurbelte das Fenster des VW Passat herunter, warf die Kippe hinaus, die in den letzten drei Minuten ohne einen Zug heruntergebrannt war, und wandte sich dann Melanie zu. Polizeiobermeisterin Melanie Zonke, so viel Zeit musste sein.

»Weiß nicht«, murmelte er. »Gefällt mir nicht, dass es so ruhig ist.«

»Wie bitte? Da haben wir mal einen Tag Ruhe, und dir wird es langweilig? Mann, Schmidtchen, du bist echt 'ne Marke.« Sie lachte ihr helles Lachen, dabei wippte ihr blonder Pferdeschwanz, den er gerne anschaute, so gerne, wie er die ganze Melanie Zonke anschaute. Sie war sieben Jahre älter als er, aber sie sah dreimal so gut in ihrer Uniform aus – sie füllte sie aus, hätte er gesagt, wenn er gefragt worden wäre, mit ihrer Persönlichkeit, ihrem Charme und ihrer Zugewandtheit. Anders als er. Das hätte er nicht gesagt, wenn er gefragt worden wäre. Aber es fragte ja ohnehin keiner.

Er drehte sich vom Beifahrersitz nach hinten um und nahm die Zeitung vom Rücksitz, den *Berliner Kurier*. Er kaufte ihn immer morgens für die Fahrt mit der U-Bahn aufs Revier, es war wie ein Ritual, und er brauchte einfach irgendwas zum Festhalten, damit er die Leute nicht die ganze Zeit dabei beobachtete, wie sie ihn beobachteten, in seiner scheußlichen grünen Uniform.

Er blätterte durch die Seiten, irgendwo weiter hinten hatte es gestanden. Noch 'ne Seite und noch eine, kurz vor den Anzeigen für die leichten Mädchen. Rubrik Vermischtes – als ob diese Zeitung aus etwas anderem bestehen würde. »Hier«, sagte er und hielt ihr den Artikel hin. Dann beobachtete er, wie Melanie Zonkes Augen über das Papier flogen.

Vietnamese ermordet

Im Bezirk Marzahn ist am Morgen ein 29-Jähriger auf offener Straße erschossen worden. Nach Angaben der Kriminalpolizei wurde er an der Ecke Rhinstraße/Allee der Kosmonauten von zwei Kugeln in den Bauch getroffen. Der Mann erlag noch am Tatort seinen schweren Verletzungen. Das Opfer ist vietnamesischer Herkunft und soll vor einem Jahr wegen illegalen Zigarettenhandels zu einer kurzen Haftstrafe verurteilt worden sein. Von dem oder den Tätern fehlt jede Spur. Aus Kreisen der Ermittlungsbehörden wird die Vermutung geäußert, dass die Festnahme-Erfolge der Berliner Polizei gegen die vietnamesische Mafia im letzten Jahr nicht nachhaltig genug waren. Zwar stehen die führenden Mafiabosse vor Gericht, doch scheint die zweite Reihe nun einen neuen Machtkampf um die Führung in der Hauptstadt begonnen zu haben.

Sie sah ihn mit fragendem Blick an. »Ja, schlimm. Und?«

»Siehst du? Es ist nur noch eine winzige Schlagzeile. Da wird einer auf offener Straße übern Haufen geschossen. Mitten in Berlin! Was meinst du, was los wäre, wenn die Kugel abgeprallt und irgend'nen Deutschen getroffen hätte? Aber ist ja nur ein Vietnamese. Weißt du nicht mehr, wie klein die Artikel waren in den letzten Jahren? Als die sich hier gegenseitig abgeschlachtet haben? Da mussten erst über dreißig Leute draufgehen, bevor es zum Krieg in der Hauptstadt erklärt wurde. Und nun geht der ganze Mist wieder von vorne los – und niemand tut was.«

»Mann, Schmidtchen«, sagte Melanie nach einer Weile, »so viel hast du ja noch nie geredet. Aber was willst du denn machen? Du musst Geduld haben. Bald bist du nicht mehr bei uns, sondern bei der Kripo und kannst da in der Scheiße wühlen. Aber jetzt machen wir hier erst mal Dienst am Bürger.«

»Ich will da hinfahren.«

»Wohin?«

»Mensch, Melli, das ist doch unser Kiez! Los, wir fahren jetzt mal in die Rhinstraße und gucken uns um und quatschen 'n bisschen.«

»Was?«

»Ich hab mir auf dem Revier die Akte angesehen. Ich hab 'n Foto von dem Toten. Lass uns mal rumfragen.«

»Du bist verrückt, Adam!«, sagte sie, und jetzt klang sie wirklich wütend. Sie nannte ihn sonst nie beim Vornamen. »Wir sind Streifenbullen. Wir sperren die Straße, wenn zwei Autos ineinanderrasen. Aber wir machen keine Mordermittlungen.«

»Dann fahr mich wenigstens hin.«

»Gib mir ’ne Kippe.«

»Als Bestechung?«

Sie grinste.

»Gib mir ’ne Kippe, dann fahr ich dich da hin. Aber wenn der Funk geht, dann machen wir unseren Einsatz und reden nie wieder drüber. Und dafür gibst du mir heute Abend ein Bier aus.«

»Einverstanden.«

»Gut, los geht’s.«

Sie ließ den Motor an und griff zum Funkgerät.

»Nordost 21 für Ost 200 – wir setzen um, Rhinstraße Richtung S-Springpfuhl.«

Es knackte im Gerät, dann das obligatorische Rauschen. »Ost 200, verstanden.«

Sie kickte das Gaspedal an, und der Streifenwagen rumpelte vom Bürgersteig auf die Landsberger Allee.

Adam verkniff sich ein Grinsen. Es war immer noch lustig zu sehen, wie alle Autofahrer auf der sonst als halbe Autobahn genutzten Schnellstraße vom Gas gingen, wenn sie die Bullen sahen. Auf einmal fuhren alle fünfzig, obwohl sogar sechzig erlaubt waren. Ja, er musste es zugeben. Die Kelle mit dem roten Licht und der Aufschrift *Polizei* neben seinem Sitz liegen zu haben fand er ziemlich cool. Auch wenn klar war, dass sein Aufenthalt bei den Schupos nur von kurzer Dauer sein würde. Teil der Ausbildung, und weiter ging’s.

Melanie beschleunigte auf über siebzig und nahm die ganz linke Spur, sie kümmerte sich weder privat noch dienstlich um Geschwindigkeitsbegrenzungen. Adam blickte in lauter verdutzte Gesichter in den Wagen, die sie überholten. Hinter der »Pyramide«, diesem furchtbar futuristischen Hochhausturm mit der vermaledeiten Spitze bog Melanie nach rechts ab, bretterte über die Rhinstraße und nahm die Linksabbiegerampel auf die Allee der Kosmonauten bei Kirschgrün, um gleich darauf wieder auf den Bürgersteig hinaufzurumpeln.

»So, na, dann mal los.« Sie wies zur Autotür. »Ich bleib hier und bewache den Funk, und du spielst Kripo.«

»Danke«, sagte er leise. Und meinte es ernst. Das hätte nicht jeder gemacht. Aber Melli war eben 'ne coole Socke.

Adam stieg aus, setzte sich wie vorgeschrieben die Polizeimütze auf und sah sich am Rand der viel befahrenen Straße erst mal um. Ein Blick hinauf zu den grauen Hochhäusern, ein Blick die Allee der Kosmonauten entlang.

Und dann entdeckte er auch schon die Stelle, keine fünfzig Meter von ihm entfernt. Auf dem Boden waren die Markierungen schon wieder abgewaschen, es hatte in der Nacht heftig geregnet. Dafür waren aber die rostroten Flecken noch deutlich zu sehen, bemerkte er, als er näher trat. Er kniete sich hin und betrachtete die Stelle, meinte, noch den Geruch von Eisen wahrzunehmen, aber das war natürlich Quatsch. Es musste Quatsch sein. Die wenigen Passanten, die vorübergingen, guckten absichtlich weg, so schien es ihm.

Die Flecken waren das Blut eines Mannes, eines sehr jungen Mannes. Als er wieder aufstand, fiel sein Blick zu dem Polizeiauto mit den beschlagenen Scheiben. Er hatte gedacht, Melli würde sich sofort in ein Buch vertiefen oder laut Musik hören, aber ihre Augen folgten ihm, betrachteten ihn unaufhörlich. Als er genauer hinsah, wandte sie schnell den Blick ab.

Was hatte er vor? Was sollte das alles? Seit wann interessierte er sich für einen toten Vietnamesen? Er. Polizeikommissaranwärter Schmidt. Sie sagte einfach Adam. Oder Schmidtchen, wenn sie ihn aufziehen wollte. Und durch diesen müden Witz vergessen wollte, dass er sie geküsst hatte, so wie kein anderer Mann seit langer, langer Zeit.

Sie fuhr schon Funkstreifenwagen, seit sie zweiundzwanzig war. Sie würde für immer bei der Schutzpolizei arbeiten, das wusste sie. Es war immer ihr Traum gewesen. Vor einem Jahr wurde ihr Adam auf den Wagen zugeteilt. Ein junger Mann von der Polizeifachschule in seiner Praxisstation.

Groß war er, hochgewachsen und schlank. Beinahe dünn. Und doch wirkte er zäh. Er war ruhig, so schien es, ruhig und klar. Er versuchte, freundlich zu sein, aber auf ihren nächtlichen Fahrten merkte sie, dass er viel lieber den Blick schweifen ließ und schwieg, als über irgendwelchen Schwachsinn zu plaudern, wie die anderen Kasper auf der Wache.

Irgendwann hatte sie ihn gefragt, was er tue, wenn er drei Stunden am Stück schwieg. »Nachdenken«, hatte er gesagt. Sie hatte nicht gefragt, worüber er nachdachte. Sie hatte ihn auch so verstanden.

Wenn es einen Einsatz gab, war er der eifrigste und zugleich bedachteste Kollege. Er schützte sie, ging immer voraus, beruhigte gewalttätige Männer und aufgeregte Verbrechensopfer, ließ aber auch sie machen, wenn er spürte, dass sie besser mit einer Situation umgehen konnte. Sie vertraute ihm blind. Das hatte sie schon nach der zweiten Dienstwoche getan. Weil ihr irgendwas in ihrem Inneren sagte, dass sie sich auf diesen Mann mit den raspelkurzen Haaren und den verdammten hellblauen Augen verlassen konnte, verlassen musste.

Als sie eines Nachts zu einer Massenschlägerei in diese schreckliche Großraumdisko *Kontrast* gerufen wurden, hatte sie nur einen kurzen Moment nicht aufgepasst. Der junge Skin kam von hinten, er verfehlte ihren Kopf mit der Bierflasche nur ganz knapp, traf sie damit an der Schulter, und sie ging mit einem Schmerzensschrei zu Boden. Sein hasserfülltes »Jetzt fick ich dich, du Bullenschlampe!« hallte noch in ihren Ohren nach, als Adam den riesigen Typen mit einem so gewaltigen Faustschlag zu Boden schickte, dass der blutüberströmt liegen blieb. Ein Schlag, das reichte. Die anderen Skins standen da, als hätte jemand geschossen. Adam zog seine Pistole und hielt sie alle in Schach, dann fesselte er den am Boden liegenden Skinhead, und sie warteten auf Verstärkung.

Melanie Zonke hatte die ärztliche Überprüfung im Krankenhaus abgelehnt. Eine Stunde später fuhren sie wieder durch die Nacht, bis zu einer Kaffeepause morgens um drei hinter der Tankstelle am Poelchauring. Da hatte sie seinen Kopf umfasst, ihn zu sich herangezogen und geküsst. Sie hatten sich förmlich ineinander verschlungen, er dauerte Minuten, dieser Kuss, und dann hatten sie in diesem zugemüllten und viel zu kleinen VW Passat auf dem Beifahrersitz miteinander geschlafen.

Zur nächsten Schicht waren sie beide wieder in den Wagen gestiegen, ohne die vergangene Nacht zu erwähnen. Sie hatten bis heute nicht darüber geredet.

Melanie hatte irgendwann entschieden: Wenn sie ihn eines Tages aus der größtvorstellbaren Katastrophe retten musste, dann würde sie das tun. Heute aber wollte er genau das Gegenteil, er wollte in eine Katastrophe hinein, nur leider wusste sie das zu diesem Zeitpunkt noch nicht. Sonst hätte sie wahrscheinlich schnell über Funk um einen anderen Einsatz gebettelt.

9

»Hey, hallo!«

Linh dachte zuerst, sie habe Halluzinationen, aber dann hörte sie die Stimme noch einmal.

»Hallo!«

Sie lugte hinter dem Auto hervor. Doch, es stimmte. Die Tür zur Filiale stand jetzt einen Spaltbreit offen. Und da war jemand.

Linh richtete sich auf, ohne die Deckung zu verlassen.

»Ja?« Ihr Rufen war zu leise, sie erhob die Stimme. »Ja?«

»Ich will ein Handy, auf dem ich euch anrufen kann. Speichert eure Nummer ab, und werft es in den Briefkasten.«

»Okay. Aber ich brauche eine Sicherheit, dass es den Geiseln gut geht«, rief sie zurück.

»Handy!«, rief die Stimme, dann schloss sich die Tür.

»So eine Scheiße!«, fluchte Brombowski. »Jetzt setzen die eine Frau ein, um die Forderungen zu stellen. Ich bring es hin.«

»Vergiss es, Klaus. Ich mach das. Gib mir dein Telefon. Ich brauch meins fürs SEK.«

»Aber wenn die auf dich schießen?«

»Die wollen ein Handy, um zu verhandeln, da werden sie mich schon nicht erschießen. Nun los, mach schon.«

Er gab ihr das alte Nokia, und sie speicherte ihre Nummer ein. »Gib mir Deckung, okay? Ziel auf die Tür und auf das Fenster.«

»Ich pass auf dich auf, Chefin.« Sein Blick war fest und fokussiert, sie konnte sich nicht erinnern, ihn jemals so konzentriert gesehen zu haben.

Vor sechs Jahren war sie in sein Leben geplatzt, und er hatte nicht auf sie gewartet. Wirklich nicht.

Er erinnerte sich noch, als wäre es gestern gewesen.

Als sein Freund und Partner Dieter damals von der Leiter fiel, war Klaus derjenige gewesen, der den Krankenwagen gerufen hatte, obwohl er sich ziemlich sicher war, dass Dieter bereits tot war und jede Hilfe zu spät kommen würde. Herzinfarkt. Mit einundsechzig. Dieter hätte noch anderthalb Jahre bis zur Pension gehabt. Zusammen hatten sie das Polizeirevier Rheinsberg geleitet, als wäre es ein verlängertes Bürgermeisteramt. Sie mochten die Leute im Ort, und die Leute mochten sie. Strafzettel schrieben sie nur für auswärtige Fahrzeuge. Bei Beschwerden wegen Ruhestörung beendeten sie die Familienfeier erst, wenn sie persönlich die Bowle probiert hatten.

Und Freitag Mittag begann das Wochenende. Manchmal auch schon Donnerstag Abend.

Er selbst war damals erst einundfünfzig gewesen. Klaus Brombowski hatte fest damit gerechnet, dass er zum Leiter der Dienststelle wurde und sie ihm irgendeinen Jungspund von der Akademie bringen würden, den er ausbilden dürfte.

Das Fax vom Polizeipräsidium Neuruppin hatte ihn drei Nächte in Folge um den Schlaf gebracht. Da stand, er würde seinen Rang behalten und sein Amt als stellvertretender Leiter des Reviers. Leider war niemand mehr unter ihm. Er war jetzt stellvertretender Chef und einziger weiterer Beamter.

Dieter war auf dem Papier immer sein Chef gewesen. Und nun würde er wieder einen Chef haben. Oder besser gesagt: eine Chefin.

Dann hatte er den Namen gelesen: Linh-Thi Schmidt, geboren in Vietnam. Er war fast hintenübergekippt.

Er hatte nichts gegen Ausländer. Wirklich nicht. Wenn er großen Hunger hatte und wusste, dass er zum Mittag nicht nach Hause kommen würde, hielt er gerne mal auf dem Supermarktparkplatz an der Ortsausfahrt von Neuruppin und ließ sich von dem Chinesen dort eine Chinapfanne mit Ente servieren. Vielleicht war es auch ein Fidschi, wie sie die Vietnamesen früher genannt hatten. Irgendwann hieß es, das Wort sei rassistisch. Na ja, irgendwie veränderte sich alles. Dabei hatte er gar nichts gegen Asiaten gehabt. Die waren immer sehr fleißig. Sie mochten Geld, sie machten dafür Überstunden. Sie waren ihm sicher viel lieber als diese Kids aus dem Fernen Osten, aus Afghanistan oder Pakistan, mit denen es in der Unterkunft in Rheinsberg-Nord immer wieder Probleme gab.

Aber eine Vietnamesin als Chefin? Das durfte doch nicht wahr sein!

Er hatte eingesehen, dass er deshalb nicht den Polizeipräsidenten anrufen konnte. Der hatte ihn eh schon auf dem Kieker, seit er vor zwei Jahren nachts seinen Streifenwagen gegen eine Ampel gelenkt hatte, die daraufhin quer über die Kreuzung gefallen war, mitten vor dem Rheinsberger Schloss. Klaus war ins Revier gegangen und hatte sich dort hingelegt, das Verkehrschaos hatte er den Kollegen aus Neuruppin überlassen. Wenigstens war, als sie ihn geweckt hatten, kein Restalkohol mehr nachweisbar gewesen. Aber auch so war jedem klar, was passiert war.

Als Linh-Thi Schmidt damals die Wache betrat, hatte er dagesessen wie ein Felsklotz. Er war fest entschlossen, sie nicht zu mögen. Ihr Steckbrief im Polizeipräsidium hatte es ihm leicht gemacht: Die Frau hatte eine Blitzkarriere hingelegt. Abitur in Berlin-Marzahn, Polizeistudium, anschließend rasend schnelle Praxisstation als Schutzpolizistin in Berlin, Lehrgang bei der Bundespolizei und bei der Police Nationale in Paris sowie Auslandssemester bei den Volkssicherheitskräften in Vietnam. Dann ein Jahr bei der Berliner Kripo, bevor sie allen Ernstes zur Parlamentspolizei in den Bundestag wechselte. Eigentlich wäre das der Punkt gewesen, an dem sie einfach immer hätte weitermachen müssen – dann wäre sie irgendwann irgendwo Polizeipräsidentin geworden. Doch Linh-Thi Schmidt hatte keine Lust auf Beton, wie sie ihm eines Tages erklärt hatte. Und so wurde sie schließlich die Leiterin des winzigen Polizeireviers Rheinsberg inmitten des herrlichen Städtchens mit Schloss, umgeben von Wäldern und Seen – und das mit einunddreißig Jahren. Diese Frau war ein Hurrikan. Aber so waren nun mal die Zeiten: Für eine Frau und dann auch noch eine mit Migrationshintergrund gab es nur eine Richtung: an die Spitze.

Er hatte Linh die ganze Zeit, in denen er in seinen Erinnerungen gewühlt hatte, nicht aus den Augen gelassen. Nun sah er, wie sie die Treppe erklomm und, mit einem schnellen Blick zur Seite, das Telefon in den Briefkasten warf. Das metallische Klongen hallte bis zu ihm herüber. Mit dem Rücken zu ihm, den Blick auf Fenster und Tür gerichtet, entfernte sie sich rückwärts von der Sparkasse. Nach ein paar Sekunden war sie wieder bei ihm hinterm Auto.

»Na, wen schicken sie?«, fragte Linh und beobachtete gebannt den Eingang der Sparkasse.

Eine Minute später öffnete sich die Tür. Sie hörten das Schaben von Rädern auf dem rissigen Beton, das lauter war als die Drosseln in dem großen Ahorn vor der Bank. Erst war nur der Rollator zu sehen, dann eine alte Frau, die die Griffe fest umklammert hielt und mit starrem Blick nach draußen trat. Vorsichtig einen Schritt nach dem nächsten setzend, ging sie den Meter bis zum Briefkasten, nahm aus dem Körbchen des Rollators ein Schlüsselbund, schloss den Briefkasten auf und holte das Telefon heraus. Dann drehte sie sich um, wendete den Rollator und verschwand wieder im Gebäude. Die Tür wurde ins Schloss gezogen. Brombowski atmete tief durch.

»Die armen Räuber. Das kann ja heiter werden.«

»Was?« Sie sah ihn verwirrt an.

»Das ist Henriette Müller. Mit der hast du keinen Spaß. Das ist die berühmteste Kriegerwitwe des Dorfes. Der kannst du nicht mal mit drei Pistolen Angst einjagen.«

Linh betrachtete das Haus und versank kurz in ihren

Gedanken, als ihr Telefon vibrierte. Brombowskis Nummer wurde angezeigt, sie überlegte nicht lange, hob ab und stellte sofort den Lautsprecher an.

»Polizeioberkommissarin Schmidt. Mein Kollege Brombowski hört mit. Mit wem spreche ich?«

»Mit mir. Und ich bin zu allem entschlossen.«

Eine Frauenstimme, jung, vielleicht Ende zwanzig, Deutsch ohne Akzent, wenn leichtes Berlinern nicht als Akzent galt. Die Stimme zitterte beinahe unmerklich. Sie sprach schnell, als wollte sie sich selbst überholen.

Linh und Dombrowski wechselten einen überraschten Blick. Die Frau war die Geiselnehmerin, nicht die Geisel.

»Hören Sie, wir sind nur zu zweit hier draußen. Die Kavallerie ist noch nicht da. Aber wenn die erst mal anrückt, dann macht die kurzen Prozess. Also ist jetzt noch Zeit, sich zu ergeben. Kommen Sie raus, und wir werden sehen, was der Richter mit Ihnen macht. Bisher ist ja auch noch gar nichts passiert, es sieht also gut für Sie aus.«

»Nichts passiert? Sie spinnen doch. Ich wander so lange in den Bau, alleine dafür. Und ich geh nicht in den Bau.«

»Hey, bleiben Sie ganz ruhig, bitte. Haben Sie Verletzte da drin?«

»Nur einen Vollidioten, der dachte, er könnte hier was beweisen.«

»Wie geht es dem Mann? Er braucht doch einen Arzt.«

»Er ist gut versorgt. Reden wir nicht weiter über ihn.«

»Ich muss aber über ihn reden, wenn es ihm nicht gut geht.«

»Dann lege ich auf.«

»Warten Sie! Was wollen Sie?«

»Ich will … ich will Geld. Viel Geld. Und die sagen mir hier drinnen, sie kämen nicht an das Geld … ich verstehe das alles nicht. Deshalb müssen Sie das Geld besorgen. Sie da draußen. Sie dürfen aber nicht reinkommen. Wenn Sie reinkommen, dann …«

»Okay. Sie wollen Geld.«

Brombowski konnte nicht glauben, wie ruhig Linh blieb. Dass ihre Stimme immer noch so gelassen und freundlich klang, als säße sie in ihrem komischen Hipster-Bezirk Prenzlauer Berg auf einen Latte macchiato im Café.

»Wie viel Geld brauchen Sie denn?«

»Ich brauche viel Geld. Und ein Auto.«

»Passen Sie auf, ich werde jetzt telefonieren und sehen, was ich für Sie tun kann. Dafür brauche ich aber zwei Sachen von Ihnen: Ich brauche Zeit, und ich muss sicher sein, dass Sie ruhig bleiben und keine überstürzten Dinge tun. Haben Sie mich verstanden? Ich …« Brombowski konnte ihr dabei zusehen, wie sie beim Sprechen überlegte. »Ich muss wissen, dass es den Geiseln gut geht. Deshalb wäre es wichtig, dass ich einmal hineinkommen kann und mich davon überzeugen, dass …«

»Vergessen Sie's!«

»Ich habe gesehen, dass Sie eine sehr alte Frau in Ihrer Gewalt haben. Ich möchte nur einmal sehen, wie es den Geiseln geht. Ob sie medizinische Betreuung brauchen.«

»Ich hab doch gesagt: Vergessen Sie's!« Linh musste den Hörer ein Stück weghalten, weil sich die Stimme nun überschlug.

Als sie zum Fenster blickten, bewegte sich die Jalousie. »Ich lasse keinen Bullen in die Bank. Ausgeschlossen. Hier geht's allen gut. Besorgen Sie das Geld!«

Dann piepte es in der Leitung. Die Frau hatte aufgelegt.

»Scheiße«, sagte Linh leise.

»Sie steht ganz schön unter Strom«, murmelte Brombowski mit einem Blick zum Fenster.

»Ich würde eher sagen, sie steht kurz vor der Explosion«, erwiderte Linh.

10

»Scheiße, Scheiße, Scheiße!« Es war nur ein Zischen, vielleicht nicht einmal das, vielleicht war es nur ein Gedanke, der in ihrem Kopf so übermächtig geworden war, dass sie ihn hören konnte. Verdammt, jetzt halluzinierte sie schon!

Sie tigerte in dem kleinen Raum auf und ab und spürte die Blicke auf sich. Sie hasste Blicke von anderen. Es machte etwas mit ihr, wenn sie irgendjemand so musterte. Hatte es immer getan. Sie fühlte sich dann unendlich klein.

Jetzt aber, mit der Waffe in ihrer Hand, konnte sie zurückstarren. Sie tat es, blickte wütend die blondierte Frau in dem Kostüm an, die so selbstherrlich vor dem Schalter gestanden hatte, als gehörte ihr die ganze Bank. »Verdammt, guck runter!«, fauchte sie. Die Frau senkte schnell den Blick, genau wie die Schwarzhaarige, die hier arbeitete, und die junge Frau mit dem Babybauch. Deren Blick wiederum wollte sie meiden, weil sie ihn nicht ertrug. Warum war ausgerechnet an diesem Morgen eine Schwangere hier?

Sie tigerte weiter, vom Schalter bis zur gläsernen Bürotür, unter deren Rahmen ein wenig Blut gerann. Sie hatte nicht weiter über den Typen nachgedacht, als sie gesehen hatte, dass es nur ein winziger Streifschuss war, eine kleine Wunde am Arm. Dafür würde bei ihr zu Hause nicht mal der Arzt gerufen. Der Typ jammerte jetzt in seiner Ecke, aber das tat er wahrscheinlich auch, wenn er eine Erkältung hatte.

»Au, verdammt«, flüsterte er, und es klang so gequält, dass die blondierte Frau im Kostüm wieder aufsah. »Sehen Sie das nicht? Der Mann braucht einen Arzt. Wir müssen ihn hier rauslassen. Wirklich!«

»Hab ich dich nach deiner Meinung gefragt?«

»Gucken Sie doch«, sagte die Frau, »ihm geht es gar nicht gut.«

Jetzt reichte es ihr. Diese Besserwisserei, dieser vorwurfsvolle Ton. Sie ging zu dem Weib und griff ihr in die Haare. Sie zog kräftig daran, spürte, wie der Kopf unter ihrer Bewegung nach hinten ruckte. Der Schrei der Frau gellte durch die Filiale. »Du sollst deine verdammte Fresse halten, klar? Sonst brauchst *du* gleich einen Arzt.« Sie genoss das klägliche Wimmern der Frau, es gab ihr ein Gefühl von Macht. Das war es, was sie jetzt gerade brauchte. Es machte sie ruhiger, weil die Angst sie sonst fast erstickt hätte.

»Ja«, jammerte die Frau und blieb auf dem Boden liegen, »ja, ich hab verstanden.«

Niemand blickte sie mehr an, sogar die Memme im Anzug hatte ihr Klagen eingestellt. Nein, es stimmte nicht. Eine Person hatte ihren Blick weiterhin fest auf sie gerichtet: die Alte, die sie vorhin rausgeschickt hatte, um das Handy zu holen. Unverwandt schaute sie sie an, aus ihren kühlen grauen Augen, die ein wenig matt waren.

Sie wollte sie auch anschreien, aber sie tat es nicht. Sie

betrachtete nur kurz die dünnen grauen Locken der Frau und ihre Haut, die so faltig war und doch so braun gebrannt, als würde sie den ganzen Tag im Freien verbringen. Da war etwas an ihr …

Er hatte dieses Flimmern vor seinen Augen, wie kleine Sonnenperlen, die über seine Pupillen flirrten, so, als würde er hier gleich vor allen zusammenklappen.

Warum heute? Warum ausgerechnet er? Warum ausgerechnet in dieser Filiale? Das Blut lief durch den Riss in seinem Hemd, er spürte, wie es warm seinen Arm herunterrann. Dieses beschissene Kaff! Flecken-Zechlin. Irgendwie hatte er es gewusst, hatte es heute Morgen im Bett gespürt, dass er besser liegen bleiben sollte. Er war in seiner Dachgeschosswohnung in Neuruppin erwacht, allein, wie immer. Er war mit seiner Arbeit verheiratet, das sagte jedenfalls seine Mutter. Er konnte darüber nur lachen, denn Filialleiter bei der Sparkasse Ostprignitz-Ruppin zu sein, das war ja nun wirklich nicht das, wodurch man sich als Karrieremensch auszeichnete. Damit konnte er nicht mal auf einer WG-Party angeben. Egal, es hatte sich einfach nichts ergeben bisher, hier war es wie überall auf dem Land: Die wirklich hübschen Geschöpfe, die dazu auch noch clever waren, hatte es längst nach Berlin verschlagen oder gleich ganz woandershin, in den Westen, wo nicht nur Männer zurückgeblieben waren, die ihre Tage irgendwie rumkriegen mussten. So bestand sein Alltag aus frühem Aufstehen, den kurzen Arbeitstagen in den Filialen, weil sich die Öffnungszeiten dem Einkommen der Leute angepasst hatten – überschaubar, aber gut, dass überhaupt noch etwas da war. Dafür wollten dann aber die Sitzungen in der Direktion in Neuruppin nicht enden. Und abends saß er schließlich zappend auf dem Sofa. Er war wahrscheinlich einer der drei Menschen im Landkreis Ostprignitz-Ruppin, die wussten, dass ARTE ein eigener Sender war und nicht ein vernuscheltes RTL. Wenn es gut lief, traf er am Abend einen seiner Kollegen in einer Kneipe auf ein paar Bier. Kollegen, wohlgemerkt. Die wenigen Kolleginnen unter vierzig waren alle längst verheiratet und schon auf dem Weg ins Eigenheim.

Verrückt, worüber er so nachdachte, während die Irre mit der Strumpfmaske durch den Raum lief und mit ihrer Knarre herumwedelte. Nun gut, wenn es heute schlecht lief, dann war es das für ihn mit der Familienplanung gewesen. Björn Seelinger, erschossen in der Sparkassenfiliale Flecken-Zechlin. In Ausübung seines Dienstes. Es klang so komisch, wie es war. Ausgerechnet heute. Das konnte doch kein Zufall sein! Aber wer sollte denn davon wissen? Außer ... Er stockte.

Und konnte sich zusammenreimen, was in der BILD-Zeitung stehen würde: Björn S., 31 Jahre, war ein Einzelgänger, ein Karrieremensch. Vielleicht würden sie ihn als Helden bezeichnen, weil er das einzige Opfer dieses Bankraubs war, weil er die Frauen geschützt hatte, auch die Schwangere dort vorne, die am Boden kauerte und sich den Bauch hielt. *Geschützt.* Beinahe hätte er aufgelacht. Er war so mutig wie ein Welpe. Er hätte niemals aufgemuckt bei einem solchen Überfall, das hatte er schon auf der Berufsschule für Bankwesen in Eschwege gewusst. Er war kein Held.

Er hatte den Alarmknopf wirklich nur gedrückt, weil der dort an der Wand war. Es war ein Reflex, wahrscheinlich hatte er sich einfach nur irgendwo festhalten wollen.

Die Wunde am Arm tat so weh. Er sah es schon vor sich: der ganze Schweiß, die Bakterien im Hemd, Blutvergiftung, Sepsis, das war's.

Er konnte den Blick nicht von der Pistole lösen, die die Frau in der Hand hielt. Er hatte noch nie so ein Ding in echt gesehen. Er war aus Nordhessen, eine Jägergegend, ohne Frage, aber die Jagd war nie seine Sache gewesen. Deshalb war das die erste echte Pistole, die er in seinem Leben sah. Keine Ahnung, warum, aber er hatte auch vorhin nicht einen Moment daran gezweifelt, dass sie echt war.

Als er die Stimme der Frau gehört hatte, hatte er sich fast in die Hose gepinkelt. Da war so viel Wut, so viel Hass. Er wollte nicht sterben. Er wollte so schnell wie möglich hier raus und dann diese Filiale nie wieder betreten.

Aber eines musste er anerkennen: Die Frau hatte sich wirklich den richtigen Tag für ihren Überfall ausgesucht.

Das letzte Mal hatte sie 1945 auf dem Fußboden gesessen, da war sie noch ein Mädchen gewesen oder, na ja, eine junge Frau. Seitdem saß sie immer auf Stühlen und zuletzt fast ausschließlich in ihrem bequemen Sessel. Deshalb merkte sie erst jetzt, dass dieses Am-Boden-Sitzen ihrem offenen Bein wirklich nicht guttat. Es zog und juckte furchtbar.

Nach ihrem Sparkassenbesuch hatte sie eigentlich einen Termin bei Doktor Grabow gehabt, den könnte sie nun wohl vergessen. Aber gut, der hätte eh nur wieder das Bein angesehen und so etwas gemurmelt wie: *Ach, Frau Müller, was soll ich da denn machen? Das Alter, das Alter …* Aber immerhin hätte sie einen Schwatz halten können, und er hätte seine 23 Euro fürs Quartal abgerechnet.

Doch der verpasste Termin wurmte sie nicht wirklich. Nein, es war vielmehr so, dass sie das Adrenalin spürte, dieses Hormon, das sie in ihrem Körper längst verloren geglaubt hatte. Wie lange war ihr nichts Aufregendes mehr passiert? Klar, sie wollte hier nicht draufgehen, so hatte sie sich ihr Ableben bestimmt nicht vorgestellt.

Aber dieser Moment hier auf dem Boden der Bank, mit der armen Tina Kaminske, die weinend dort drüben saß, und diesem jungen Mann aus Neuruppin mit dieser winzigen Wunde am Arm – das war schon eine echte Geschichte!

Und dann war da die maskierte Frau, die auf und ab tigerte, in der Hand eine Pistole von Heckler & Koch. Henriette Müller hatte alle Krimis gelesen, die sie in die Hände bekam, bis das Lesen irgendwann ihre Augen zu sehr anstrengte. Nun schaute sie alle Krimis im Fernsehen, auch die brutalen, und da lernte man einiges über Waffen. Die Täter in den Krimis hielten ihre Waffen immer anders. Drohender. Diese Frau hier, die war jung, keine Frage, und sie hielt die Pistole vor sich, nicht so, als wollte sie bedrohlich wirken, sondern eher, als wollte sie sich selbst beschützen.

Wegen der Sturmhaube konnte sie das Gesicht der Frau nicht sehen, und ohne die Mimik war es schwer einzuschätzen. Aber Henriette Müller war sich trotzdem sicher: Was sie in deren Augen sah, war keine Gewalt, sondern Angst, Wahn, vielleicht sogar Panik. Und das bereitete ihr Kopfzerbrechen.

❖

Sie hatte keine Zeit für diese ganze Kacke hier! Sie musste die Kohle holen, und dann musste sie hier weg. Schnell. Und jetzt standen da die Bullen vor der Tür. Sicher nicht nur zwei. Sie hatte zwar nur zwei gesehen, aber es mussten doch mehr sein, selbst hier, am Arsch der Welt. Banküberfall, das war doch jedem klar, dass das ein großes Ding war. Dass dieser Bastard im Anzug aber auch ausgerechnet den Alarm drücken musste.

Der Bastard. Ihre Ruhelosigkeit hatte endlich ein Ziel. Sie spürte den Schweiß unter ihrer Maske, ihr Kopf fühlte sich so heiß an, als hätte sie 40° Fieber. Es war alles ein Elend.

Sie marschierte los, direkt auf ihn zu, griff nach seinem Arm und zog ihn hoch. Er schrie sofort auf, sie sah das Blut auf seinem Ärmel, aber es war ihr egal. Der Schmerz würde ihn schon zum Reden bringen.

»Das dürfen Sie nicht!«

»Fresse!« Blitzschnell drehte sie sich zu der Frau in dem Kostüm um, die es schon wieder gewagt hatte, den Mund aufzumachen, und schrie sie wütend an. Schnell legte die die Hände über den Kopf, um sich zu schützen.

»Los, ich brauch den Schlüssel! Gib mir den Schlüssel zum Tresorraum!«, befahl sie dem Mann.

»Das ist …«, stammelte er.

»Was sagst du?« Ihr Griff um den Arm des Mannes wurde fester

»Das ist ’ne Zeitschaltuhr! Da, das Schild.«

Er wies auf das Schild an der Glastür. Darauf war eine Tür wie von einem Banktresor abgebildet. Darunter stand: *Unser Tresor ist mit einer Zeitschaltuhr versehen und kann vom Personal nicht geöffnet werden.*

»Mann, das schreibt ihr doch nur dran, aber das glaubt doch kein Mensch. Wie wollt ihr denn an euer Geld kommen? Los, gib mir jetzt den verdammten Schlüssel für den Tresor!«

»Ich …«

Sie hob die Hand und ließ sie voller Wut in sein Gesicht sausen. Der Schlag schleuderte seinen Kopf nach links, das Klatschen hallte im Raum nach. Alle schwiegen, aber es war nicht nur ein Schweigen, es war eine absolute Stille. Alle waren vor Schreck erstarrt, jeder fühlte diesen Schmerz, der weniger ein körperlicher Schmerz war, sondern eher die Scham, einer echten Ohrfeige für einen erwachsenen Mann beizuwohnen.

»Der Schlüssel!« Sie hielt ihn weiterhin fest, aber der Mann hatte sowieso schon jeglichen Widerstand aufgegeben.

»In meinem Büro.«

»Los, hol ihn … und mach keinen Quatsch! Wenn du die Tür zumachst, dann ballere ich dich da raus.«

Sie gab ihm einen Schubs, doch anstatt loszugehen, fiel er der Länge nach hin und rührte sich nicht mehr.

Verdammt!

Nein, nicht zu mir. Bitte, komm nicht zu mir. Das war es, was ihr seit einer Stunde unablässig durch den Kopf ging. Sie betete sogar, obwohl sie nur Jugendweihe gemacht hatte. Sie wiederholte stumm immer wieder die gleichen Sätze: *Gott, bitte, lass uns das durchstehen. Uns drei.*

Die kleine Marie in ihrem Bauch war ganz still. Sonst strampelte sie wie wild, nachts manchmal so doll, dass Sarah vor Schmerzen aufwachte. Aber in dem Moment, in dem die Frau in die Bank gerannt war, war Marie verstummt. Kein Zeichen mehr, als stellte sie sich tot.

Tot. Der Gedanke ließ sie zusammenzucken. Sie drehte sich unmerklich um. Er lag ganz nah neben ihr, in ihrem Schatten, er hielt sie im Arm, das Basecap hatte er tief ins Gesicht gezogen. Sie glaubte zu spüren, dass er zitterte, vielleicht war es aber auch nur ihr eigenes Herz. Er war so ein guter Typ. Und nun machte er sich so unsichtbar, wie Marie sich unsichtbar gemacht hatte. Und sie, Sarah, sich ebenfalls gerne unsichtbar machen würde.

Sie sah nicht auf, selbst dann nicht, als die zwei Füße in weißen *New Balance*-Schuhen vor ihr standen.

»Du.«

Nein. Nicht er. Bitte!

Sie dachte nicht: *Nicht ich.* Sie dachte: *Nicht er.* Sie liebte ihn so sehr wie das kleine Wesen in ihrem Bauch.

Nun hob sie doch den Blick. Die Strumpfmaske bewegte sich in dem Rhythmus, in dem der Mund die Worte sprach. Die Stimme der Frau war heiser, vielleicht rauchte sie viel. Sarah hatte auch viel geraucht. Früher. Vor Marie.

»Du. Steh auf!«

Aus dem Augenwinkel sah sie, wie er aufstand, den Kopf immer noch gesenkt.

11

»Der Teilnehmer ist zurzeit nicht erreichbar. Wenn Sie eine Rückrufbitte per SMS senden möchten, dann ...«

Adam drückte die Neun, zum dritten Mal in zehn Minuten. Nicht auszuhalten.

»Sie hat das Handy ausgeschaltet.«

»Komisch, was ist denn da los?«

»Vielleicht arbeitet sie. Kannst du mal rauskriegen, was die Frau macht? Sie heißt Doreen Matysek. Geboren am 4. April 1992 in Schwedt.«

»Mach ich, Chef.« Thilo Kupferschmidt ging raus zu dem Zivilwagen, in dem sie seit einem halben Jahr so einen winzigen Computer hatten, der Zugang zur Datenbank der Berliner Polizei und der Bürgerämter hatte. Die Digitalisierung war endlich auch in Berlin angekommen. In Bayern benutzte die Polizei solche Computer seit 2011.

Adam trommelte mit den Fingern auf das Fensterbrett, bis Sandra endlich auflegte und ihn ansah.

»Und?«, fragte er angespannt.

»Sie schicken mir den Namen.«

»Das heißt, es gibt jemanden?«

Sie blickte ihn mit betretener Miene an. »Ja, im Nachbarhaus. Demminer 9. Er ist ...«

»Nun sag schon!«

»Er ist seit zwei Monaten raus. Ist aber eigentlich auf Jungs festgelegt.«

»Scheiße, ein Nachbar. Das könnte passen.«

»Los, wir fahren da hin.«

»Moment noch.«

Adam hielt sie zurück und ging noch einmal zurück in den großen Spielraum. Der Boden war mit Bausteinen übersät, daneben lag eine Armada von Kuscheltieren. Kleine Staubwolken tanzten durch die warme Luft. Die beiden Erzieherinnen saßen mit den Kindern auf dem Boden und ließen gerade ein Matchbox-Auto einen Überschlag machen, dass die Kleinen nur so kreischten. Der Kommissar hockte sich zu ihnen auf den Boden. Zehn Kinderaugen betrachteten ihn aufmerksam.

»Wer von euch hat denn gesehen, wie der Papa die Emily abgeholt hat?«

»Emily hat kein' Papa!«, plapperte ein kleiner Junge los.

»Nicht? Ach Mann, dann hat mir das jemand falsch erzählt. Aber hast du denn den Mann gesehen, der sie abgeholt hat?«

»Da draußen an den Zaun.«

»Da hast du jemanden gesehen?«

Der Junge, auf dessen T-Shirt ein Hund in blauer Polizeiuniform prangte, nickte eifrig. »Er hat Emily gerufen.«

»Er hat ihren Namen gerufen, und sie ist dann zu ihm gegangen? Hat sie gelacht?«

Der Junge nickte, und die anderen Kinder um ihn herum nickten mit.

»Kanntet ihr den Mann?«

Fünfmal synchrones Kopfschütteln.

»Hey, danke, ihr wart mir eine große Hilfe. Ihr könnt

jetzt weiterspielen. Eure Mamas und Papas holen euch nachher ab. Aber gleich gibt es ja eh erst mal Mittag, oder? Tschüss, macht's gut!«

Adam stand auf und nickte den Erzieherinnen zu, dann verließ er den Raum. Draußen erkannte er den Wagen des psychologischen Dienstes. Der Seelsorger stieg gerade aus. Adam hob die Hand zu einem knappen Gruß. Dann trat er auf die Straße und lief schnellen Schrittes zu Sandra Pitoli, die ihren eigenen Dienstlaptop auf das Autodach gestellt hatte.

»Benjamin Grunow, einunddreißig Jahre.«

Er nickte nur.

»Kennst du den?«

»Nein.« Adam Schmidt waren zwar die größten Problemfälle in seinem Revier bekannt. Aber in einer Drei-Millionen-Stadt war es ein Ding der Unmöglichkeit, einen echten Überblick zu haben, erst recht, weil Straftäter nach der Haftentlassung gerne untertauchten, umzogen oder gleich auf Nimmerwiedersehen verschwanden. »Aber wir werden ihn gleich kennenlernen.«

Er trat zu den uniformierten Beamten, die im Schatten der Straßenbäume Schutz vor der mittlerweile unerbittlichen Sonne gesucht hatten. »Fahrt die Absperrung ein wenig zurück, aber bleibt hier. Ich will erst Presse am Zaun, wenn ich es sage. Wir suchen einen 176er.«

Der junge Polizist verzog das Gesicht. § 176, Strafgesetzbuch: Sexueller Missbrauch von Kindern. Der besondere Platz in der Hölle. »Brauchen Sie Unterstützung, Kommissar?«

»Danke, wir nehmen erst mal das kleine Besteck.«

Schweigend lief Sandra mit Adam die zweihundert Meter in Richtung Norden. Thilo wollte nachkommen, wenn er seine Recherchen beendet hatte. Auf der Gegenspur rauschte der Verkehr in Richtung Mitte, dort vorne ragte der Fernsehturm empor wie eine Landmarke. Es war nicht weit bis zur Demminer. Sandra ertrug diese Betonburgen schlecht, die sich rechts und links emporwuchteten, diese hässliche Architektur der Sechziger. Acht Etagen Satellitenschüsseln und Einsamkeit und unten eine Ansammlung von Sportwettbüros, Waschsalons und Spätis mit blinkenden Reklametafeln. Sie kam aus Zehlendorf oder war zumindest dort aufgewachsen, nachdem ihre Eltern sie mit zwölf aus Neapel hierher verfrachtet hatten, aus der Sonne Italiens in die Tristesse, die Kälte und die kulinarische Einöde Deutschlands. Wenigstens hatten sie sie nach Zehlendorf verschleppt. Da gab es Einfamilienhäuser für normale Leute und Villen für reiche. Sie hatten in einem Reihenhaus gewohnt. Das Einfamilienhaus für normale Leute, die nicht von hier waren.

Die Scheiße mit ihrer Traurigkeit hatte begonnen, als die Aufregung über den ersten Schnee ihres Lebens, über die eisigen Winter und die blauen Kältehimmel über dieser fremden Stadt nach drei Jahren verflogen war. Und seitdem war sie nie mehr ganz weggegangen, diese Traurigkeit.

Sie, Sandra, hätte weggehen müssen. Dessen war sie sich mittlerweile sicher. Es hätte jedes Problem gelöst. Sie wollte wieder in den Süden. In die Leichtigkeit. Zu den Leuten, die über alles bis aufs Messer diskutierten und dennoch nichts Böses im Sinn hatten, sondern nur mal alle Möglichkeiten besprechen wollten.

12

»Hier ist Rabenstein, Einsatzleiter SEK. Spreche ich mit Frau Schmidt?«

»Polizeihauptkommissarin Schmidt, ja.«

Er grunzte in der Leitung.

»PHK Schmidt, ist die Geiselnahme bestätigt?«

»Positiv.«

»Wir sind auf dem Weg.«

»Das heißt? Zehn Minuten mit dem Heli?«

»Heli war keiner zu kriegen. Der, den wir haben, ist in der Werkstatt. Berlin leiht uns seinen nicht mehr. Gab wohl 'n doofes Missverständnis vor 'n paar Monaten.«

»Und nun schicken Sie uns 'ne Brieftaube?«

»Wir rücken jetzt hier in Potsdam ab, mit drei Pkw. In einer Stunde sind wir bei Ihnen. Wer hat die Leitung?«

»Die habe ich.«

»Kein LKA vor Ort?«

»Wie gesagt: Ich leite den Einsatz.«

Der Mann am anderen Ende schwieg kurz.

»Wir übernehmen. Verhandeln Sie nicht, bis wir da sind. Der Innenminister will bei derartigen Vorkommnissen immer ein hartes Vorgehen, das wissen Sie. Also: Stürmung in anderthalb Stunden. Bis gleich!«

Es piepte in der Leitung. »Wichser!«, schnaubte Linh-Thi.

»Hm?«

»Dieser Rabenstein vom SEK.«

»Ach herrje, der Waffennarr.«

»Narr reicht schon. Aber uns bleibt noch etwas Zeit.«

»Was hast du vor?«

»Wir müssen mit ihr sprechen. Wir müssen verstehen, was sie will. Und ich habe keinen Bock, dass der Irre und seine harten Jungs ihr den Kopf wegballern und die Kriegerwitwe von Flecken gleich mit ins Jenseits schicken.«

»Was soll sie schon wollen? Sie will Geld.«

»Ja, aber aus welchem Grund? Welche Frau überfällt denn alleine eine Bank? Das ist doch Wahnsinn.«

»In jedem Fall werden wir ihr nicht geben können, was sie will«, sagte Brombowski.

»Das werden wir ja sehen.« Linh-Thi lächelte ihn an. »Ich muss mal kurz telefonieren.«

Duc Tung Nguyen drückte auf den Autoschlüssel, und die schwarze S-Klasse blinkte überall dort, wo sie blinken konnte, vorne, hinten, an den LED-Leuchten, an den Seitenspiegeln und unter den Türgriffen. Zufrieden betrachtete er den Koloss, den er mittig auf dem mittleren Parkplatz vor Halle 1 geparkt hatte. Das Schild am Kopf der Stellfläche wies den Parkenden als *Geschäftsführer* aus.

Er ging den kurzen Weg über den Asphalt und betrat dann seine liebste Halle, Halle 3, weil er die jungen Frauen im Supermarkt am Eingang am liebsten mochte und weil das Gemüse deutlich frischer war als in Halle 2 und

Halle 4. Und hier gab es auch den besten Bun Chay, den Reisnudelsalat.

Sein Blick fiel in den vollen Gang. Kein typischer Montag, ziemlich viel los. Ungewöhnlich, aber ihn störte es sicher nicht. Er nickte zufrieden. Er ging ein paar Schritte, vorbei am Supermarkt. Sein Hemd war noch schweißnass von der Hitze draußen, deshalb traf ihn die Kälte der neuen Klimaanlage, die aus dem Supermarkteingang strömte, wie ein Schlag. Das Ding von *Daikin* war echt sein Geld wert. Die konnten was, die Japaner.

Links saßen die Kunden schon bei Tom Kha Kung und Asiapfanne im Bistro, dahinter kamen die ersten Läden rechts und links in den Verschlägen, die er für gutes Geld vermietete. Je näher ein Verschlag am Eingang lag, desto höher waren die Mieten.

Weiter hinten in der Halle, wohin sich nur noch wenige Kunden verirrten, kostete ein Laden gerade mal die Hälfte. Zweihundert Läden gab es hier in Halle 3, noch mal jeweils zweihundert in den Hallen eins bis fünf.

»So viel los!«, sagte er auf Vietnamesisch zu den drei Männern, die mitten auf dem Gang vor einem Nagelstudio an einem Tisch Xoc Dia spielten, ein Brettspiel. Natürlich ging es um Geld. Sie wussten, dass sie hier draußen nie um richtig viel zocken durften, dafür gab es Extraräumlichkeiten, in den nicht nummerierten Hallen, aus denen die deutschen Kunden, wenn sie sich denn dorthin verirrten, zuerst freundlich und dann sehr nachdrücklich herausgebeten wurden.

»Ja, vielleicht decken sich vor dem Urlaub alle noch mal mit Klamotten ein«, sagte ein junger Mann, und sein älterer Freund fügte hinzu: »Oder Thao hat wieder Sonderangebot.« Alle lachten, auch Duc. Thao war die beliebteste Friseurin in Halle 3, und die Liste ihrer Stammkunden war so lang wie die Legenden, die sich um ihre verschiedenen Dienstleistungen rankten. Nach Ducs Meinung schnitt sie nur Haare – vor allem aber zahlte sie pünktlich ihre Miete, und das war alles, was ihn interessierte.

Sein Telefon spielte *Tiến quân ca,* den Gesang der vorrückenden Truppen, Vietnams Hymne. Er ließ sie immer ein paar Sekunden erklingen, bevor er entschied, ob er den Anruf entgegennahm. Diesmal las er den Namen und nahm sofort ab.

»Linh!«

»Bruder. Wie geht's?«

»Alles bestens, langweilig wie immer. Bei dir?«

Er mochte es, ihre Stimme zu hören, und doch war er sogleich in Habachtstellung. Weil sein ganzes Leben darauf ausgerichtet war, für sie da zu sein. Nur für sie. Er musste ihr beweisen, dass er gut war. Ein guter Mensch. Er stand tief in ihrer Schuld. Und er musste seine Schuld begleichen. Für alles, was geschehen war.

Sie vernahm seine Stimme, die es gewohnt war, Befehle und Kommandos zu geben. Mit ihr aber sprach er ganz sanft. Sie hörte auch andere Stimmen im Hintergrund, es wurde Vietnamesisch gesprochen, und sie sehnte sich nach dem Chaos in den langen Gängen und dem wilden Farbenkitsch, der Musik und den blinkenden Neonspielzeugen in den Hallen. Vietnamesen liebten Kitsch – und sie liebte Kitsch, obwohl sie in Deutschland aufgewachsen war.

»Na ja, hier ist es gerade alles andere als langweilig«, antwortete sie und ließ eine Pause folgen. Er sprang sofort an.

»Ist alles okay?«

»Wir haben hier einen etwas verzwickten Fall. Sag mal, hast du was da?«

»Was? Du weißt doch, da ist nichts, wir sind seit dem Brand total sauber.«

»Nein, ich meine …«

Duc verstand, ohne dass seine Schwester es aussprechen musste. Er entfernte sich ein Stück von den Kartenspielern, nun waren da nur noch deutsche Kunden um ihn herum. Er wechselte ins Vietnamesische.

»Geld?«, fragte er.

»Nur zur Sicherheit. Ich weiß noch nicht, ob ich es brauche.«

»Klar. Also, kommt drauf an, wie viel du brauchst. Montag ist ein schlechter Tag, Freitag Abend bringen wir alles zur Bank. Aber am Wochenende wird schon was gelaufen sein.«

»Kannst du mir hundert geben?«

»Hunderttausend? Das ist kein Problem. Wann brauchst du es?«

Er hörte sie tief durchatmen. Sie konnte sicher immer noch nicht glauben, dass er diese Summen legal verdiente.

»Wie gesagt: Vielleicht brauche ich es gar nicht. Aber es wäre gut, wenn ich es hätte, falls es schnell gehen muss.«

»Sag mir einfach, wann und wo. Ich bring es dir.«

»In einer Stunde? Ich schick dir meinen Standort. Und, Bruder?«

»Ja?«

»Cảm ơn.«

»Linh? Du musst mir nicht danken. Niemals. Ich bin froh, wenn ich dir helfen kann.«

25 JAHRE FRÜHER – 1997

»Bisschen scharf, bisschen Soja?«, fragte ihr Vater den Mann in der Bauarbeiterkluft, der vor dem Wagen wartete. Linh musste immer über das umständliche Deutsch ihrer Eltern grinsen.

»Ja, scharf is' jut«, sagte der Mann. Papa gab mit einem Löffel reichlich Röstzwiebeln über die Chinapfanne mit krosser Ente, dann kleckste er Chilisoße an den Rand der Plastikschüssel und reichte sie über den Tresen.

»Haste 'ne Gabel?«

»Gabel hier«, antwortete ihr Vater. »Macht vier Mark fünfzig.«

Der Bauarbeiter reichte einen Fünfmarkschein herüber und murmelte: »Is jut.« Es gab einige Stammkunden, die wirklich nett waren, und dieser Mann gehörte zweifelsohne dazu.

»Karotten, kannst du Karotten schneiden?«, fragte ihr Vater auf Vietnamesisch, und Linh, die bis eben die Nudeln auf der heißen Platte gewendet hatte, begann sofort, mit dem Sparschäler eine Möhre zu häuten und diese dann mit der Reibe in kleine Schnitze zu zerteilen.

Draußen war es kalt geworden, der Himmel war von

diesem schrecklich herbstlichen Grau, und die Nässe kroch durch alle Ritzen.

Hier drinnen aber, in dem kleinen Wohnwagen, umgeben von dampfenden Töpfen und heißen Herdplatten, war es angenehm warm. Der Geruch von heißem Fett und der Stärke der Eiernudeln vervielfachte das Gefühl zu schwitzen.

Linh freute sich auf den Winter, wenn die Tage eben nicht mehr so grau waren: In Berlin gab es im Dezember und Januar manchmal ganze Wochen, an denen die Sonne schien, eisige Tage unter blauem Himmel. Sie liebte diese Klarheit, die sich dann einstellte, wenn der Kopf so klirrend kalt wurde, dass es fast wehtat, und wenn dann noch Schnee dazukam – hach, war das herrlich!

Sie zuckte zusammen, als in dem Ausschnitt, den sie beide von der Außenwelt und dem S-Bahnhof Springpfuhl zu sehen bekamen, ein Mann erschien, ein großer, schlanker Mann, dessen Körper in einer grünen Uniform steckte. Die Polizeimütze saß akkurat auf seinem Kopf.

Er blickte in den Imbisswagen hinein. Sie wollte sich schnell abwenden und den Kopf gesenkt halten, wie ihre Eltern es ihr beigebracht hatten. Aber aus unerfindlichen Gründen gelang es ihr nicht. Sie musste diesen Mann ansehen, dessen hellblaue Augen erst einen Moment auf ihrem Vater ruhten, bevor er sie ansah. Da war etwas in seinem Blick …

»Ja, bitte?«, fragte Papa den Mann, seine Stimme war freundlich, aber distanziert. »Nudeln oder Reis?«

»Oh, vielen Dank«, sagte der Polizist, während er in der Innentasche seiner Jacke nestelte. »Ich bin nicht hier, um etwas zu essen. Ich habe eine Frage.«

Ihr Vater sah ihn an und legte den Kopf schief, das

kleine Fleischbeil, mit dem er die Ente in mundgerechte Stücke zerschnitt, hielt er fest in der Hand.

»Nicht gut verstehen«, sagte Papa.

»Nur eine Frage«, beharrte der Mann. »Dort vorne, da ist ein junger Mann gestorben. Er wurde erschossen, vorgestern Nacht, haben Sie davon gehört? Ich wollte wissen, ob Sie etwas gesehen haben.«

Linh bemerkte, wie die Knöchel ihres Vaters weiß hervortraten. Auch der Polizist musste das sehen, sie hatte keinen Zweifel. Sie zwang sich, die Möhren weiterzuschneiden, als ob nichts wäre.

»Abends, ich geschlossen. Nur Tag offen.«

»Ja, okay«, sagte der Polizist, »aber kann ich Ihnen mal ein Foto von dem Mann zeigen? Vielleicht kennen Sie ihn.«

Er wollte kein Foto sehen, er wollte keine Fragen beantworten, er wollte einfach seine Ruhe. Aber er wusste, dass er kooperieren musste. Polizei bedeutete immer Ärger. Wenn er nicht mitarbeitete, kam als Nächstes das Gesundheitsamt, dann das Gewerbeaufsichtsamt, dann die Steuerfahndung. Er wusste das. Und er hasste es. In Vietnam schmierte man die Polizei nur einmal – und hatte seinen Frieden.

Phong Nguyen legte das Fleischbeil auf das Plastikbrett und nahm das Foto entgegen, das der Polizist ihm hinhielt. Er warf einen Blick darauf. Hielt eine Weile durch und tat so, als würde er nachdenken.

Natürlich hatte er gehört, was vorletzte Nacht passiert war, die Kreuzung war ja keine dreihundert Meter von hier entfernt. Ein junger Mann, erschossen, aber nicht aus einem Auto heraus, wie es früher schon passiert war. Dann hätte man davon ausgehen können, dass es die Nazis gewesen waren. Nein, dieses Mal war es anders: Es war wohl einfach ein Clanmitglied vorbeigelaufen und hatte auf ihn geschossen.

Phong konnte schwören, dass er diesen jungen Mann noch nie gesehen hatte. Und doch wurde er jetzt dazu befragt, weil er vom gleichen Volk war – und damit steckte er doch wieder mittendrin in dieser Sache.

Er hatte geglaubt, all das überwunden zu haben. Den Krieg in der Community. Den Kampf der vietnamesischen Mafia. Fünf Jahre hatte der in Berlin gewütet. Fünf lange, blutige Jahre.

Bis zur Wende hatten sie als Gastarbeiter friedlich und freundlich zusammengelebt, sie alle. In der DDR wurde er als Vertragsarbeiter in einem Chemiekombinat eingesetzt, seine Frau als Näherin, zusammen mit Hunderten anderer Vietnamesinnen.

Doch dann brach der ganze Staat zusammen, und niemand erklärte ihnen, was überhaupt passiert war. Sie verstanden kein Deutsch. Und um es aus den Nachrichten im Fernsehen zu erfahren, fehlten ihnen drei Dinge: die deutsche Sprache, die Zeit und … der Fernseher.

Das Chemiekombinat wurde geschlossen. Keine sechs Monate später kamen die Jeans aus China, und auch seine Frau verlor ihre Arbeit. Also blieb ihnen nur das, was alle Vietnamesen damals machten: Sie verkauften vor der Kaufhalle Zigaretten. Schmuggelware aus Polen, herbeigeschafft von Großhändlern, die Dutzende Stangen im doppelten Boden des Kofferraums herbrachten – oder im fast leeren Tank. Das schmeckte man, er hatte damals aufgehört zu rauchen. Doch selbst mit dieser schrecklichen

Arbeit nahmen sie in einem Monat mehr ein, als sie in einem ganzen Jahr in der DDR verdient hatten. Nach nur zwei Jahren hatten sie das Geld für zwei Läden zusammen: den Bungalow mit den Pullovern. Und diesen Imbiss hier. Das machte ihn stolz. Er hatte sich mit seiner Frau zusammen etwas aufgebaut, in einem fremden Land. Und das Geld reichte zum Leben.

Andere aber trieben das Geschäft immer weiter und wurden noch viel reicher, vor allem zwei Familien, eine von ihnen kannte er sogar persönlich, eine andere kam aus Lichtenberg. Sie wurden immer mächtiger, immer stärker – und immer skrupelloser. Plötzlich musste man sich entscheiden, zu welcher Familie man hielt. Allein der Sicherheit der eigenen Familie wegen.

In Berlin sprach fortan jeder nur noch von der Vietnamesen-Mafia. Und tatsächlich begann in Marzahn und Lichtenberg ein blutiger Revierkampf. Zuerst ging es nur um den Zigarettenschmuggel, doch später, so raunte man, kamen auch Schutzgeld, harte Drogen und Waffen dazu, sogar Prostitution wurde Teil des Geschäfts. Manchmal war am helllichten Tag geschossen worden.

Phong wollte von alldem nichts wissen. Bei den Kämpfen um Marktanteile und die Vorherrschaft in den Ostbezirken hatte er irgendwann aufgehört, zu zählen, wie viele Tote es gegeben hatte. Seine Frau hatte ihn immer beschworen, dass sie sich da raushielten. Wenn die jungen Männer kamen, um einmal im Monat fünfzig Mark abzuholen, dann zahlten sie, ohne zu murren. Schließlich bekamen sie dadurch auch Schutz. Es ergab Sinn. Ihm fiel jeden Abend eine unsichtbare Last von den Schultern, wenn die ganze Familie heil nach Hause gekommen war.

Und jetzt sollte alles wieder von vorne losgehen? Er konnte, er wollte es nicht glauben.

»Nicht kennen. Nicht gesehen hier«, sagte er, als er den Blick wieder hob und das Foto zurückgab. Doch irgendwie sah ihn der Polizist gar nicht mehr richtig an, als er das Bild entgegennahm.

Der kleine Vietnamese hatte zwar so getan, als hätte er sich das Foto angesehen, aber er war weit weg, irgendwo in Gedanken, Adam hatte das erkannt. Und er wusste schon, dass der Mann nichts gesehen hatte – diese Menschen hatten nie etwas gesehen.

Da bemerkte er aus dem Augenwinkel das Mädchen, das die Karotte in der Hand sinken ließ, als wäre ihr mit einem Mal die Kraft aus dem Körper entwichen, und ihn anblickte. Ganz kurz nur, für den Bruchteil einer Sekunde, sah er es: ein leichter roter Schauder auf den Wangen, ein Anhalten des Atems, nur eine winzige Veränderung der Stimmung. Dann sah die Kleine wieder weg und begann konzentriert, mit der Reibe die Möhre zu raspeln. Es war nur ein Augenblick, aber der genügte, damit Adam Schmidt sich sicher war: Dieses Mädchen – sie mochte vielleicht elf oder zwölf Jahre alt sein –, dieses Mädchen mit der hellblauen Sportjacke von Adidas und den pinken Spangen im Haar kannte den Toten.

13

Schnelle Schritte hinter ihnen, das leichte Atmen des Halbprofi-Fußballers. Sie drehten sich um.

»Ich will dabei sein.« Thilo Kupferschmidt stand da, und immer, wenn er den jungen Mann mit dem offenen Holster über dem Muskelshirt sah, fühlte sich Adam an sich selbst erinnert. An damals, an die Zeit vor 1997. Zu viel Kraft, zu viel Testosteron, zu viel Wut.

»Gut, dann machen wir das zusammen.« Sie bogen in die kleine Straße ein, die von der eisernen Swinemünder Brücke überspannt war, dahinter lagen links der OBI, rechts die hohen Wohnblocks der Demminer.

»Sandra, gehst du bei der Matysek klingeln? Vielleicht ist sie ja zu Hause und schläft. Und wenn nicht, frag die Nachbarn, wo sie stecken könnte. Wir gehen zum 176er.«

»Alles klar. Passt auf euch auf.«

Sie sah ihnen nach. *Passt auf euch auf.* Keine Ahnung, warum sie das immer sagte. Es steckte in ihr. Italienische Mamma nannte Thilo sie manchmal. Er meinte es liebevoll. Und es stimmte. Da war zu viel italienische Sorge in ihr. Auch ihre Mamma hatte das immer gesagt. *Pass auf dich auf, Kind.*

Sie trat an die Klingeltafel, zehn Etagen mit je fünf oder sechs Namen. Kaum ein Schmidt, kaum ein Müller, dafür viel Yildirim und Demir, viel türkisch, viel russisch, viel polnisch.

Sie versuchte es gar nicht erst bei Matysek, sie wollte erst mal ins Haus kommen. Gerade als sie auf eine der Klingeln drücken wollte, trat eine alte Frau mit Kopftuch aus dem Haus. Sie zog einen Hackenporsche hinter sich her, ging wahrscheinlich zum Einkaufen bei Aldi ums Eck. Sandra hielt die Tür auf und schlüpfte hinein. Der Fahrstuhl fuhr, das war selten in diesen Häusern. Sie sah die Namenstafel durch und drückte dann auf den Knopf für die achte Etage. Mit lautem Geknarre setzte sich der Aufzug ruckelnd in Bewegung.

Die Demminer Straße 9 sah genauso aus wie der Block links und der Block rechts davon. Na gut, vor Nummer 9 standen ein paar mehr Bäume. Thilo Kupferschmidt war in Hannover-Mühlenberg aufgewachsen und hatte eine Weile in Dortmund-Nord bei der Polizei NRW Dienst getan. Er kannte Hochhausviertel, er kannte solche Gegenden. Und er hasste sie.

Deshalb war er sehr froh, dass er nach seiner Versetzung nach Berlin dem Abschnitt 15 zugeteilt worden war. Prenzlauer Berg. Bürgerliches Milieu. Kinderwagen, Latte macchiato, untervögelte Mütter. Er mochte den Bezirk von Anfang an, besonders, weil das Klischee zutraf. All die wunderschönen Altbauten südlich der Schönhauser Allee. Probleme gab es hier nur, weil übermotivierte Nachbarn ständig wegen irgendwelcher wirren Verdächtigungen die Polizei riefen oder weil mal eine Party zu einer Ruhestörung eskalierte. Fahrraddiebstähle gab es auch – und die wenigen übrig gebliebenen Penner am Helmholtzplatz, um die sie sich von Zeit zu Zeit kümmern mussten. Ansonsten war es ein Traumleben für einen Berliner Polizisten. Nur leider gehörte zu seinem Einsatzgebiet eben auch der südliche Wedding, und es schien, als würden ihre Einsätze sie immer wieder genau dorthin ziehen. Verließ man die ruhigen Straßen des Prenzlauer Bergs und ging eine Straßenecke weiter, sah die Welt aus, als hätte man sie auf den Kopf gestellt: Nur noch Frauen mit Kopftüchern, getunte 5er-BMWs, kleine Araber mit Goldkettchen und zu viel Wut im Bauch, türkische Supermärkte, die im Lagerraum Drogen horteten – das war der Moloch Berlin.

Raus aus der Hitze der Brunnenstraße und rein in das schummrige Treppenhaus. Der Schatten brachte etwas Frische, aber die Kälte erdrückte ihn. Er spürte, wie der Schweiß auf seiner Brust ihn schaudern ließ, es fühlte sich klamm an, wie eine zu dicke Decke in einer zu warmen Nacht.

Wie ging es Linh? Er hätte sie jetzt gerne angerufen, aber diesen Drang verspürte er immer in diesen Situationen, also hielt er sich zurück. Sonst hätte er sie immer anrufen müssen, bei jedem Einsatz.

Insgeheim zählte er die Treppenstufen, bei dreiundfünfzig verzählte er sich, aber er konnte nicht zurückgehen, um von vorne anzufangen, weil Thilo hinter ihm lief. Etage 6, so hatte es in der Anzeige für den 176er gestanden. Etage 6, Wohnung 6.02.

Er wies auf die Tür aus billigem Spanholz, braun furniert, und Kriminalobermeister Kupferschmidt nickte. Schmidt hielt sein Ohr an die dünne Tür. Sie vibrierte leicht, von drinnen kamen Geräusche.

Sie klingelte dreimal, schnell hintereinander. Mit Nachdruck. Als nichts passierte, schlug sie mit der flachen Hand gegen die Tür.

Sie hörte ihr Herz pochen.

»Aufmachen, Polizei!« Sie atmete erleichtert aus, als sie keine Schritte hörte, sie konnte nicht anders. Ja, auch sie hätte gern Aufklärung. Aber nein: Sie wollte dieser Frau nicht sagen müssen, dass ihre Tochter verschwunden war. Entführt. *Ihre Tochter ist entführt worden.*

Sie war froh, dass Adam diese Dinge normalerweise übernahm.

Noch einmal klopfte sie, diesmal noch lauter, es hallte im Hausflur nach. »Hallo! Hier ist die Polizei.« Drinnen weiterhin Stille. Aber hinter ihr knarrte es. Sandra wirbelte herum.

Die gegenüberliegende Tür war geöffnet. Ein Mann, Mitte fünfzig, randlose Brille, lugte heraus. Sie roch seine Fahne bis hierher. Bier, vielleicht auch Schnaps, aber um das zu erkennen, müsste sie näher ran. »Was is'n hier los?«

»Tag, Kriminalkommissarin Pitoli von Abschnitt 15. Sie sind Herr …?«

»Ick bin der Günther.«

»Ich suche Frau Matysek. Wissen Sie, wo sie ist?«

»Wat is'n passiert?«

»Wissen Sie, wo sie ist?«, fragte sie noch einmal mit Ungeduld in der Stimme. Sie trat einen Schritt näher, der beleibte Mann im Unterhemd wich instinktiv zurück in die Wohnung.

»Arbeiten. Die arbeitet immer.«

»Was macht sie denn?«

»Zeitarbeit, wie alle hier.«

»Kennen Sie sie gut?«

Der Mann zuckte mit den Schultern. »Nett isse. Aber redet nicht viel.«

»Wissen Sie, wo ihre kleine Tochter ist, wenn Frau Matysek arbeitet?«

»Na unten inne Kita.«

»In welcher?«

»Gloob, auf der Brunnenstraße. Aber weiß ick nicht jenau. Abends holt sie sie dann ab. Um sechse kommen die normalerweise immer hoch.«

»Sie wissen aber gut Bescheid.«

»Seh ick ja ausm Fenster.«

»Sehen Sie denn auch, ob es einen Vater dazu gibt, wenn Sie rausgucken? Zu dem Mädchen? Emily heißt sie, glaube ich.«

»Na hörn Se mal, junge Frau, ick bin doch nich' neugierig.«

»Das glaube ich aufs Wort. Also kein Vater?«

»Die bringt keene Männer nach Hause.«

»Kennen Sie zufällig den Namen des Arbeitgebers von Frau Matysek?«

»Nee, irgend so wat Englisches, wie diese modernen Firmen immer heißen. Ick war ja bei Siemens, dat kennt man wenigstens. Aber jetzt, na ja, Invalidenrente, so heißt dat. Abstellgleis sag ick dazu.«

»Lass mich das machen«, flüsterte Thilo und nickte seinem Chef aufmunternd zu. Der legte den Kopf schief und zog seine Waffe. In Ordnung.

Klar, sie konnten auch mit dem Schlüsselset anfangen, aber in so einem Fall – ein vermisstes Mädchen – zählte jede Sekunde.

Er hörte die Musik, er mochte sich nicht vorstellen, was da drinnen los war, er wollte nur hinein.

Kupferschmidt nahm die Heckler & Koch aus seinem Holster, hielt sie zu Boden gerichtet. Dann holte er Schwung und trat mit voller Wucht gegen die Tür. Die Spanplatte zersplitterte, brach aus den Angeln, und schon waren sie in der Wohnung.

Ihnen gegenüber stand ein bleicher Mann mit roten Haaren, er schaute erschrocken, aber die Pupillen seiner grünen Augen waren so groß, dass er wohl auch mit einem Dinosaurier gerechnet hätte, kurzum: Ihn konnte alles und nichts schockieren.

Thilo spürte, wie auch Adam einen Moment zu lange paralysiert war, also machte er einen Schritt nach vorne. Er wich Richtung Wand aus, als sich auch der Typ bewegte, er war viel schneller und sicherer, als es den Anschein machte, aber das hier war schließlich seine Wohnung. Der Typ holte aus und schlug zu, die Faust einfach geradeaus, und dann machte es *Krach.*

Sein Blick fiel nach rechts, er wurde immer noch von dem elektrischen Licht angezogen. Im Zimmer stand ein schmales Bett und daneben ein Witz von einem Schreibtisch, obendrauf der Bildschirm, und auf diesem Bildschirm waren nackte Jungs zu sehen.

Adam wandte die Augen schnell ab, er hatte genug gesehen. Wie alt die Jungen waren, spielte keine Rolle, eine ungefähre Ahnung genügte: Es waren noch Kinder.

Dann erst wurde er des Tumults vor sich gewahr. Er sah, wie Thilo zu Boden ging, seine Waffe befand sich nun in der Hand des anderen Mannes. Verdammt!

Der Typ stand da, er hatte ein leichtes Lächeln auf dem Gesicht, die Polizistenwaffe fest im Griff.

Adam wechselte den Fokus auf seine eigene Hand, die er instinktiv gehoben hatte. Er sah, wie sehr sie zitterte, es war kein leichtes Aufgeregtsein, nein, es war, als würde der Wedding gerade von einem Erdbeben erschüttert.

Der junge Typ, nicht viel älter als er selbst, hatte seine Knarre, die dritte seiner Dienstpistolen, nach Niedersachsen und NRW jetzt Berlin, eine HK SFP9, er konnte sogar die Seriennummer auswendig, *G 267 257*.

Thilo lag am Boden, die Augen weit geöffnet, während der Rothaarige die Waffe auf ihn richtete. Er spürte, wie eine Welle der Panik ihn überrollte. Es war nicht so sehr die Angst davor, was dieser Mann gleich tun würde – oder doch, denn wer wollte schon von einem 176er erschossen werden, dem Abschaum der Erde? –, sondern vielmehr die Fassungslosigkeit darüber, was der andere *nicht* tat. Sein Partner. Der einfach nur dastand, mit zitternder Hand.

»Adam«, zischte Thilo, »los, schieß!«

Doch Adam Schmidt war wie versteinert und im Gesicht weiß wie eine Wand.

Thilo zählte im Kopf die Sekunden – eins, zwei, drei ... Er musste irgendwie zu Atem kommen, etwas tun.

Der Rothaarige, jetzt erst bemerkte Thilo die Aknenarben in dessen Gesicht, sie sahen aus wie Planetenkrater, schien sich mit Pistolen auszukennen. Er hielt sie bemerkenswert professionell. Klar, er hatte im Gefängnis gesessen, und er hatte nichts zu verlieren, wenn er das kleine Mädchen wirklich irgendwo hier versteckt hielt. Thilo wagte nicht, sich umzusehen. Er wollte nicht sterben, nicht hier, in dieser schäbigen Butze.

Er hatte nur eine Chance, und die würde er nutzen. Blitzschnell schob er seine Hand nach vorne, versuchte, den Fuß des Mannes zu packen. Der machte einen Satz zur Seite, und in dem Moment schien Adam aus seiner Trance zu erwachen, er lud durch, und es knallte.

Thilo schloss vor Schreck die Augen.

14

»Gut, ich danke Ihnen, Herr Zeisig«, sagte Sandra. Sie hatte den Nachnamen von Günther auf dem Klingelschild entziffert. Solche Nachbarn waren Gold wert, immer zu Hause, immer wachsam, auch wenn das Ergebnis in diesem Fall eher dürftig war.

Der plötzliche Knall drang bis zu ihnen hinüber. Sandra zuckte zusammen, ein Reflex, der nicht abzutrainieren war. »Na, holla die Waldfee!«, sagte Günther. »Die irren Libanesen wieder?«

»Schließen Sie die Tür, und bleiben Sie in Ihrer Wohnung!« Sandra Pitoli war mit einem Satz bei der Treppe und hörte ihn hinter sich herrufen: »Dit is' der Wedding. Wenn ick nicht rausgehe, wenn es knallt, dann jeh ick jar nich' mehr raus.«

Der Putz rieselte aus der Wand, vielleicht war es auch der Pistolenrauch, den Adam aus dem Lauf kommen sah. Der Mann mit den roten Haaren ließ Thilos Waffe zu Boden fallen, es schepperte metallisch, dann rannte er los. Er war schnell, das hier war sein Gehege, er stieß den

Schreibtisch um, der Bildschirm fiel krachend zu Boden, und dann erreichte er auch schon die Balkontür.

Adam hechtete ihm hinterher. Der Mann riss die Tür auf und war mit einem Satz draußen auf dem Balkon, und erst als auch Adam den warmen Sommerwind spürte und ihm die Helligkeit ins Gesicht schlug, fand er wieder Worte: »Nein, nicht!«

»Bleibt stehen, oder ich mach hier runter!«, rief der Rothaarige zurück, die Hände schon an der Brüstung, zu allem bereit.

»Weg da!«, rief sie. Die alte Frau erschrak und drängte sich an die Flurwand, es war dieselbe wie vorhin, Kopftuch, Einkaufswagen hinter sich, gefüllt bis oben hin, eine Gurke schaute heraus.

Im Hinausrennen blickte Sandra instinktiv nach oben.

Sie musste ihre Augen mit der Hand gegen das gleißende Licht schützen. Die Sonne stand jetzt hoch am Himmel, und die Umrisse des Mannes zeichneten sich deutlich ab. Er stand mit dem Rücken zum Geländer, nein, er stand nicht, er saß auf der Brüstung, sie sah sogar seinen Po von hier unten.

Das musste der 176er sein. Insgeheim hatte sie gehofft, dass er es wäre, den der Schuss erwischt hatte. Aber er war da oben, immer noch lebendig.

Was war mit Thilo und Adam? Herrgott, was passierte dort auf dem Balkon?

Sie konnte den Blick nicht abwenden. Ab und zu hörte sie Wortfetzen, aber sosehr sie sich auch anstrengte, die

Vögel in den Bäumen und die Autos auf der Brunnenstraße verhinderten, dass sie etwas verstehen konnte.

Sie riss sich von dem grotesken Anblick los, versuchte nachzudenken, aber es war nur ein Gedanke, der ihr immer wieder durch den Kopf ging. *Bitte, bitte, sei am Leben. Adam. Adam.*

»Benjamin«, sagte Adam, und seine Stimme war kaum mehr als ein Flüstern. Er riss sich zusammen, er durfte jetzt nicht versagen, so wie eben. Jetzt kam es drauf an. Ein leises Räuspern, dann hatte seine Stimme wieder den Klang, den er als nichts Besonderes wahrnahm, von dem er aber wusste, dass er eine besondere Wirkung auf andere Menschen hatte. »Benjamin«, wiederholte er, deutlich und so sanft, wie es ihm möglich war. »Du bist Benjamin Grunow?«

»Bleib da stehen, Bulle!«, fauchte der Mann, aber Adam sah die Überraschung in seinen Augen und verstand. Noch nie hatte ein Polizist so mit ihm geredet.

»Ja, okay, ich bleibe hier stehen. Benjamin, komm da runter, bitte. Ich habe nur eine Frage.«

»Nein, nein, bleib stehen …«

»Einverstanden, ich bleibe hier stehen, ich bescheiße dich nicht. Weißt du, ich will gar nichts von dir, Benjamin.«

»Ach ja?« Der Mann mit den roten Haaren lachte nervös, Schweiß rann ihm die Schläfe hinab. Er leckte sich über die Lippen, die Augen groß und starr auf Adam gerichtet. »Und deshalb springt ihr durch meine Tür? Vergiss es, ich glaub dir kein Wort!«

»Benjamin, ganz ruhig.«

»Ihr lasst mich doch nie in Ruhe, dabei hab ich alles gemacht, was ihr verlangt … der Knast, im Knast, das … ich geh da nie wieder hin!«

»Benjamin, wieso solltest du denn wieder in den Knast …«

»Die Bilder, die hab ich … nein, bleibt da stehen!«

Thilo trat noch einen Schritt näher. Ihm war es egal, ob der Typ sprang oder nicht. In ihm kochte es.

Nun konnte er hinabsehen: Da war die Krone einer Linde, darunter der Bürgersteig der Demminer Straße. Blieb nur zu hoffen, dass der Scheißkerl nicht auf einen Menschen stürzte.

Immer noch piepte es in seinen Ohren, und das steigerte seine Wut nur noch. Das Adrenalin pulsierte durch seine Adern.

Adams Kugel war nur einen Meter über ihm in die Wand eingeschlagen. Was machte dieser Mann auf seiner Position? Er verstand es nicht. Er verstand die Welt nicht mehr. Diese Aussetzer – das hier war nicht der erste gewesen, wohl aber der für ihn gefährlichste. Wollte er sie alle ins Verderben stürzen?

Er sah den Kommissar von der Seite an. Noch immer war die Blässe nicht ganz verschwunden, auch wenn er wieder so ruhig, beinahe gelassen, sprach, wie er es immer tat, wenn er Zeugen und Verdächtige vor sich hatte.

Aber vorhin, in dieser Sekunde äußerster Gefahr, da hatte es auf Thilo gewirkt, als würde Adam Schmidt vor Angst tot umfallen. Und ihn seinem Schicksal überlassen.

❖

»Mich interessieren deine Bilder nicht. Ich will nur wissen, wo das Mädchen ist.«

»Welches Mädchen?«

»Emily. Wo ist Emily?«

»Ich … ich weiß nicht, was denn für ein Mädch…«

Er war nur einen Moment unruhig auf der Brüstung herumgerutscht, wohl vor lauter Überraschung über die unvorhergesehene Wendung des Gesprächs. Adam sah, dass der Schwerpunkt für eine Sekunde auf dem Oberschenkel war, nicht auf der Pobacke, er sprang vor und griff zu, riss das Bein des Mannes nach unten und hielt es fest, während sich Thilo auf den Oberkörper des Mannes stürzte und ihn mit dem Bauch voran zu Boden warf.

Thilos Stimme war nur ein Schnauben, während er ihm die Hände nach hinten drückte: »Benjamin Grunow, Sie sind festgenommen wegen des Verdachts auf Kindesentführung und wegen des Besitzes kinderpornografischen Materials. Sie haben das Recht, die Aussage …«

Adam bemerkte eine Bewegung im Eingangsbereich der Wohnung. Sandra. Sie stürmte mit gezogener Waffe herein. Adam sah, wie sie stehen blieb und lächeln musste, als sie ihn erblickte.

»Alles gut, Chef?« Ihre Augen ein Strahlen.

»Ja, alles gut.«

15

Sie starrte auf ihr Handy. Sie wollte ihn in der Luft zerreißen. Aber das konnte sie nicht. Sie traute sich nicht. Ihm war alles zuzutrauen.

Unruhig ließ sie den Blick durch den Raum schweifen. »Hey, du! Du da. Wie heißt du?«

»Tina«, stammelte die Frau mit den verweinten Augen. »Tina Kaminske.«

»Komm her, tipp dein Passwort ein.«

Sie hatte sich hinter dem Tresen verschanzt, um Abstand zwischen sich und die Geiseln zu bringen und trotzdem alle im Blick zu haben. Und so konnten die nicht sehen, wie nervös sie von einem Bein aufs andere tänzelte.

Die Frau in dem schlichten dunkelblauen Kleid rappelte sich vom Boden hoch und trat um den Tresen herum. Sie ging an die Tastatur, ohne sie anzusehen. Der Monitor wurde heller, dann gab sie eine Zeichenfolge ein.

Dieter110867.

Zum ersten Mal fiel ihr auf, wie lächerlich dieses Passwort war. Aber wer sollte schon ein Interesse daran haben, die Sparkasse von Flecken-Zechlin zu hacken. Nun gut, bis zu diesem Tage hätte sie auch nicht geglaubt, dass sie in ihrem Leben noch mal einen Überfall mitmachen würde. Die Zeit nach der Wende war hart genug gewesen, als die Sparkassen der Region alle paar Monate ausgeraubt worden waren, weil allen Räubern Osteuropas und aus dem Westen klar war, dass die blöden Ossis noch keine richtigen Sicherheitssysteme hatten und die Polizei immer noch nicht wusste, für welche Regierung sie jetzt eigentlich für Sicherheit sorgte.

Sie drückte die *Enter*-Taste, auf dem Bildschirm erschien die Maske für die Eingabe der Personenstammdaten.

»Setz dich wieder hin. Sie. Wie heißen Sie?«

Zum ersten Mal hatte die Frau jemanden gesiezt, dachte Tina Kaminske. Während sie zurückschlurfte, sah sie nach, wen die Maskierte meinte.

»Henriette Müller«, sagte die alte Frau, und Tina Kaminske hörte, wie die Tasten klickten.

Was hatte die Frau vor?

Tina sah zu ihrem Chef. Björn Seelinger hielt die Augen geschlossen und rührte sich nicht. Vielleicht war er ohnmächtig? Sie betrachtete die kleine Wunde. Dass er zu viel Blut verloren hatte, war wohl ausgeschlossen.

Tina Kaminske hörte das Klicken, es klang energisch, fast wütend, dann gab es einen Knall.

»Verdammte Scheiße!« Die Frau hatte auf die Tastatur gehauen.

Sie spürte wieder die Blicke auf sich. Sie konnte sich vorstellen, was die Leute dachten. *Zu dumm, um einen Computer zu bedienen.*

Sie stand auf und ging um den Tresen herum. Sie würde ihnen schon zeigen, wozu sie fähig war.

»Ihre Handtasche!« Sie baute sich vor der Alten mit dem glasigen Blick auf. »Los doch!«

Die Frau gab ihr die dunkelgraue Tasche mit dem goldenen Knopf. Sie sah sie durchdringend an. »Ich hab meine Kontonummer auch im Kopf.«

»Geben Sie schon her.« Sie nahm die Tasche mit zum Computer, öffnete sie und kippte alles auf das kleine Tischchen.

Der Typ mit der Wunde stöhnte leise auf.

»Hören Sie, er ist wirklich verletzt.« Die Tante mit dem Kostüm schon wieder. So langsam reichte es ihr. Sie sollte endlich ihre Fresse halten!

Sie griff nach der Pistole, die neben ihr auf dem Tisch lag. »Schnauze, sonst knall ich euch ab!«, brüllte sie und fuchtelte mit der Waffe herum.

Aber sie durfte jetzt nicht die Nerven verlieren. Sie musste sich konzentrieren, sie brauchte die Kohle. In der Handtasche waren eine Packung Taschentücher, eine Damenbinde, ein Schlüsselbund und eine Geldbörse. Sie holte die Girocard daraus hervor. Die Nummer, wo stand die scheiß Nummer? Dort. *136 349 02.* Sie tippte sie ein. Als sie gerade *Enter* drücken wollte, klingelte es so laut, dass sie zusammenfuhr. Was, zum Teufel, war das?

Sie griff sofort wieder nach der Pistole und spürte im selben Moment die Vibration in ihrer rechten Gesäßtasche. Mist, sie hatte das verdammte Telefon nicht ausgestellt.

»Ihr bleibt sitzen«, rief sie, »und seid still, sonst raste ich aus.«

Sie nahm ab. Die Nerven bis zum Äußersten gespannt.

»Hallo, hier ist Schmidt. Ich bin die Polizistin, die vor der Tür steht.«

»Haben Sie die Kohle?«

»Hören Sie …«

»Warum rufen Sie mich an?«

»Okay, pass mal auf«, hörte sie die Frau jetzt sagen. Sie schien viel jünger zu sein, als sie zuerst gedacht hatte, und ihr Ton war auf einmal so kumpelhaft, als würden sie sich schon lange kennen. Irgendwie verschwörerisch. »In einer Stunde ist das Scheiß-SEK hier, und die werden reinkommen und dir die Rübe wegballern, bevor ich bis drei zählen kann. Das sind echt beschissen harte Jungs. Deshalb hast du nicht viel Zeit. Aber ich hab eine Idee, die meine Chefs bestimmt nicht gut finden. Ich habe Kohle besorgt. Hunderttausend Euro.«

Sie wagte nicht, zu atmen. Was spielte die Polizistin für ein Spiel? Warum wollte sie ihr helfen? Das konnte nur eine Falle sein. Andererseits klang sie ehrlich.

»Die Kohle ist auf dem Weg, sie wird in einer halben Stunde da sein. Ich hab auch ein Auto hier, mein eigenes. Es ist nicht verwanzt. Du kannst beides haben: das Geld und das Auto. Aber dafür muss ich vorher zu dir rein. Ich will sicher sein, dass es allen gut geht. Deshalb hör mir jetzt ganz genau zu: Ich will, dass du mir den verletzten Mann rausschickst. Und die alte Frau auch. Und dann komm ich rein, und wir reden. Danach bekommst du das Geld und mein Auto.«

Sie rieb sich über die Augen, spürte, wie trocken ihr Mund war. Verdammt, gab es denn hier keinen Wasserspender? Sie war völlig unvorbereitet an diese Sache herangegangen. Hatte nicht nachgedacht. War einfach blind vor Angst gewesen.

Doch jetzt sah sie plötzlich ganz klar. Es war, als würde sie erwachen. Das hier war wie ein Krimi, und sie wusste, was passierte, wenn man den Bullen vertraute. Die Bullen redeten nie so wie diese Frau, außer Til Schweiger im *Tatort* vielleicht.

»Ich lass dich nicht rein. Bring die Kohle, ich will sie vor dem Fenster sehen. Verstanden?«

Sie legte auf und hatte für einen Moment das Gefühl, in Ohnmacht zu fallen.

16

In der penibel aufgeräumten Wohnung war keine Spur von Emily. Weder im Bad noch in der Küche, noch in dem einzigen Zimmer hatten sie auch nur den geringsten Hinweis auf das Mädchen entdeckt. Vielmehr sah es so aus, als hätte der Mann den ganzen Vormittag seine widerlichen Filme geguckt.

Benjamin Grunow hatte gefesselt in der Ecke gesessen und ihnen bei der Durchsuchung zugesehen.

»Ich bring ihn auf die Wache«, hatte Thilo Kupferschmidt schließlich gebrummt, nachdem noch zwei Streifenpolizisten zu ihnen gestoßen waren.

Sandra Pitoli hatte den Bildschirm wieder angeschlossen, und nun saß sie mit Adam vor dem Rechner. Gemeinsam schauten sie so schnell wie möglich durch die Fotos der nackten Jungen im Alter zwischen vier und sechs. Es war schlimm – aber es musste sein. Wenn auch nur ein Hinweis auf die Herkunft der Fotos zu sehen war, dann konnten sie das Leid eines Kindes beenden.

»Die Videos auch?«, fragte Sandra nach einer Weile.

»Ich kann verzichten«, antwortete der Kriminalhauptkommissar. »Gib es an die Kollegen der Abteilung 8 im LKA.« Die kümmerten sich um Kinderpornografie.

»Mach ich. Dann nehmen wir ihn uns jetzt vor?«

»Das können die Kollegen übernehmen. Wir müssen das Mädchen finden. Die Mutter ... Ich verstehe einfach nicht, warum wir sie nicht erreichen! Geh noch mal in die Kita. Frag da nach einer anderen Notfallnummer, irgendwen muss es da doch geben. Was passiert denn, wenn das Mädchen krank ist? Ich werde in der Wohnung nachsehen, ob ich rausfinde, wo sie arbeitet.«

»Soll ich mitkommen?«

»Nein, wir haben keine Zeit. Geh zuerst in die Kita. Und besorg uns DNS von dem Kind. Von der Jacke, von der Zahnbürste, von irgendwo. Ich nehme auch in der Wohnung Material. Aber doppelt hält besser. Die Spurensicherung soll hierherkommen, ich will ganz sichergehen, dass das Mädchen nicht doch hier war.«

»Ich versiegle noch die Tür«, sagte Sandra Pitoli, doch ihr Chef war schon mit langen Schritten im Treppenhaus verschwunden.

Ein Schauer lief ihr über den Rücken, immer, wenn er weg war, fühlte sie sich allein, verlassen und leer.

In den zwei Jahren, in denen sie jetzt in seiner Einheit war, war er ihr Fels in der Brandung geworden.

Er wusste nicht, wie schlecht es ihr an manchen Tagen ging, offiziell jedenfalls nicht. Aber sie spürte, dass er etwas ahnte. Und sie ahnte, dass auch er mit Dämonen zu kämpfen hatte.

Ein Mann mit Dämonen. Sie musste an seine hellblauen Augen denken, seinen Blick, wenn er sie über den Schreibtisch hinweg ansah, manchmal wissend, manchmal besorgt, manchmal tief in Gedanken versunken, als wäre er meilenweit entfernt. Ganz selten lächelte er.

Seit einem Jahr träumte sie manchmal von ihm. Sie war ihm dann ganz nah, spürte seinen Atem auf ihrer Haut, sah seine blassen Lippen und fühlte seine Hände auf ihrem Körper.

Sie hätte Adam Schmidt, ohne zu zögern, ihr Leben anvertraut.

Endlich schaffte sie es, sich von ihren Wunschgedanken und von diesem Ort loszureißen. Obwohl die Wohnung von Benjamin Grunow so penibel aufgeräumt war, roch es nach Angst, nach Heimlichkeit und Verstecken. Und nach Einsamkeit. Oder bildete sie sich das nur ein?

Er wäre gerne gelaufen, einfach gelaufen, die ganze Brunnenstraße entlang und dann durch den Humboldthain und auf der Müllerstraße gen Norden. Nur weg von hier. Irgendwo hätte er die Havel erreicht, in Tegelort hätte er die Fähre genommen und dann weiter, immer weiter, bis die Angst irgendwann nachließ, die Panik und auch die Scham. Aber es ging nicht, er konnte nicht, er hatte keine Zeit.

Er blieb erst stehen, nachdem er die Treppe hinab-, ins andere Haus hinein- und dann, anstatt den Fahrstuhl zu nehmen, die Treppe hinaufgegangen war. Er war außer Atem, aber nicht wegen der Anstrengung, nein, das nicht. Doch er spürte wieder diese Enge im Hals und in der Brust, irgendetwas schnürte ihm die Luft ab.

Oben in der Etage der Matyseks angekommen, lehnte er seinen Kopf gegen die Wand und schrie. Der kalte

Schweiß auf seiner Stirn, die Hitze in seinem Nacken. Es fühlte sich an wie Schüttelfrost. Die Wut, die Angst. Er keuchte, würgte. Es musste alles raus. Ihm war so schlecht.

Wäre Thilo jetzt verletzt oder, schlimmer noch, tot ... es wäre alles vorbei. Er würde auffliegen. Er wäre verdammt bis in alle Ewigkeit.

Hinter ihm öffnete sich eine Tür. Adam drehte sich um, konnte nur verschwommen einen dicken Mann erkennen, der ihn misstrauisch ansah. »Polizei. Gehen Sie wieder rein«, blaffte er.

Der Mann blickte ihn noch einen Moment lang an, dann schloss er die Tür wieder.

Adam steuerte die andere Wohnungstür an. Es waren große Buchstaben angeklebt, bunt, mit Bärchen darauf. *Matysek* stand da, das M war schief geklebt. Auf der Fußmatte der Aufdruck *Home Sweet Home*. Es durchfuhr ihn. Er klopfte. Noch einmal.

Doch es rührte sich nichts. Er holte das kleine Etui aus seiner Sakkotasche, entnahm daraus eine kleine Zange und machte sich an dem Schloss der Wohnung zu schaffen. Weil seine Handflächen so feucht waren, dauerte es länger als sonst. Dann aber sprang die Tür auf.

Er ging hinein und atmete auf, denn die Wohnung roch nach Leben und nicht nach Tod. Da war der Geruch von Toast und irgendeinem Parfum. Einem Frauenparfum.

Er ging durch den Flur, auf dem Boden standen Flipflops, daneben Kindergummistiefel in Pink. Rechts ein kleines Bad, sogar mit Fenster. Darin befanden sich ein Wickeltisch mit Wärmelampe, ein Kindertoilettensitz, und in der verkalkten Dusche stand eine Babybadewanne. Als er den Badschrank öffnete, entdeckte er nur ein paar Ibuprofen und Aspirin, eine Packung mit Pflastern, einen Blister Antibabypillen, Vomex für Kinder und Paracetamol-Zäpfchen. Nichts Außergewöhnliches. Keine Inhalatoren, keine schwereren Kindermedikamente. Im Fall einer Entführung musste er so etwas wissen. Keine Antidepressiva, keine Psychopharmaka für die Mutter. Auch das wäre nicht gut gewesen. Er steckte die Zahnbürste mit dem Bild von Elsa, der Eiskönigin, darauf in eine Beweistüte. Beim Anblick der kleinen Bürste bekam er einen Kloß im Hals. Caro hatte früher auch eine Eisköniginnen-Zahnbürste gehabt.

In der Küche fand er ebenfalls nichts Überraschendes. Auf dem Tisch lagen noch die Toastkrümel, außerdem stand da ein offenes Glas Nudossi. Keine Zeit, am Morgen musste es schnell gehen.

Er trat an den Kühlschrank. Wie in so vielen Wohnungen war er eine Fundgrube, nicht nur, was den Inhalt betraf. Adam interessierte sich mehr für das Äußere. Sechs oder sieben Fotos waren mit bunten Magneten an der Kühlschrankfront befestigt – Emily in allen möglichen Situationen: Das Mädchen inmitten der anderen Kitakinder, Adam erkannte einige von ihnen wieder. Heute Morgen hatten sie bunt und lustig ausgesehen, trotz des schrecklichen Vorfalls. Auf dem Foto sah die Gruppe jedoch wie immer auf diesen gestellten Aufnahmen aus: ein wenig gequält in Reih und Glied aufgestellt, einige lachten, andere sahen weg, die Erzieher wirkten verloren. Auf einem anderen Foto war Emily auf einem Spielplatz zu sehen, Adam erkannte die neue Seilbahn im Mauerpark. Das Bild musste ganz aktuell sein, denn der Spielplatz war gerade erst neu eröffnet worden. Und dann waren da noch zwei oder drei Urlaubsfotos, alle vom selben Strand.

Emily in einem Badeanzug und mit Schwimmflügeln im Wasser, daneben mit ihrer Mama vor einer selbst gebauten Sandburg. Beide lächelten in die Kamera, es war ein echtes Strahlen, gerade bei der Kleinen. Die Mama schaute ganz stolz, auch sie war voller Freude, da lag nichts Falsches in ihrem Blick. Sie war dunkelblond mit einer leichten Welle im Haar und hatte große grüne Augen, eine hübsche Frau.

Er nahm sein Handy und fotografierte die Fotos ab, dann machte er auch ein Bild der Visitenkarte der Kinderärztin, die ihre Praxis in der Anklamer Straße hatte, eine Querstraße von hier entfernt. Der letzte Termin war vor zwei Monaten gewesen, der nächste für die U7 wäre nächste Woche. *Wäre.* Adam Schmidt schämte sich für diesen Gedanken, jetzt dachte er schon im Konjunktiv.

Schnell ging er weiter ins Kinderzimmer. Wieder ein Stich. Es sah so aus wie jenes von Carolin, damals vor vielen Jahren. Sie hatten zwar einen Holzfußboden gehabt – hier lag ein bunter Teppich –, aber die Spielzeuge waren exakt die gleichen: die Figuren aus Disneys *Eiskönigin,* Anna, Elsa und das Rentier. Auch hier hingen einige Fotos. Baby Emily bei Mama auf dem Arm, ein ernsterer Blick als auf den Bildern am Kühlschrank. Keine Spur eines Vaters. Adam sah sich das zerwühlte Kinderbett an, die Kleine hatte heute Nacht hier geschlafen, daran bestand kein Zweifel.

Das Wohnzimmer war zugleich das Schlafzimmer der Mutter, die Schlafcouch war ausgezogen, das Bettzeug war hastig dahintergestopft worden. An einer Wand ein riesiger Fernseher von Samsung, ein vier, fünf Jahre altes Modell. Adam ging zur Anrichte. In den Schubladen

Geschirr, DVDs, Krimskrams. Dann fand er endlich, wonach er suchte. Ganz unten stand der einzige Ordner.

Es gab verschiedene Register. Für ihn war das wie Weihnachten. *Arbeitsamt* – ein dicker Abschnitt. Er blätterte durch die Papiere, der letzte Bescheid war dreizehn Monate alt. *Miete*. Monatlich 450 Euro warm. *Krankenkasse. Lohnsteuer*. Wieder las er genauer. Da, endlich. Thilos Recherche zur Arbeitsstelle von Doreen Matysek hatte nichts ergeben, aber hier war ein aktueller Vertrag der *KJK Zeitarbeit GmbH*. Eine Abrechnung aus dem Juli. Mindestlohn für vierzig Stunden. 1811 Euro brutto. Neun Monate vorher war es eine andere Zeitarbeitsfirma gewesen. Bei geringer Auftragslage entließen die Firmen die Leute, dann heuerte sie die nächste Firma wieder an. Im vorletzten Register fand er eine Urlaubsbuchung. Die einzige. Eine Woche Mallorca im April, das war vor vier Monaten gewesen. All-inclusive mit Hotel und Flügen für 399 Euro, Emily war für 50 Euro mitgeflogen. Er machte Fotos vom Arbeitsvertrag und der Urlaubsbuchung.

Als er sich gerade zum Gehen wenden wollte, bemerkte er, dass er eine Schublade vergessen hatte. Er glaubte nicht mehr, noch etwas zu finden, was ihm weiterhelfen könnte, und zog die Schublade mehr aus Pflichtbewusstsein auf.

Obenauf, über einem Besteckkasten, lag die Geburtsurkunde in einer Dokumentenhülle. Gehütet wie ein Schatz.

Er las: Emily Matysek. Geboren im Virchow Klinikum im Wedding. Mutter: Doreen Matysek, geboren 1992 in Schwedt. Vater: …

Adam stockte. Er las den Namen erst leise, dann noch einmal laut.

Verdammt! Ihnen blieb aber auch nichts erspart. Er strich sich mit der Hand über den Kopf und verließ eilig die Wohnung, als könnte er dem Gesehenen so entkommen.

Doch draußen auf dem Flur fing ihn der Nachbar ab. Er musste die ganze Zeit auf ihn gewartet haben. Seine Wohnungstür stand weit offen.

»Da sind Sie ja«, sagte der Mann. »Kann ich mal Ihren Ausweis sehen? Wenn Sie hier einfach die Tür aufbrechen?«

Adam spürte die Wut in sich aufsteigen. Ihm blieb wirklich nichts erspart.

»Ich habe, ehrlich gesagt, keine Zeit für so einen Quatsch.«

»Mir is' noch was eingefallen. Ich will es aber nur erzählen, wenn ich weiß, dass Sie ein echter Polizist sind. Ihre Kollegin, die war viel netter.«

»Hier«, brummte Adam und hielt dem Mann seinen Dienstausweis unter die Nase. Nervensäge.

»Adam Schmidt, Kriminalhauptkommissar«, las der. »Na gut. Hören Sie, ich hab ein paarmal spätabends einen Mann gesehen, der hier in die Wohnung kam. Ist mir eben erst eingefallen. Meistens ist er erst morgens wieder gegangen. Aber er war nicht der von sonst …«

»Es gab zwei Männer?«

»Sag ick doch.«

»Wie sahen die Männer denn aus?«

»Na, eener war so 'n Mächtiger, so 'n richtiges Tier. Der andere war so 'n Jungscher. Jut sah der aus. Aber Doreen, die ist ja auch 'ne Hübsche.«

»Können Sie aufs Revier kommen und uns die Männer beschreiben? Heute noch?«

»Heute? Aber … ick hab noch …«

»Seien Sie bis dreizehn Uhr da. Sonst lass ich Sie abholen, verstanden? Erste Etage, Zimmer 14. Schönen Tag noch.«

17

Die Uhr an der Wand trug das rote S mit dem Punkt obenauf, und sie glaubte ihr Ticken zu hören. Unendlich laut schien es durch den Raum zu hallen. Es machte sie verrückt. Genau wie dieser Kalender mit dem hübschen Foto von Schloss Rheinsberg. Sparkasse Ostprignitz-Ruppin stand darunter. Ein Werbegeschenk, das Idylle pur versprach. Nur nicht für sie.

Sie sah wieder auf die Uhr. Kurz nach elf. Nun saß sie schon zwei Stunden hier fest. Und hatte noch immer keine Ahnung, was sie tun sollte.

Da fiel ihr der Bildschirm wieder ein. Die Anfrage von vorhin war abgelaufen. Sie nahm die Girocard und tippte die Kontonummer in das Suchfeld ein. Diesmal ruhiger. Klickte auf *Enter*.

Auf dem Bildschirm erschienen Zahlen. Sie las den Kontostand und erstarrte. So viel Geld. Ihr Blick fiel auf die alte Frau am Boden. Woher hatte die so viel Geld?

92 000 Euro. Auf einem Girokonto. Bei ihr selbst waren es meistens nicht mal 92 Euro Guthaben, immer stand ein Minus vor dem Saldo.

»Du. Komm her!«

»Wer? Ich?«

»Ja. Du.«

❖

Tina Kaminske stand auf und bemühte sich, keine Angst zu zeigen, als sie auf den Schreibtisch zuging.

»Da«, sagte die unter der Strumpfmaske und deutete auf den Bildschirm.

Tina Kaminske stand jetzt ganz nah neben ihr. Sie sah den Kugelschreiber, der auf dem Schreibtisch lag. Sie könnte ihn packen und der Frau in die Brust rammen. Aber es war ein Kugelschreiber der Sparkasse, billigstes Plastik. Was sollte das schon bringen? Sie wollte sich keine Kugel einfangen, ganz sicher nicht.

»Ich will dieses Geld.«

Tina sah die Frau an, vielleicht eine Spur zu fassungslos. Hatte die denn wirklich gar keine Ahnung, wie das hier funktionierte?

»Hören Sie, das Geld ist doch nicht hier in der Bank. Nicht in diesen Räumen, nicht im Tresor. Es ist in der Zentrale oder nicht mal da, die Sparkasse verwaltet es ja nur digital, und es liegt in Wirklichkeit irgendwo bei der Bundesbank, verstehen Sie? Ich kann Ihnen das nicht auszahlen.«

»Dann musst du es mir eben überweisen. Geht das?«

Sie fragte sie ganz freundlich, als wäre sie keine Bankräuberin, sondern hätte einen Termin für eine Kontoberatung gemacht. In was für einem Film steckte sie hier eigentlich? Hätte die Frau nicht tatsächlich eine Pistole in der Hand gehalten, dann hätte Tina laut gelacht, wie über einen Witz.

»Ich kann so eine große Summe nicht einfach so überweisen. Dafür bräuchte ich eine Voranmeldung in Neuruppin oder …« Sie wollte ihn nicht erwähnen, weil sie ihn dort kauern sah mit seiner Wunde. Klar, Björn Seelinger konnte es – und sie konnte es natürlich auch, sie hatte genügend Erfahrung, um zu wissen, wie man die Vier-Augen-Kontrolle umging. Aber das würde sie dieser Frau nicht auf die Nase binden. Frau Müller würde ihr Geld sonst nie wiedersehen.

»Ich will dieses Geld!«

»Wenn Sie es sich überweisen lassen wollen, dann müssten Sie mir ja Ihre Kontonummer und Ihren Namen geben, und dann …«

Die Frau schien nachzudenken.

»Nein, ich will es jemand anderem überweisen. Verstehst du? Es ist wirklich dringend. Es geht um …«

Sie brach ab. Tina Kaminske sah sie mit festem Blick an.

»Wirklich, ich kann es nicht, da muss jemand aus Neuruppin …«

Der Schlag traf sie so unerwartet, dass sie taumelte und hinfiel. Er war gar nicht doll gewesen, aber sie hatte einfach nicht damit gerechnet.

»So eine Scheiße!«, schrie die Frau über ihr und ging, die Pistole in der Hand, durch den Raum. »So eine Scheiße, was mach ich nur? Was mach ich nur?« Sie wimmerte jetzt, als wäre sie besessen. Sie klang wahnsinnig – und verzweifelt. Für einen Moment spürte Tina Kaminske einen Funken Mitleid, der aber gleich wieder von Angst abgelöst wurde, als die Frau zu ihr zurückkam und ihr die Pistole an die Schläfe drückte. Tina spürte den Lauf, kalt und hart auf ihrer Haut. Sie hielt den Kopf auf den

Boden gesenkt, Tränen schossen ihr in die Augen. »Bitte … bitte nicht, ich habe Familie …«

»Du sagst mir jetzt sofort, wie ich an die Kohle komme, oder ich bring dich um. Ich bring euch alle um!«, schrie sie, und Tina zweifelte keinen Augenblick daran, dass die Frau dazu fähig war.

»Aaaaah!« Es war ein Schrei, ein kehliges Stöhnen, das alle im Raum aufblicken ließ. Die kleine Marie in Sarahs Bauch hatte bis eben stillgehalten, nun aber war sie aufgewacht, vielleicht durch die Aufregung und das pochende Herz ihrer Mama, jedenfalls trat sie so heftig zu, dass Sarah Krämer dachte, die Wehen hätten eingesetzt. »Aaaah, verdammt!« Ihr Freund rückte näher an sie heran und beugte sich vor, er kam auf die Knie und hielt sie. Bloß nicht noch mehr Aufmerksamkeit erregen, dachte Sarah, aber es gelang ihr nicht, weil das Ziehen und Zerren in ihrem Unterleib nicht auszuhalten war. Sie blickte auf, das Gesicht schmerzverzerrt.

Die Geiselnehmerin hatte von Frau Kaminske abgelassen und stand jetzt über ihr. Durch den Schleier aus Tränen nahm Sarah die vor Schreck geweiteten Augen der Frau wahr. Aus den Löchern der Maske blickten sie ihr wie aus einem Totenschädel entgegen. Und da war noch etwas anderes in ihrem Blick, wie Sarah plötzlich bewusst wurde: Traurigkeit.

Benny war nun neben ihr und stützte sie. »Sie muss sich hinsetzen, sonst bekommt sie einen Blasensprung«, sagte er, und seine Stimme war ganz fest und zugleich freundlich. »Darf ich ihr helfen?«

Immer noch wirkte die Räuberin wie erstarrt, dann aber nickte sie. »Ja, los.«

Die Pistole hielt sie jetzt gesenkt.

»Bitte, sie darf uns nichts tun«, flüsterte Sarah, die nur noch Angst und Schmerz war. Sie ließ sich auf den Stuhl sinken, auf dem sie auch gesessen hatte, als der Überfall begann. Das alles kam ihr vor wie eine Ewigkeit. Wie lange waren sie schon in der Bank? Und wie lange sollten sie noch hier gefangen bleiben? So hatte sie sich diesen Tag nicht vorgestellt.

Benny hielt ihren Arm. »Es wird alles gut«, flüsterte er, »sie tut dir nichts. Alles wird gut.«

Die Räuberin baute sich vor ihr auf. »Geiseln, Köpfe wieder auf den Boden. Los! Du, welcher Monat?«

»Siebter.«

»Okay. Bleib hier sitzen. Ruhig atmen.« Ihre Stimme war auf einmal sanfter als zuvor. »Wo tut es denn weh?«, fragte sie und klang jetzt wie eine Ärztin.

»Hier.« Sarah zeigte auf ihren unteren Bauch.

»Das ist bestimmt nur die Aufregung. Alles gut. Dir und dem Baby wird nichts passieren, wenn hier alle mitspielen. Also, bleib ganz ruhig sitzen.«

Sie ließ die Schwangere in Ruhe, behielt sie aber im Blick. Die Schalterfrau kauerte hinter dem Tresen, den Blick gesenkt.

»So, nun wieder zu uns. Ich will mein Geld – und ich weiß, dass ich es kriege. Also los – sag mir, wie du es überweisen kannst.«

»Wie gesagt, ich …«

Sie drückte der Frau erneut die Pistole an die Schläfe, diesmal mit mehr Druck. »Wirklich, ich ballere dir das Hirn weg. Sag mir jetzt, wie ich an Geld komme. Dann wird dir nichts passieren, ich verschwinde, und ihr könnt mit eurem Leben weitermachen. Aber wenn ihr mich verarschen wollt, dann kommt niemand von euch mehr lebend hier raus, verstanden?«

Ein Geräusch ließ sie herumfahren. Der Typ im Hemd hatte die Augen wieder geöffnet und stöhnte leise vor sich hin. Erst verstand sie nicht, was er sagte, aber dann kam das Wort klarer über seine Lippen: »Schlüssel.«

Sie ging auf ihn zu und packte ihn am Hemd. »Was sagst du?«

»Der Schlüssel … in meinem Büro, rechts im Schreibtisch.«

»Aber …« Die Frau im Kostüm sah auf und funkelte wütend. Die schon wieder.

Doch es war nicht die Frau mit den blondierten Haaren, die sie beunruhigte, sondern der stechende Blick der Alten, die sie seit Minuten anstarrte und jede ihrer Bewegungen verfolgte.

»Bleibt alle sitzen!«

Sie ging durch die Glastür in das kleine Büro. Der Schreibtisch wirkte unbenutzt. Sie zog die rechten Schubladen auf, in der dritten lag ein großer Schlüssel wie von einem alten Tresor. Ihr Herz machte einen Sprung, sie fühlte, wie viel leichter gerade alles wurde. Mit einem Satz war sie wieder im Vorraum.

»So«, sie blickte sich triumphierend um, »ihr bleibt alle sitzen, und du da …«

Niemand rührte sich.

»Ja, du. Deiner Freundin passiert nichts, ihr geht es gut. Komm, schließ auf, die Tür ist schwer.«

Der junge Mann mit dem Basecap stand widerwillig vom Boden neben dem Stuhl auf und ging zu ihr. Sie machte eine Bewegung mit dem Kopf, die ihm bedeutete voranzugehen. Die schwere Tür mit dem Code und dem Schloss befand sich im hinteren Tresenbereich.

»Hier, nimm und schließ auf. Und du, sag den Code.«

Tina Kaminske wollte aufstehen.

»Bleib sitzen! Den Code.«

»4235.«

Sie drückte die weißen Tasten, ein grünes Licht leuchtete. »Sehr gut.«

Der junge Mann drehte den Schlüssel im Schloss, dann drückte er die Klinke und zog mit vollem Körpereinsatz die schwere Stahltür auf.

Sie hatte es geschafft. Sie hatte es tatsächlich geschafft! Nun würde dieser Albtraum bald vorbei sein.

»Geh rein und sieh nach, wie viel Geld da ist«, sagte sie, und der junge Mann tat, wie ihm geheißen. Sie selbst blieb im Türrahmen stehen, um die Geiseln im Blick zu behalten. Nur einmal sah sie rasch in den Tresorraum.

18

»Guten Tag, hier ist Kriminalhauptkommissar Schmidt. Wir haben eine sehr dringende Zeugensuche.« Er wollte noch nicht offenlegen, worum es wirklich ging. »Ihre Mitarbeiterin Doreen Matysek, wo ist sie gerade eingesetzt?«

Die Frau am anderen Ende der Leitung wechselte von berlinerisch-mürrisch zu eilfertig-hilfsbereit. »Oh, da sehe ich gleich mal nach, Herr Kommissar.«

Bis zu einem gewissen Alter hatten die Leute unglaublichen Respekt vor der Polizei. Adam hörte das Klappern der Tastatur, dann konzentrierte Stille, als müsste die Frau eine wahnsinnig lange Liste durchsuchen. »Sie ist in Teltow-Fläming eingesetzt, bei einer Firma in Zossen, als Paketbotin für DHL.«

»Als Paketbotin. Und da ist sie schon lange?«

»Fünf Monate laut unseren Unterlagen.«

»Wir müssen Frau Matysek dringend erreichen, aber ihr Handy ist aus. Hat sie ein Firmenhandy? Oder kann man sie orten? Diese Paketfahrzeuge sind doch heute schon alle mit Tracking versehen, oder?«

»Ach, wissen Sie, mit diesem Kram kenne ich mich nicht aus. Wir verleihen ja nur die Menschen und nicht die Autos. Da müssen Sie die Firma in Zossen anrufen. Ich gebe Ihnen mal die Nummer, ja?«

Der Chef mied seinen Blick. Wie zu erwarten gewesen war. Er hatte ihn nicht angesehen, seit er das Büro betreten hatte. Kein Blick, kein Wort. Als wäre er selbst schuld daran, dass er fast gestorben wäre.

Dabei war es ganz und gar nicht seine Schuld. Hauptkommissar Schmidt hatte versagt: Er hatte seinen Partner im Stich gelassen. Weil er mal wieder einen seiner Aussetzer hatte.

Auf dem Revier redeten sie schon lange darüber. Schmidt sei eine Bombe mit brennender Lunte. Irgendwas sei mit ihm passiert, und seither wandle er immer ganz nah am Abgrund.

Thilo hatte es nicht geglaubt, nicht glauben wollen. Klar, auch er hatte bemerkt, wie sich sein Chef veränderte, wenn es brenzlig wurde: Dann wurde Schmidt zuweilen ganz ruhig oder aggressiv, je nachdem. Er wirkte verbissen, als wäre da etwas in ihm, das er mit aller Macht zu unterdrücken versuchte.

Nur heute war es ihm nicht mehr gelungen, sein wahres Ich zu verstecken. Heute hatte er sich nicht im Griff gehabt. Und er, Thilo, war der einzige Zeuge für das Versagen seines Chefs. Und Gott sei Dank nicht dessen Opfer.

Er überlegte seither fieberhaft, was er tun sollte. Schmidt darauf ansprechen? Was würde er dann wohl tun? Sich entschuldigen? Nein, das passte nicht zu Kriminalhauptkommissar Schmidt.

Thilo musste sein Wissen anders nutzen. Er war seit Langem davon überzeugt, einen höheren Posten verdient zu haben. Doch der schnelle Aufstieg war ihm bisher noch nicht gelungen. Polizeiobermeister, das war nichts mehr für ihn. Er sollte längst Kommissar sein. Und er wusste schon, wen er anrufen würde. Später, wenn sie die Kleine gefunden …

»Thilo …«

Die Stimme riss ihn aus seinen Gedanken. Er sah auf, Schmidt war weg. Stattdessen stand die Pitoli neben ihm, mit einem Zettel in der Hand. »Hier, Adam bittet dich, dort anzurufen. Der Paketzusteller, bei dem Doreen Matysek arbeitet. Die sollen sie orten und uns mitteilen, wie wir mit ihr sprechen können.«

»Und was machst du?«

»Adam will mich bei der Vernehmung dabeihaben.«

»War ja klar.«

»Eifersüchtig?«

Er antwortete nicht, sah ihr nur stumm nach. Sie war echt nicht von schlechten Eltern. Gute Figur, toller Arsch. Aber sie hatte sich nicht einmal breitschlagen lassen, mit ihm ein Bier trinken zu gehen. Stattdessen himmelte sie Schmidt an. *Adam*. Wie sie es immer sagte. Den Helden. Thilo hätte kotzen können.

»Vernehmung des Verdächtigen Benjamin Grunow, geboren am 12. August 1987 in Pasewalk, wohnhaft Demminer Straße 9, Berlin-Wedding. Anwesend sind KK Sandra Pitoli und KHK Adam Schmidt. Es geht um die Entführung der Emily Matysek und um den Besitz kinderpornografischen Materials. Dazu wird der Verdächtige anschließend ins LKA Berlin überstellt.«

Adam leierte den Text runter, der nötig war, damit man das Verhör vor Gericht verwenden konnte. Es war eine Abfolge elender Floskeln, die seiner Meinung nach kontraproduktiv waren, weil sie die Dramaturgie einer Vernehmung bremsten und den Verdächtigen zeigten, dass all das auch nur ein Verwaltungsakt war. Aber gut, es musste sein.

Wenigstens ging sein Atem wieder normal: Das hier war sein Revier, sein Raum, hier fühlte er sich sicher.

Diese vierzehn Quadratmeter aus alten Backsteinen und Zement, nicht zu öffnendes Dachfenster, Lüftung über die zentrale Anlage, ein Tisch, drei Stühle. Vernehmungsraum 1. In der dritten Etage des Abschnitts 15. Hier hatte Adam den Grundstein für seine Karriere gelegt. Hier herrschte er nach seinen Regeln.

»Herr Grunow, wir haben nicht viel Zeit. Deshalb frage ich Sie ganz direkt, auch wenn das nicht meine Art ist: Haben Sie Emily Matysek aus der Kita Brunnenstraße entführt, um an ihr sexuelle Handlungen zu begehen?«

»Ich hab doch gesagt, dass ich das Mädchen nicht entführt habe!«

»Aber Sie kennen Emily Matysek?«

»Wie sieht die denn aus?«

»Ein Mädchen von gerade mal zwei Jahren. Blond. Hier, sehen Sie.«

Er zeigte ein Foto auf seinem Handy und musste an die Fotos auf Grunows Rechner denken. Eine Welle des Ekels durchfuhr ihn.

»Ist das die aus dem Nachbarhaus? Ja, das ist die. Gibt ja nicht so viele deutsche Kinder in der Gegend. Ich bin manchmal da am Spielplatz und rauche eine. Ich rauche nicht in der Wohnung, wissen Sie?«

»Dürfen Sie sich einem Spielplatz nähern?«

»Ich hab meine Zeit abgesessen. Ich bin frei, ohne Auflagen.« Sein Blick flackerte wie bei einem Tier, das sich in die Enge getrieben fühlte.

»Und Sie kennen das Mädchen also?«

»Ich hab nie mit ihr gesprochen, falls Sie das meinen.«

»Und Sie haben sie auch nicht heute Morgen entführt?«

»Nein, hab ich nicht!«, schrie der junge Mann, jetzt aufgebracht, und schlug mit der Hand auf den Tisch. »Das hab ich Ihnen doch schon gesagt. Ich steh überhaupt nicht auf …«

»Was?«

»Nein …«

»Sie wollten sagen, Sie stehen nur auf Jungs?«

Grunow senkte den Blick.

»Wo waren Sie heute Morgen, zwischen sieben und neun Uhr?«

»Da hab ich gepennt. Gestern hab ich 'n bisschen viel gesoffen. Das verträgt sich nicht mit meinen Tabletten.«

»Gibt es dafür Zeugen?«

»Klar«, sagte Grunow mit ironischem Ton und lachte bitter, »meine Freundin lag mit mir im Bett. Es ist ja wunderbar, dass wir Pädophile in der Gesellschaft so akzeptiert sind und deshalb ganz einfach eine Frau finden. Was denken Sie denn? Ich war allein. Ich bin immer allein. Ich hab niemanden. Und dann guck ich mir diese …«

Adam hätte ihm gerne ins Gesicht geschlagen, er konnte dieses Gejammer nicht mehr hören, aber es ging nicht. Er fühlte sich innerlich zerrissen. Er hasste ihn, und gleichzeitig tat er ihm sogar ein wenig leid. Und all das Leid, das Adam tagtäglich mitbekam, drohte ihn in einen dunklen Schlund hinabzuziehen.

»Kennen Sie die Mutter des Mädchens? Man begegnet sich doch bestimmt mal, wenn Sie da am Spielplatz rumhängen, um zu rauchen.«

»Die hab ich nie gesehen. Das Mädchen war nur mit ihrem Vater da.«

»Mit dem Vater?«

»Sie hat Papa zu ihm gesagt.«

Adam Schmidt kramte in seiner dünnen Akte. Er brauchte eigentlich nicht zu suchen, es war nur ein Zettel darin. Kurz vor der Vernehmung hatte er ein einziges Bild ausgedruckt, das er jetzt vor Grunow auf den Tisch legte. »War es dieser Mann?«

Er spürte, wie Sandra sich neben ihm straffte. Der Verdächtige blickte auf das Bild. »Der? Nein, der sah ganz anders aus. Viel schlanker. Viel jünger.«

»Und wie oft haben Sie diesen Mann gesehen, von dem Sie sprechen?«

»Einmal, sag ich doch. Ich wohne doch erst seit ein paar Wochen in der Demminer.«

»Und genau deshalb sind Sie hier. Ein paar Wochen nachdem Sie entlassen wurden, verschwindet ein Mädchen aus Ihrer Nachbarschaft. Das ist, gelinde gesagt, ein großer Zufall.«

»Meinen Sie, es wäre anderswo was anderes? Auch ich muss irgendwohin. Ich kann ja nicht nach Pasewalk zurück, da kennt mich jeder. Da bespucken sie mich auf der Straße. Also hab ich versucht, in der Großstadt neu anzufangen.«

»Nun, aber nicht ums Eck jedes entlassenen Pädophilen verschwindet gleich ein Kind. Gut, die Kollegen werden sich weiter um Sie kümmern. Vorher sagen Sie uns aber noch, wie der Mann aussah, den Sie gesehen haben – und wann genau das war. Sandra, machst du das?«

»Ja, aber warte kurz.«

Sie folgte ihm zur Tür hinaus. »Du, das auf dem Bild, das ist doch …«

»Genau. Mike Holler.«

»Wie kommst du denn auf den?«

»Er ist der Vater des Mädchens.«

25 JAHRE FRÜHER – 1997

Linh knipste die kleine Nachttischlampe an und griff nach dem Buch, das sie unter ihrem Kissen versteckt hatte. Sie konnte nicht einschlafen, aber als sie anfing zu lesen, stellte sie fest, dass das auch nicht ging. Sie war zu unruhig, um sich auf die Wörter zu konzentrieren.

Warum war Duc nicht da? Wann nur kam er nach Hause?

Sie hatte den Toten auf dem Foto sofort erkannt. Es war der Typ, der am Steuer der dunklen Limousine gesessen hatte, in die Duc vor ein paar Wochen eingestiegen war. Die Männer im Auto hatten gelacht. So, als hätte jemand einen besonders guten Witz gemacht.

Und jetzt war der Fahrer tot – erschossen, auf offener Straße.

Dass der Typ ein Gauner war, daran zweifelte Linh keine Sekunde. Wie konnte sich ein junger Vietnamese unter dreißig sonst einen großen Mercedes leisten? Was war es, was er getan hatte, um an Geld zu kommen? Und: Tat Duc das Gleiche?

Ihre Hände waren vor Aufregung eiskalt, und sie spürte, dass ihr Magen rumorte.

Duc war in Gefahr, allein weil er den Jungen kannte.

Sie war sich dessen ganz sicher. So ein Todesschuss auf der Straße, der geschah doch nicht zufällig. Das war Rache gewesen. Oder eine offene Rechnung.

Sie überlegte, in die Küche zu gehen und ein Glas Wasser zu trinken. Aber sie hatte Angst, dass Mama ihr Fragen stellen würde oder sich Sorgen machte. Linh schlief sonst wie ein Stein.

Sie stand auf und ging zu Ducs Schreibtischschublade. Sie durfte alles machen, sich Pullover von ihm ausleihen oder seine Basecaps aufsetzen, alles. Nur diese Schublade war verboten. Die durfte sie unter keinen Umständen aufmachen. Das hatte er ihr schon eingetrichtert, als sie erst fünf war und er schon elf.

Sie öffnete die Schublade. Darin lag ein Joint, unsauber gerollt. Sie roch daran und verzog das Gesicht. Bäh.

Sein Reisepass. Als bereitete er sich auf eine Flucht vor.

Und ein Schlüssel.

Was für eine schlechte Ausbeute! Sie hatte an Bargeld gedacht. Viel Bargeld. Sie nahm den Schlüssel in die Hand und betrachtete ihn genauer. Auf dem Anhänger stand: *13.23*. Keine Ahnung, was sie damit anfangen sollte. Linh legte ihn zurück und schloss die Schublade.

Als sie wieder im Bett lag, versuchte sie es noch einmal mit Lesen. Es war die einzige Möglichkeit, um wach zu bleiben. Obwohl sie so zappelig war, war sie zugleich so müde, dass sie sich sonst Streichhölzer in die Augen hätte stecken müssen. Das Buch hieß *Es gibt hier nur zwei Richtungen, Mister,* und sie liebte es, weil es von Amerika handelte, einem Land, das für sie so fern war wie ein ganz anderes Leben, und von einem Roadtrip erzählte und weil sie gerne Bücher las, für die sie eigentlich noch zu jung war.

Er schlich sich ins Zimmer, wie er es immer tat, so, als hätte er ein schlechtes Gewissen. Wahrscheinlich hatte er tatsächlich eines. Doch diesmal schlief sie eben noch nicht so fest wie sonst. Sie musste erst vor zehn Minuten mit dem Buch auf der Brust eingedöst sein.

Sie hörte das Rascheln seiner Klamotten, als er die Ausgehkluft, die nach Zigaretten roch, auszog und sich sein Schlaf-T-Shirt und die Jogginghose anzog. Sie wartete, bis er ihr Nachttischlicht gelöscht hatte und die Leiter hinauf in sein Bett gestiegen war. Sie hätte einfach nach seinem Fuß greifen können. Doch sie wartete, sie wollte unbedingt warten, bis er oben war, weil sie wusste, dass er dann nicht direkt wieder rauslaufen konnte.

Als er die Decke zurechtgezogen hatte, fragte sie, ohne sich vorher zu räuspern: »Duc, was machst du für 'ne Scheiße?« Ihre Stimme kam ihr fremd und tief vor in der Dunkelheit, und sie fürchtete sich einen Moment vor sich selbst. Als er endlich antwortete, klang auch seine Stimme ganz anders, zumindest erschien ihr das so, aber wahrscheinlich hatte sie ihn einfach seit Tagen oder Wochen nicht mehr sprechen hören.

»Ich bin müde. Lass mich schlafen«, zischte er auf Vietnamesisch, doch sie hörte, dass da mehr war als nur Müdigkeit.

»Duc, ich mach mir Sorgen um dich. Was ist denn los?«

»Mann«, motzte er, »lass mich in Ruhe.«

»Nein«, sagte sie auf Deutsch und wurde langsam wirklich wütend. »Was treibst du den ganzen Tag? Du bist tagelang nicht in der Schule gewesen. Sag mir jetzt, was du machst.«

Sie hörte, wie er sich unruhig im Bett hin- und herdrehte.

»Ich hänge mit den Jungs ab.«

»Und was *macht* ihr?«

»Mann, Linhi, wir trinken ein paar Bier, wir hören Mucke, und wir machen, was wir eben so machen. Dafür bist du noch zu klein, verstehste?« Sein Deutsch klang so bezaubernd, fremder als ihres, doch sie liebte ihn für diesen Singsang. Sie spürte, dass er die Tonart gewechselt hatte, er klang jetzt lustiger, leichter, und sie überlegte, ob es Taktik war, um sie zu beruhigen.

»Sind die Jungs in Ordnung?«

»Klar!«, entfuhr es ihm genervt. »Was willst du denn? Mich bei Mama verpetzen, weil ich 'n paar Bier trinke?«

»Nein«, murmelte sie schwach und gab auf. Tränen brannten in ihren Augen. Um nicht vor Duc loszuheulen, drehte sie sich im Bett um, presste ihren Kopf auf das Kissen und stöhnte hinein.

»Hey, Linh, alles okay?« Seine Stimme klang jetzt vorsichtig, besorgt.

Sie musste sich entscheiden, und sie tat es.

»Verdammt, Duc, ich bin kein kleines Kind mehr! Und du verarschst mich. Der Typ von neulich ist tot, der Blonde … Der wurde erschossen, und ich mach mir Sorgen um dich, weil du in das Auto von dem gestiegen bist, und heute war ein Polizist beim Imbiss und hatte ein Foto von dem dabei. Da bin ich fast in Ohnmacht gefallen vor Angst, und nun willst du mir …«

Sie hatte nicht mitbekommen, dass er aus seinem Bett geklettert war. Er musste geschlichen sein wie ein Gepard, doch nun fühlte sie, wie sein kräftiger Arm auf ihren Hals drückte und seine Hand ihr den Mund zuhielt. Sie roch den Rauch an seinen Fingern und in seinem Atem, und sie spürte sein Beben. Die nackte Angst packte sie: Das war ihr Bruder … ihr Bruder, der sie hochgehoben hatte und sie hatte fliegen lassen, als sie drei war, bis sie jauchzte, und nun drückte er ihr die Luft ab und verhinderte, dass sie auch nur einen Mucks rausbrachte.

»Welcher Bulle?«, flüsterte er. »Wenn du schreist, dann …« Er beendete den Satz nicht, doch er lockerte seinen Griff ein wenig.

Linh wagte tatsächlich nicht, zu schreien.

»Er ist heute zum Imbiss gekommen. So ein großer Typ. Er hat Papa das Foto gezeigt.«

»Hat er auch nach mir gefragt? War er wegen mir da? Antworte, Linh!«

Sie starrte in die Dunkelheit des Zimmers. Schwach zeichneten sich die Umrisse seines Kopfes gegen das Schwarz ab.

»Nein, Duc, nein! Ich glaube, es war Zufall. Was ist da los, was hast du …?«

Er verstärkte seinen Druck wieder, dann kam er mit seinem Gesicht noch näher, bis sie die Hitze seines Atems auf ihren Wangen spüren konnte.

»Pass auf, Linh, du darfst niemandem von mir erzählen, sonst stecken wir alle richtig in der Scheiße, verstanden? Nicht nur ich. Auch du. Und Mama. Und Papa. Die machen uns alle kalt. Niemand kann die stoppen. Aber wenn ich das durchziehe, dann sind wir in Sicherheit. Dann sind wir reich. Dann kann uns keiner mehr was. Also vergiss das alles. Und lass mich mein Ding machen, okay?«

Trotz der Dunkelheit konnte Linh erkennen, dass Duc sie anstarrte.

»Verstanden?«, fragte er noch einmal.

Sie nickte, so gut sie konnte. Als er endlich von ihr abließ, war da etwas Feuchtes in ihrem Gesicht, und als er wieder in sein Bett geklettert war und nichts mehr zu hören war als sein Atem, da wischte sie sich übers Gesicht und wusste, dass es Ducs Tränen waren, die sich mit ihren vermischt hatten.

19

»'ne Dreiviertelstunde noch!«

»Zweiundvierzig Minuten«, erwiderte Linh und musste trotz der Anspannung grinsen.

»Pedantin«, murmelte Brombowski mit einem Blick auf die verlassene Hauptstraße. Er hatte mittlerweile das Auto gewendet und es mit eingeschaltetem Blaulicht quer über die Straße gestellt, damit sich kein anderer Wagen näherte, aber das war ungefähr so notwendig gewesen wie ein Baum mehr im Wald von Flecken. Niemand war an diesem Vormittag unterwegs, zumindest nicht hier. Die Vorgärten lagen ausgestorben in der Sonne, die Dorfbewohner suchten – wenn sie nicht bei der Arbeit waren – in ihren Häusern ein wenig Abkühlung, nur ab und zu bewegte sich mal eine Gardine.

Auch in der Sparkasse tat sich nichts, zumindest wirkte es hier draußen so, auch wenn der Polizeihauptmeister ahnte, dass die Lage dort drinnen ganz furchtbar war.

Er hatte zur Wendezeit, als die Polen und die Jungs vom Balkan Ostdeutschland für sich entdeckt hatten, genug Banküberfälle miterlebt, um zu wissen, wie sich das anfühlen musste. Damals war es immer nur ein schnelles Rein-Raus gewesen, die Gangster hatten kurz mit den

Waffen gedroht und die Kohle eingepackt, bevor sie wieder verschwunden waren. Dies hier war seine erste echte Geiselnahme.

Linh dagegen wirkte wie immer: als hätte sie das alles schon tausendmal gemacht, als könnte sie nichts erschüttern. Sie saß im Schneidersitz im Schutz des Polizeiautos und prüfte gerade ihre Dienstwaffe, die neue SFP9 von Heckler & Koch. Vorhin hatte sie ihre schwarze Lederjacke ausgezogen, und nun saß sie in einem weißen Tanktop da. Die langen schwarzen Haare fielen ihr über die Schultern. Brombowski konnte an ihrem Gesicht erkennen, dass sie über etwas nachdachte.

»Ich rufe noch mal an«, sagte sie schließlich.

»Aber die will doch erst das Geld sehen.«

»Ich hoffe, er ist nicht zu spät.«

»Wer?«

»Mein Kurierfahrer. Er muss vor dem SEK hier sein.«

»Was ist eigentlich zwischen dir und Rabenstein passiert, dass du ihn so hasst?«

»Wie gesagt: Ich hab keinen Bock auf ein Blutbad.«

»Linh.« Brombowski sah sie herausfordernd an. »Echt, ick kenne dich nun schon 'ne janze Weile. Ick seh doch, dass das nicht alles ist.«

Linh blickte ihn durchdringend an, als hätte er sie ertappt. »Nein, das ist nicht alles. Es gibt da 'ne alte Geschichte, als Rabenstein Adam ... ich meine, meinem ... meinem Mann übel mitspielen wollte. Aber bevor du jetzt weiter nachfragst: Ich spreche nicht darüber. Okay?«

»Okay.« Ihr Mann. Adam Schmidt. Kriminalhauptkommissar. Der Zeugenflüsterer. So nannten sie ihn. Weil er mit einem scheinbar Unbeteiligten in den Verhörraum ging und mit einem weinenden geständigen Täter wieder herauskam. Es gab oft Schlagzeilen über ihn in der *BZ* oder im *Kurier*, auch wenn es so schien, als wollte er jegliche Öffentlichkeit vermeiden. Brombowski hatte ihn zwei- oder dreimal kurz getroffen, als er Linh in Rheinsberg abgeholt hatte. Jedes Mal war Adam Schmidt außerordentlich freundlich gewesen, wenn auch wortkarg. Brombowski hatte nichts gegen wortkarge Leute.

Linh nahm das Telefon aus ihrer Hosentasche, dann stand sie auf und stellte sich neben den Wagen.

»Hey, komm wieder runter!«

»Nein, ich will, dass sie mich sieht.«

Sie drückte die Wahlwiederholungstaste. Diesmal nahm die Frau sofort ab.

»Ja?«

»Hallo, hier Schmidt noch mal. Hören Sie, das SEK wird gleich hier sein. Überlegen Sie es sich: Lassen Sie mich rein, dann gebe ich Ihnen das Geld. Versprochen. Sehen Sie, ich stehe hier draußen und komme ohne Waffe, schauen Sie aus dem Fenster.«

Linh beobachtete das Schaufenster der Sparkasse, bereit, sich blitzschnell zu Boden zu werfen, falls sich der Lauf einer Waffe zeigte. Doch nach einigen Sekunden wurde nur das Rollo vorsichtig ein kleines Stück zur Seite gezogen.

»Gut, sehen Sie? Ich lege meine Waffe jetzt auf die Motorhaube des Wagens. Mein Kollege Brombowski macht es genauso.« Mit einer ungeduldigen Geste bedeutete sie ihm aufzustehen.

Klaus erhob sich langsam, holte seine Dienstwaffe aus

dem Gürtel der Uniform und legte sie auf die Motorhaube. Linh konnte sehen, dass er es nur widerwillig tat.

»Das Geld ist in ein paar Minuten hier. Schicken Sie die alte Frau und den verletzten Mann raus, und dann lassen Sie mich rein. Einverstanden?«

Stille in der Leitung. Linh befürchtete schon, die Geiselnehmerin würde auflegen, doch dann hörte sie ihre Stimme, in der ein leichtes Zögern mitschwang.

»Na gut, so machen wir es. Kommen Sie zur Tür, wenn Sie das Geld haben. Und keine Spielchen! Kommen Sie nur in T-Shirt und Hose, keine Schuhe, keine Waffe. Verstanden? Klopfen Sie zweimal. Ein Kinkerlitzchen, und hier stirbt jemand!« Dann piepte es in der Leitung, die Frau hatte aufgelegt.

»Krass«, sagte Linh. »Sie hat *Ja* gesagt.«

»Was? Willst du etwa echt da rein? Bist du bescheuert?«

»Ich will, dass der Mann von einem Arzt versorgt werden kann. Und dass die alte Frau da rauskommt.«

»Du bist …«

»Komm, ruf einen RTW, mach schon. Die sollen sich beeilen.«

In diesem Moment hörte sie einen schweren Motor auf der Dorfstraße. Sie erkannte die Marke und die PS-Zahl, bevor sie das schwarze Ungetüm sah. Als Duc sie das erste Mal mit seiner Karre abgeholt hatte, hatte sie ihn ausgelacht. »Du hast doch gar nicht so einen kleinen Penis«, war ihr Kommentar gewesen. »Meine Geschäftspartner nehmen mich nicht ernst ohne so einen Wagen«, hatte er geantwortet. »Und die Deutschen, die sind auch gleich viel netter. Meinst du, ich krieg sonst 'nen eigenen Bearbeiter bei der Bank? Als Viet?«

Duc näherte sich schnell, und sie zeigte ihm an, dass er

ein Stück entfernt anhalten solle. Er blinkte und fuhr rechts ran. Linh ging auf ihn zu, ließ dabei den Blick aber nicht von den Fenstern der Sparkasse.

»Hey, Bruder!«

»Linhi.« Er nahm sie in die Arme. »Das ist ja echt das letzte Kaff.«

»Mein Block, mein Revier.«

»Alles okay bei dir?«

»Ja, alles gut. Aber tu mir einen Gefallen. Gib mir die Tasche, und dann fahr wieder weg. Ich will nicht, dass du hier bist, wenn die Sache losgeht. Das ist mir zu heiß.«

Vor allem wollte sie nicht, dass Rabenstein Duc hier sah – Nachforschungen über ihre Familie wollte sie nicht riskieren, besonders nicht von diesem Wichser.

»Was machst du mit der Kohle?«

»Wenn ich sagen würde: Ich gehe jetzt in die Sparkasse da rein und kaufe damit Geiseln frei, dann würdest du mich zurückhalten. Deshalb sage ich nichts.«

»Weißt du noch, als wir uns damals ein Zimmer geteilt haben? Du hast dich immer um meine Sicherheit gesorgt. Aber du erlaubst mir nicht dasselbe für dich.«

»Weil ich auf der richtigen Seite stehe – und du jetzt ja glücklicherweise auch.«

»Ich hoffe, du weißt, was du tust. Aber gut, du warst schon immer mutiger als ich.«

»Danke, Duc.«

»Hey, Schwesterherz. Viel Glück.«

Er gab ihr die Tasche, dann stieg er wieder in den Wagen, wendete und fuhr davon.

Sie sah ihm noch kurz nach, dann ging sie zurück zu Brombowskis Wagen. Sie wunderte sich, wie leicht sich hunderttausend anfühlten. Aber sie öffnete die Tasche nicht. Wenn Duc ihr das Geld eingepackt hatte, dann waren es hunderttausend, auf den Cent genau.

Sie nickte Klaus zu und begann sich die Nike-Sneaker, die sie immer trug, auszuziehen. »Ich geh jetzt rein«, sagte sie nur.

Ihr Handy klingelte. Das Telefon zwischen Schulter und Ohr geklemmt, mit einer Hand an den Schnürsenkeln, nahm sie den Anruf an. »Schmidt?«

»Rabenstein. Wir brauchen noch zwanzig Minuten, fahren gerade von der 24 ab. Wie ist die Lage?«

»Keine Vorkommnisse in der Sparkasse. Alles beim Alten.«

Der Mann am anderen Ende schien genau auf ihre Worte zu lauschen.

»Sie warten doch auf uns, richtig?«

»Na klar, was denken Sie denn?«

»Wie viele Verdächtige?«

»Es sieht weiterhin nach einer Geiselnehmerin aus. Und ich schätze, es sind vier bis sechs Geiseln im Raum.«

»Wir werden uns ein Bild machen, und dann gehen wir rein. Sie ...«

Es vibrierte. Linh nahm das Telefon vom Ohr und sah aufs Display.

»... sich zurückhalten, wenn wir da sind, das SEK übernimmt dann die Leitu...«

»Sorry, ich bekomme gerade einen wirklich wichtigen Anruf. Tschüss, bis gleich.«

Sie drückte Rabenstein weg und fragte dann leise in den Hörer: »Hey, Adam, alles okay?«

20

»Mike Holler? Das glaub ich nicht. Und wieso wohnt sie dann in so 'ner Bude?«

»Tja, vielleicht wollte er von dem Kind nichts wissen.«

»Das würde zu ihm passen.«

»Aber wenn es diese Verbindung gibt, dann können wir auf jeden Fall hoffen, dass es keine Entführung eines Sexualstraftäters ist. Sondern, dass Mike etwas damit zu tun hat.«

»Was es aber auch nicht viel besser macht.«

»Wir fahren gleich in den Kiez, dann wissen wir hoffentlich mehr.«

»Sicher? Ohne die Sondereinheit?«

»Wir müssen das Mädchen finden, Sandra. Ich will keine Razzia, ich will mit denen sprechen. Ruf die Kollegen von der OK an, ich will wissen, ob die an Holler dran sind.«

»Mach ich, Chef.«

»Bis gleich.«

Er stapfte die Treppe hinab in die erste Etage und betrat das Großraumbüro, in dem Thilo an seinem Schreibtisch gerade den Hörer auflegte.

»Solche Schnarchnasen!«, fluchte er und bemerkte erst dann, dass Adam schon hinter ihm stand.

»Wo ist sie?«

»Sie wird als Paketbotin auf verschiedenen Routen eingesetzt. Mit einem DHL-Wagen, einem Fiat Ducato. Normalerweise hat das Auto einen Tracker, aber die Boten können ihn selbstständig abstellen, also, wenn sie gewieft genug sind. Doreen Matysek ist sehr zuverlässig, sagt ihr Boss, aber ausgerechnet heute hat sie den Tracker deaktiviert, vor drei Stunden.«

Adam sah auf die Uhr. »Verdammt! Wo war die letzte Position?«

»Das Auslieferungszentrum liegt in Neuenhagen, Dienstbeginn war dort um acht Uhr. Doreen Matysek übernimmt den fertig beladenen Lkw. Um 8.15 Uhr ist sie auf dem Berliner Ring angekommen, kurz hinter der Auffahrt wurde der Tracker abgeschaltet.«

»Dann könnte sie überall sein. In der Innenstadt oder irgendwo in Brandenburg, überall. Was macht sie?«

»Sucht sie ihre Tochter?«

Adam nickte. Das alles gefiel ihm ganz und gar nicht. »Hast du ihr Handy noch mal angepiept?«

»Ja, ist weiterhin ausgeschaltet. Aber die Personenanfrage an Telekom, Vodafone und O2 ist raus. Vielleicht hat sie einen zweiten Vertrag.«

»Okay, gib eine Fahndung raus, erst mal nur nach dem Wagen. Die Öffentlichkeitsfahndung nach Doreen Matysek lassen wir noch in der Schublade.«

Mist, Mist, Mist! Wo steckte die Frau? Warum war sie nicht zu finden? Er starrte für einen Augenblick zum Fenster hinaus, unter ihnen rauschte gerade eine Straßenbahn der Linie M10 vorbei, die Autos rollten gen Innenstadt. Gegenüber lag der Mauerpark im schönsten Sonnenschein, Horden von Flaneuren wurden von Radfahrern umkurvt, eine Gruppe Kids spielte Basketball. Alles sah so leicht aus, aber Adam fühlte sich so schwer.

»Wenn du fertig bist, müssen wir los.«

»Wohin denn?« Misstrauen in Thilo Kupferschmidts Stimme.

»Soldiner Kiez. Wir müssen in die Wetthölle von Said.«

»Nicht dein Ernst …«

»Leider doch. Thilo …« Er setzte sich auf eine Ecke des Schreibtischs. »Es tut mir leid, ehrlich. Ich kann es nicht erklären. Was vorhin passiert ist, meine ich. Aber … es wäre gut, wenn es unter uns bleibt.«

Er spürte die Augen des Kollegen in seinem Rücken, dann schloss er die Tür zu seinem Büro. Trotz der Hitze fröstelte er. Adam vermied den Blick durch die Glasscheibe, griff stattdessen zu seinem Festnetztelefon und wählte ihre Nummer.

»Hey, Adam, alles okay?« Ihre Stimme, ein wenig besorgt und doch so sanft, dass er sich fühlte, als würde er in eine weiche Decke gehüllt. Sofort ging es ihm ein wenig besser. Zum ersten Mal während des heutigen Einsatzes hatte er das Gefühl, nicht direkt auf eine Katastrophe zuzusteuern. Einen Moment durchatmen. Nur einen. Seit damals, seit so vielen Jahren, wusste er, dass diese Frau seine Heimat war. Auch wenn es schrecklich kitschig klang, nichts enthielt für ihn mehr Wahrheit als dieser Gedanke.

»Ja. Und bei dir?« Er versuchte seiner Stimme einen zuversichtlichen Ton zu geben, aber es misslang ihm.

»Adam, sag schon, was ist los? Was ist passiert?«

»Wir hatten einen scheiß Einsatz. Ich … ich hab Panik bekommen …«

Er hörte ihren ruhigen Atem, sie wartete, ob er weiterredete. Als er es nicht tat, seufzte sie.

»Ist jemandem etwas passiert?«

»Um ein Haar«, murmelte er. Eine Welle von Schuld stieg in ihm auf.

»Und habt ihr das Mädchen?«

»Nein …«

»Pass auf, Adam, du musst durchhalten. Für das Kind.«

»Der Vater des Mädchens … ist Mike Holler.«

»Ach du Scheiße! Der Gorilla von Abou-Qadig?«

»Wir müssen da jetzt hin. Und ich mach mir Sorgen um die Mutter. Ich will nicht, dass sie da reingerät. Im Moment wissen wir nicht einmal, wo sie steckt.«

»Ihr habt die Mutter noch nicht gefunden?«

Es entstand eine kurze Pause. Erst jetzt merkte Adam, dass er gar nicht wusste, wo Linh sich gerade befand.

»Und ich rede nur von mir … Was ist bei dir los? Wo bist du?«

»In Flecken-Zechlin. So ein Kaff bei Rheinsberg. Überfall auf die Sparkasse mit Geiselnahme, aber nur ein leicht Verletzter. Das SEK kommt gleich. Rabenstein hat die Leitung.«

»Fuck!«

»Adam, ich gehe gleich da rein.«

»Du … Linh, bitte.«

»Ich muss es tun. Und du weißt das.«

Er nickte. Ja, er wusste es. Und er wusste, dass jede Widerrede zwecklos war.

»Aber jetzt sag schon: Habt ihr gar keine Spur von der Mutter des kleinen Mädchens?«

»Sie ist Paketbotin bei DHL. Der Tracker ihres Wagens war zum letzten Mal vor drei Stunden aktiv, am Berliner

Ring. Ich fürchte, sie weiß, wo ihre Tochter ist, und will sie auf eigene Faust rausholen.«

Er hörte seine Frau scharf einatmen, für einige Sekunden sagte sie nichts.

»Linh?«

»Hast du das Kennzeichen von dem Transporter?«

Adam hörte die Anspannung in ihrer Stimme. Den Hörer am Ohr, stand er auf und klopfte laut gegen die Scheibe.

Einen Augenblick später stand Thilo in seinem Büro. »Wie ist das Kennzeichen von dem Ducato?«

Kupferschmidt rannte zu seinem Schreibtisch zurück und rief zu ihm hinüber: »TF Trennung GH 2191.«

»Ich hab's gehört«, sagte Linh. »Und jetzt halt dich fest …«

21

Ganz langsam ging sie auf die Sparkasse zu, in der linken Hand hielt sie die braune Ledertasche, die rechte Hand hatte sie erhoben und offen. Schritt für Schritt näherte sie sich der Tür, jede Faser ihres Körpers angespannt, in Alarmbereitschaft. Sie nahm alles überdeutlich wahr, das Gezwitscher der Vögel in den Linden ringsum, die Sonne, die durch das dichte Laub fiel und kleine Lichtflecken auf den Asphalt zeichnete, Staub und tanzende Pollen in der Luft. Ihre Kehle war trocken, und sie spürte einen Schweißtropfen zwischen ihren Schulterblättern und an ihrem Rücken hinablaufen.

Brombowski würde sie nicht aus den Augen lassen, auch er in höchster Alarmbereitschaft hinter dem Polizeiwagen mit den neuen blau-gelben Streifen kauernd, der erst vor wenigen Monaten auf das Polizeirevier zugelassen worden war. *BBL-4 2177.*

Sie wusste nicht, warum ihr gerade jetzt dieses Kennzeichen einfiel. Wahrscheinlich wirkte noch nach, was sie vor nicht mal fünf Minuten von Adam am Telefon erfahren hatte. Was bedeutete das alles? Welchen Kampf kämpfte diese Frau? In was war sie da nur reingeraten?

Linh blickte nach rechts: Auf der Dorfstraße stand drei

bis vier Häuser weiter der gelbe Fiat Ducato, verlassen, seit vielen Stunden. Keine Ahnung, warum sie erst jetzt darauf gekommen war. Ein Paketauto, das einfach rumstand und nicht auslieferte. Sie hatte instinktiv gedacht, dass der Fahrer den Wagen über Nacht vor seinem Hause abgestellt hatte. Aber dass er unter der Woche und so spät am Tag immer noch hier stand, war schon merkwürdig gewesen. Das Kennzeichen hatte dann Gewissheit gebracht.

Noch zehn Schritte, dann kamen die Treppenstufen, daneben die Rampe, die für Rollstuhlfahrer eigentlich viel zu steil war.

Sie stieg die vier Stufen empor, dann klopfte sie an die gläserne Tür. Einmal. Zweimal. Tock, tock.

»So, du Memme. Jetzt steh mal auf, dann kannst du dir ein Pflaster draufkleben lassen.«

Sollte sie es wirklich ernst meinen? Er blickte sofort auf. Das ließ er sich nicht zweimal sagen. Mühsam rappelte er sich hoch, er musste aufpassen, dass er nicht gleich wieder umkippte. Der Blutverlust und das lange Hocken hatten seinen Kreislauf völlig runtergefahren. Nur raus hier, nur schnell raus aus dieser vermaledeiten Bank.

»Sie auch, bitte«, hörte er die Frau sagen. Verwirrt drehte er sich um und sah, dass auch die Alte sich aufrichtete, zügiger als er. Sie nahm ihren Rollator und schob ihn in Richtung Tür.

»Lässt du die Dame vorgehen?«, schnauzte ihn die Maskierte an, weil er schon fast an der Tür war. Er wollte raus, sofort, er hielt es hier drinnen nicht mehr aus. Die Scham würde sich erst später einstellen. Aber er tat, wie ihm geheißen, und ließ die Dame vorbeitreten, die ihn freundlich ansah.

»Okay, raus, aber langsam, verstanden? Wenn ihr losrennt, dann … Peng!« Sie fuchtelte mit der Waffe herum und machte den Knall nach, und er zuckte tatsächlich zusammen.

Eins, zwei. Frau Müller, die das Handy geholt hatte, und ein junger Mann mit blutigem Hemd, offenbar der Filialleiter, standen in der geöffneten Tür der Sparkasse und blinzelten in den grellen Sonnenschein.

Dahinter, im Halbdunkel des Vorraums, stand die Frau mit der Strumpfmaske. Linh suchte ihren Blick. »Lass sie gehen.«

Die Geiselnehmerin musterte sie. Linh konnte spüren, wie ihr Blick wachsam über ihren Körper glitt, von der erhobenen Hand über ihren Oberkörper und ihre Beine bis hin zu den nackten Füßen. Auch entging Linh nicht, wie der Blick der Frau mehrere Sekunden lang auf der Tasche verharrte. Schließlich nickte die Maskierte. Frau Müller wandte sich noch einmal um, dann zuckelte sie langsam los, dicht hinter ihr ging der Filialleiter. Linh folgte jeder ihrer Bewegungen, dann trat sie ein, und die Tür fiel hinter ihr ins Schloss.

»Du hast Wort gehalten, vielen Dank. Ich bin Linh Schmidt, wir haben telefoniert.«

»Komm hier rüber, und stell die Tasche ab.«

Linh tat, wie ihr geheißen, und ließ die Frau dabei nicht

aus den Augen. Sie konnte ihre Angst spüren, sah das leichte Zittern ihrer Hände und die fahrigen Bewegungen, als die Frau näher trat.

»Wo ist der Autoschlüssel?«

»In meiner Hosentasche. Er gehört zu dem Geländewagen da draußen.«

Die Geiselnehmerin trat ganz nah an sie heran und nestelte nervös nach dem Schlüssel. Linh atmete ihren herben Geruch ein. Angstschweiß. Die Augen der Frau waren groß und rund und starrten sie unverwandt an.

»Setz dich zu den anderen«, sagte sie schließlich.

Linh griff nach der Tasche und wollte losgehen, da fuhr sie die Frau an: »Die Tasche bleibt hier, verstanden?«

Doch Linh erwiderte leise: »Du bekommst das Geld, aber vorher sollten wir erst mal reden, warum es zu dieser ganzen Sache gekommen ist.«

22

»Was haben wir?«

Schnelle Einsatzbesprechung im Großraumbüro. Die Klimaanlage schaffte es nicht mehr, das Gebäude runterzukühlen, deswegen hatte Thilo das Fenster aufgerissen, doch die Luft von draußen war nur noch wärmer. Adam brannte der Schweiß in den Augen. Er nahm einen großen Schluck aus einer Wasserflasche, während Thilo Bericht erstattete.

»Die Kollegen im Lagezentrum haben die BVG-Kameras gecheckt. Weder am U-Bahnhof Voltastraße noch am U-Bahnhof Bernauer Straße haben sie zur fraglichen Zeit einen Mann mit einem Mädchen gesehen, auf das unsere Beschreibung passt. Auch nicht am Bahnhof Gesundbrunnen.«

»Okay, aber sie können vorher irgendwo abgebogen sein, es gibt zu viele Querstraßen dort.«

»Ich hab in den Spätis ringsum gefragt. Außenkameras sind dort ja verboten, aber sie haben trotzdem welche, weil immer wieder was wegkommt. Meistens Bier. Na ja, aber auch bei denen habe ich nichts gefunden. Viele Kinder mit ihren Eltern, die Richtung Kita laufen. Wie hier zum Beispiel: am frühen Morgen um sechs Uhr dreißig.«

Er drückte auf den Laptop, und das verwaschene Farbbild einer Überwachungskamera wurde sichtbar. Darauf eine Frau in schwarzem T-Shirt, schlank und sportlich, an ihrer Hand hüpfte ein blondes Mädchen. Die Frau zog ein wenig, es ging ihr offenbar zu langsam, aber ihr Blick schien freundlich, nicht drängend.

»Emily und ihre Mutter«, sagte Sandra.

»Genau. Die haben wir, sie kommen aus Richtung Süden, also aus der Demminer Straße. Aber weder hier noch nördlich davon habe ich in den nächsten drei Stunden einen Mann entdeckt, der mit Emily weggeht.«

»Also müssen sie mit einem Auto verschwunden sein«, schlussfolgerte Sandra.

»Ein vor der Kita geparktes Auto«, ergänzte Adam. »Genau. Wie sind wir dort mit Verkehrskameras ausgestattet?«

Thilo schüttelte den Kopf. »Wenn er nicht an der Schwedenstraße in den Blitzer gerast ist, dann haben wir nichts. Klar, es gibt die Außenkamera von der Shell-Tankstelle, aber es sind in einer Stunde ein paar Tausend Autos, die da vorbeirasen.«

»Ein blondes Mädchen und ein Mann, in weiter Entfernung … Nein, dafür fehlt uns die Zeit«, sagte Adam. »Dann ist Mike Holler jetzt unsere wichtigste Spur.«

»Hast du dir die Akte Holler angesehen, Sandra?«

Für einen Moment dachte sie an die letzte Nacht, als sie im Bett gelegen hatte, klitschnass geschwitzt, die Kehle vor Traurigkeit zugeschnürt. Am schlimmsten war es kurz vor drei, wenn der Tag so weit entfernt schien. Sie hatte sich so gefühlt wie immer, wenn die Dämonen kamen: zu nichts nutze, ungebraucht, unfähig. So, als hätte die ganze Welt schon erkannt, dass sie nur eine Betrügerin war. Sie würde alleine bleiben, ihr ganzes Leben lang. Wer sollte es auch mit ihr aushalten? Nicht einmal Adam würde das schaffen, obwohl er von ihren Dämonen wusste, da war sie sich sicher. Doch sogar der hatte jemanden, der heile war und keine B-Ware, eine wunderschöne Frau, die leicht war, leicht und fröhlich. Nicht so ein Haufen Elend wie sie. Elend pur, so fühlte sie sich.

Als der Morgen gegraut hatte, waren die Schatten ein wenig kleiner geworden, nicht mehr so bedrohlich. Sie hatte sich berührt, um ruhiger zu werden, und dann war sie tatsächlich eingeschlafen, bis das Klingeln ihres Handys mit dem Notruf der Kita sie weckte.

Wenn sie nun daran zurückdachte, musste sie lächeln. Denn das hier, das war ihr wahres Leben. Sie wurde gebraucht, Adam brauchte sie. Er hörte auf sie, genau wie Thilo. Sie liebte diese fieberhaften Stunden: Fahndung, Recherche, Festnahmen. Sie liebte die Besprechungen bei offenem Fenster, den Lärm von der Eberswalder Straße, sie liebte den festen Klang ihrer Stimme, wenn sie, ohne abzulesen, die Dinge vortrug, die sie herausgefunden hatte. Sie wurde gebraucht, sie war eine gute, nein, eine exzellente Polizistin. Und heute würde sie mehr glänzen als jemals zuvor.

»Die Akten Holler, genauer gesagt«, begann sie. »Es sind drei Stück, dick gefüllt, und dennoch hat er erstaunlich wenig Zeit im Knast verbracht.«

»Die segensreichen Anwälte des Abou-Qadig-Clans«, bemerkte Thilo trocken.

Sie ärgerte sich über die Unterbrechung.

»Also, Mike Holler, geboren am 1. Januar 1979 in Gardelegen, Sachsen-Anhalt. Erlernter Beruf: Trockenbauer, aber in dem hat er nur kurz gearbeitet. Barkeeper und Türsteher in Magdeburg, später in Berlin. Irgendwann Türsteher in einem der Clubs von Abou-Qadig. Von dort stieg er auf, erst zum Security-Boss aller Clubs, dann auch der Wettbüros. Bis er der persönliche Sicherheitschef des Clanbosses wurde. Auf dem Weg dorthin gab es zahlreiche Verurteilungen wegen Körperverletzung, zweimal Schutzgelderpressung und einmal wegen gefährlicher Körperverletzung. Da hat er den Dealer eines verfeindeten Clans so hart rangenommen, dass der fast gestorben wäre. Aber Holler saß trotzdem nur zwölf Monate in Moabit ein. Vorzeitig entlassen wegen guter Führung, kaum zu glauben. Für die wirklich dicken Dinger, Drogenschmuggel, Hehlerei, Anstiftung zur Prostitution, Wettbetrug, haben wir ihn nie drangekriegt. Weil wir auch seinen Boss nie dafür drangekriegt haben. Holler schützt Abou-Qadig, und der wiederum schützt Holler – so ist der Deal. Das Bemerkenswerte an ihm ist: Er ist einer der wenigen Deutschen, die für den libanesischen Clan arbeiten, und er ist in jedem Fall der ranghöchste Mann außerhalb der Familie. Eine Seltenheit. Aber er scheint seinen Job gut zu machen.«

Sie machte eine kurze Pause, um ihren Kollegen Zeit zu geben, die Informationen sacken zu lassen.

»Sind die Jungs von der Organisierten Kriminalität an dem Clan dran? Oder an Holler im Speziellen?«, fragte Adam.

»Nicht mehr als sonst. Es sind die Kollegen Müller und Ben-Sarif, die sich um den Clan kümmern. Sicher haben sie auch V-Leute. Aber sie haben nichts Ungewöhnliches beobachtet, sagt Müller. Sie wissen ja, Chef, die lassen nicht gern etwas raus.«

»Aber es geht um Emily. Die sollen ihre V-Leute ansprechen, ob die etwas wissen! Abou-Qadig wird es gar nicht gefallen, wenn wir gegen Holler ermitteln, weil der sein eigenes Kind entführt hat.«

»Ich kümmere mich darum. Ach, der Nachbar von Doreen Matysek ist übrigens da, wegen der Phantomzeichnung. Soll ich mit ihm sprechen?«

»Ja, mach du das. Thilo und ich fahren unterdessen zu Holler.«

Sandra stand auf, doch Adam räusperte sich. Sofort setzte sie sich wieder hin.

»Ich muss euch noch etwas sagen. Ich weiß es schon seit einer halben Stunde, aber ich wollte erst darüber nachdenken.«

Seine Stimme war leiser geworden, und Sandra fürchtete sich vor seiner Offenbarung.

»Wir haben die Mutter gefunden.«

»O mein Gott«, sagte Sandra, »ist sie …?«

»Nein, sie lebt. Sie hat vor drei Stunden eine Sparkasse überfallen, draußen in Brandenburg. Sie hat mehrere Geiseln genommen. Meine Frau leitet den Einsatz. Doreen Matysek versucht, an sehr viel Geld zu kommen – die Frage ist nur: Wofür?«

Kurz bevor er und Thilo losfuhren, ging Adam noch einmal in die oberste Etage. Hier unterm Dach lagen die Vernehmungszimmer. Wenn nicht gerade Befragungen durchgeführt wurden, war es hier gähnend leer. Er nahm die erste Tür auf der rechten Seite zu den Waschräumen und stellte sich vor den Badspiegel, der an manchen Stellen blind war.

Er stützte sich auf dem Waschtisch auf und betrachtete sein Gesicht. Er sah müde aus. Da waren rote Flecken unter seinen Augen. Adam befühlte sie, diese kleinen roten Sprengsel. Sein Verstand sagte ihm, dass sie von der Hitze kamen, sein Bauchgefühl aber sah sie als dunkles Omen.

»Scheiße«, murmelte er. Er fühlte sich so ausgelaugt, dass er gerne die Tür verriegelt und hier gewartet hätte, bis die Nacht über Berlin hereingebrochen war. Das Mädchen würde schon auftauchen. Es musste auftauchen. Emily. Es wäre doch viel einfacher, darauf zu warten. Er wollte nicht schon wieder jemanden gefährden. Aber er konnte auch nicht …

Adam hörte Schritte und öffnete den Wasserhahn. »Aah«, schrie er auf und zog seine Hände zurück, weil das Wasser kochend heiß aus der Leitung strömte. Er drehte den Hahn auf Blau, dann hielt er seine Hände unter den Wasserstrahl und wusch sich das Gesicht.

Als er wieder aufsah, liefen die Tropfen seine Wangen herunter. Wie Tränen. Warum war er so kaputt? In diesen Momenten war er so kaputt. Emily. Er dachte an Carolin. Er musste … er musste es tun.

Adam ging zur Tür, öffnete sie einen Spaltbreit und sah hinaus. Niemand auf dem Flur.

Er trat wieder zum Spiegel, holte die kleine Tüte aus seiner Jackentasche und entnahm ihr eine orangefarbene Pille. Er hatte keine Zeit, deshalb legte er sie unter seine Zunge, damit die Schleimhäute den Wirkstoff gleich aufnahmen. Dann schraubte er das Fläschchen auf, das er ebenfalls bei sich trug. Er hatte keinen Löffel dabei, also setzte er das Tilidin an und schüttete sich fünfzig Tropfen direkt in den Mund. Vielleicht waren es auch ein paar mehr. Als er die Flasche wieder absetzte, konnte er nicht mehr in den Spiegel schauen. Eilig verließ er das Bad und ging die Treppe hinunter. Noch zwanzig Minuten bis zur Wirkung.

23

Sie sondierte die Lage: Direkt neben ihr saß eine Frau um die sechzig, sie trug ein elegantes Kostüm, und ihr Gesicht war tiefrot, sie wirkte überhitzt und einem Zusammenbruch nahe. Sie sah immer wieder zu Linh herüber, als wollte sie ihr etwas sagen. Linh nickte ihr beruhigend zu. *Gleich, gleich,* sollte das heißen.

Tina Kaminske erkannte sie, Klaus hatte ihr ein Foto der Sparkassenmitarbeiterin im Internet gezeigt.

Linhs weitere Überlegungen mussten jetzt aber vor allem der jungen Frau gelten, deren Schwangerschaft weit fortgeschritten war. Sie hielt die Hand schützend über ihren Bauch und schien wie in Trance zu sein. Ein Mann saß hinter ihr und hatte seine Hand beruhigend auf ihren Rücken gelegt. Linh ärgerte sich, dass sie die Schwangere nicht schon in der Tür bemerkt hatte.

»Hör zu, du musst die schwangere Frau auch noch gehen lassen. Es geht ihr nicht gut, und ich möchte nicht, dass sie das Baby hier drinnen bekommt.«

»Sitzen bleiben und nur sprechen, wenn ich es erlaube, verstanden?«, rief die Frau. »Dem Baby wird nichts passieren. Ich lasse euch schon raus, aber sicher nicht, wenn gerade das SEK anrückt.«

Linh fluchte innerlich: Die Schwangere war wirklich ein Problem – sie behinderte ihren Plan. Solange eine Gefahr für die werdende Mutter bestand, konnte Linh nicht offensiv vorgehen.

Sie nahm den Raum genauer ins Visier: Der Notausgang war hinten in der Kaffeeküche. Dorthin zu gelangen war nicht ausgeschlossen, aber doch ziemlich schwierig. Es waren sicher zehn Meter zu überwinden, und dann müsste sie noch ohne Schlüssel die Tür öffnen. Und sie hatte keine Waffe, die andere schon.

Das Fenster zur Straße bestand ohne Zweifel aus Sicherheitsglas, auch hier keine Möglichkeit zur Flucht. Die Eingangstür war nach Linhs Eintritt von der Geiselnehmerin verschlossen worden, die Fenster nach hinten raus vergittert.

Der Tresorraum hinter dem Kassenbereich stand offen, und Linh fragte sich, ob die Frau dort schon Geld gesichert hatte.

Wenn das SEK kam, würde sich Rabenstein ohne Zweifel über den Vordereingang Zutritt verschaffen. Vielleicht zur Ablenkung eine Rauchbombe durchs hintere Fenster werfen und dann zur Vordertür rein. So würde sie es auch machen, an seiner Stelle. Aber das durfte nicht geschehen.

Die Geiselnehmerin sah nicht so aus, als würde sie spaßen. Andererseits: Ihr ging es doch um etwas ganz anderes, oder? Linh hatte geglaubt, sie würde einer extrem angespannten Frau gegenüberstehen. Aber irgendwie war die Täterin unter der Maske viel ruhiger, als sie erwartet hatte. Dabei musste sie doch unter enormem Druck stehen. Warum spürte Linh davon nichts?

❖

»Schön langsam!«, rief Klaus. »Kommen Sie zu mir, ganz langsam, so ist es gut.« Er ging ein Stück auf Frau Müller zu und hakte sie unter, während der Filialleiter an ihnen vorbeirannte und in der Deckung des Polizeiwagens zu Boden sank. »Sie sind in Sicherheit«, sagte Brombowski erleichtert, mehr zu sich selbst als zu den beiden befreiten Geiseln.

»Ich brauche einen Arzt, jemand muss sich das ansehen.«

»Der Rettungswagen ist jeden Moment da, Herr Seelinger. Aber nun erzählen Sie mal, was dort drinnen passiert ist, ja?«

»Eine Verrückte, eine verrückte Frau – die ist zu allem fähig, wirklich! Und ... meine Angestellte ist noch da drin.«

»Frau Kaminske.«

»Ja, genau, und es ist merkwürdig ... Wie konnte die davon wissen? Ausgerechnet heute? Da muss doch jemand geredet haben. Aber es hatte doch niemand die Information, dass ...«

»Wovon sprechen Sie, Herr Seelinger?«

»Es gab heute eine große Geldlieferung. Der Transporter kam früh am Morgen. Es war der ganz normale Transport, der auch die Geldautomaten auffüllt, deshalb erschien es mir zunächst nicht ungewöhnlich. Aber dann war da noch das andere Bargeld ...«

»Für wen war das Geld bestimmt?«

»Das darf ich nicht sagen, Herr Wachtmeister, das Bankgeheimnis.«

»Herr Seelinger, ich ...«

In der Ferne waren Sirenen zu hören.

»Frau Müller, wie geht es Ihnen? Möchten Sie etwas trinken?«

Die alte Frau hatte sich auf ihren Rollator gesetzt und die Augen geschlossen, als genösse sie die wärmende Sonne.

»Nein, alles gut, danke, Klaus.«

»Kein Wasser?« Er hielt ihr die Flasche hin, aber sie schüttelte den Kopf.

»Nein, nein. Ich brauche nur das hier.« Sie griff in die Tasche ihrer dünnen Strickjacke und nahm eine Schachtel Cabinet heraus, aus der sie sich eine Zigarette anzündete. Der würzige Rauch erfüllte die warme Luft. Ihre Stimme war so tief und kratzig, dass Klaus sich wirklich wunderte, wie Henriette Müller so alt hatte werden können. Aber es gab die Legende, dass der Arzt von Flecken-Zechlin sie gebeten hatte weiterzurauchen – würde sie aufhören, würde sie wahrscheinlich prompt tot umfallen.

Nach dem zweiten tiefen Zug sagte sie: »Weißt du, was wirklich merkwürdig war, Klaus?« Sie nahm erst noch einen Zug, bevor sie fortfuhr. »Am Anfang, da war die junge Frau ganz plemplem, also wirklich, sie stand völlig neben sich. Es war, als würde ich bei einer dieser Gerichtsserien zugucken, Richterin Barbara Salesch oder so – da spielen doch die Schauspieler auch immer so schlecht.« Sie lachte das ihr eigene, tiefe Lachen. Klaus musste unwillkürlich daran denken, dass sie sich im Kirchenchor gut als Alt machen würde. »Sie schien richtig Angst zu haben – und dann, von einer Minute auf die andere, war die Angst wie weggeblasen. Von dem Moment an war sie ganz ruhig, sie war sich ihrer Sache total sicher und hat auf einmal kalkuliert gewirkt. Es war ganz und gar bemerkenswert, diese Veränderung, die in ihr vorgegangen ist.«

Der Filialleiter sah die alte Frau verwundert an, es war, als nähme er sie zum ersten Mal richtig wahr.

»Echt? Das ist mir gar nicht aufgefallen.«

»Wundert mich nicht, Jungchen, du warst ja voll und ganz mit deinem Arm beschäftigt.«

Klaus lauschte gebannt. Wenn Henriette Müller so etwas beobachtet hatte, dann zweifelte er keine Sekunde daran, dass es wichtig war. »Und, erinnern Sie sich noch, was genau vor diesem Stimmungswechsel geschehen ist?«

»Danach krame ich seit zehn Minuten in meinem Gedächtnis, und es fällt mir nicht ein. Aber ich komm noch drauf, Klaus, ich komm noch drauf. Sag mal, hast du noch die kleine Pulle dabei? Ick könnt jetzt eenen gebrauchen.«

»Nein, du weißt doch, dass ich trocken bin.«

»Ach.« Sie wischte die Bemerkung mit einer Handbewegung beiseite. »Zumindest in meinem Alter brauch ick auch nicht mehr aufhören mitm Saufen. So hat der Deibel wenigstens Angst, dass ich ihn anhauche mit meiner Fahne.«

Klaus schmunzelte. Er konnte nicht anders, als die alte Frau zu mögen. Gerade als er etwas erwidern wollte, wurde seine Aufmerksamkeit von der Sirene am westlichen Ende der Dorfstraße in Beschlag genommen.

Der Krankenwagen aus Neuruppin bog um die Ecke und rumpelte über das Kopfsteinpflaster. Sein Martinshorn wurde nur noch von den verschiedenen Sirenen aus südlicher Richtung übertönt: Drei schwarze VW-Busse mit Blaulicht bogen mit halsbrecherischem Tempo in die Straße ein und hielten mit quietschenden Reifen genau vor der Sparkasse. Sein Polizeiwagen war gar nicht mehr zu sehen.

Die Schiebetüren öffneten sich, und mehrere maskierte Männer in voller Kampfmontur sprangen heraus. Zwei von ihnen trugen Scharfschützengewehre. Nun war Flecken-Zechlin kein Dorf mehr, sondern ein Tatort.

Ein Hüne mit Glatze kam auf ihn zu, zog seine Lederhandschuhe aus und gab ihm die Hand.

»Rabenstein, SEK. Wo ist Kommissarin Schmidt?«

»Die ist drinnen.«

»Wo, drinnen?«

»Na, da drinnen.« Er zeigte auf die Sparkasse.

Dem SEK-Mann entglitten die Gesichtszüge, eine Zornesfalte trat zwischen seine Augenbrauen. »Ist die denn von allen guten Geistern verlassen?«, donnerte er los. »Diese Schmidts, die gehen mir so was von auf die Nerven. Ich …«

Er schnaubte und wandte sich wutentbrannt an seine Männer. »Alle in Stellung. Polizistin im Gebäude. Dennoch, es bleibt dabei, Vorbereitung zur Stürmung in zehn.«

Klaus Brombowski sah, wie die SEK-Leute ihre Pistolen durchluden und hinter Mauern, Autos und Bäumen Stellung bezogen. Neben ihm murmelte Henriette Müller: »Na, wenn dat mal ein gutes Ende nimmt …«

»Das ist mein Geld.«

Es war nur geflüstert, dazu der Fingerzeig auf den Tresorraum. Die Frau in dem Kostüm schaute sie mit einem drängenden, fast flehenden Blick an und geriet beinahe außer sich, weil sie wohl glaubte, dass Linh sie nicht verstand. »Sie müssen etwas machen!«

Sie beobachteten beide, wie die Maskierte sich wieder in Richtung Tresorraum entfernte, als müsste sie etwas prüfen.

»Was meinen Sie?«, flüsterte Linh zurück.

»Ich bin die Bürgermeisterin«, zischte die Frau. »Die Bank hat heute mein Geld hier, ich will es abholen, aber nun ... das darf nicht gestohlen werden ...«

»Hey! Was quatscht ihr da?«

Linh und die Bürgermeisterin sahen in unterschiedliche Richtungen.

»Ruhe, habt ihr verstanden?«

»Lass die junge Frau gehen!«, versuchte Linh es noch einmal. Es war zu heiß in diesem Raum, der über keine Klimaanlage verfügte. Die Mittagshitze brannte erbarmungslos auf das kleine Haus im Ortszentrum.

»Ja, aber ich will jetzt die Tasche.«

»Warum tust du das?« Linh musste mit der Geiselnehmerin ins Gespräch kommen, mehr erfahren.

»Weil ich es tun muss.« Sogar durch die Maske konnte Linh ihre Augen funkeln sehen. »Das verstehst du nicht, ihr alle versteht es nicht.«

»Ich glaube, es bleibt nur wenig Zeit, um es mir zu erklä...«

Das Geheul der Sirenen drang von draußen in die Sparkasse, dann hörten sie die quietschenden Reifen, die Bremsen, die knallenden Türen.

»Hmm, zu spät für einen geordneten Rückzug«, sagte Linh leise und tonlos.

Die Frau ging zum Fenster und schob das Rollo ein winziges Stück beiseite.

»Mist!«

»Ja, das ist ein nicht sehr netter Kollege von mir.«

Die Frau schüttelte den Kopf und hielt Linh das Handy hin.

»Ruf ihn an. Sag ihm, wenn er hier reinkommt, dann gibt es Tote.«

25 JAHRE FRÜHER – 1997

»Los, wir gehen gleich zum Volleyball …«

»Ich muss noch in die Kaufhalle, ich brauch was zu trinken.«

»Aber dann schnell, ich will nicht zu spät kommen.«

»O Linhi, magst du nicht doch mit?«

Linh betrachtete ihre drei besten Freundinnen und schüttelte traurig den Kopf.

»Mann, du bist so gut im Volleyball, du musst echt deine Mama fragen, ob du nicht auch in den Verein kannst.«

»Mittwoch geht bei mir echt nicht. Aber ich wünsch euch viel Spaß, wir sehen uns morgen.«

»Okay, tschüss!«

Sie umarmten sich, dann zogen die drei Mädchen mit ihren Sporttaschen über den Armen ab in Richtung Sporthalle. Linh blickte ihnen kurz nach, dann wandte sie sich um und strebte der Rhinstraße entgegen, wo sie ab drei Uhr bei Mama im Laden stehen musste.

Eva, ihre beste Freundin, hatte recht: Sie war richtig gut im Volleyball, und sie hatte wahnsinnig viel Spaß dabei. Im Verein zu spielen wäre ein Traum – auch, weil es hieß, dass sie dann mit ihren Freundinnen den Nachmittag verbringen konnte. Denn nach dem Sport trafen sich alle immer noch bei jemandem zu Hause, es gab Pizza und einen Film, oder man sprach über andere Mädels – und zunehmend auch über Jungs.

Doch für sie blieb es ein Traum, denn sie war fest gebunden an die Nachmittage im Klamotten-Bungalow oder im Imbiss. Sie fand es nicht schlimm, zu arbeiten und zu helfen. Sie verstand auch ihre Eltern, die ihre Hilfe brauchten und einforderten. Schlimm fand sie nur, dass sie ihre Freundinnen so wenig sah. Was aber toll war: Die nahmen es ihr nicht krumm und ließen sie nicht außen vor. Wenigstens in der Schule hatten sie eine tolle Zeit zusammen – und ab und zu auch am Wochenende.

Sie bog aus der Massower Straße in Richtung Norden ab, denn sie mochte es nicht, auf der lauten Rhinstraße zu laufen. Deshalb hielt sie sich immer unter den Bäumen in den kleineren Wohnstraßen, die parallel verliefen. Sie hatten eine Stunde vor den anderen Schluss gehabt, deshalb waren nur wenige Schüler unterwegs. Zweimal drehte sie sich um, weil sie das Gefühl hatte, dass jemand ihr folgte. Doch da war niemand.

Kurz vor dem Supermarkt hörte sie etwas.

»Linh.«

Sie drehte sich nicht um, sondern beschleunigte ihren Schritt. »Sie spürte, wie er ebenfalls schneller lief und die Distanz zwischen ihnen sich verringerte.«

»Linh, bleib doch stehen.«

Sie wollte schon losrennen und wandte nur kurz den Kopf, da sah sie ihm direkt in die hellblauen Augen. Dem jungen Mann mit den blonden Haaren. Sie erkannte ihn sofort wieder.

»Bitte, bleib stehen«, rief er ihr nach. »Ich tu dir nichts, echt, ich bin doch 'n Bulle.«

Da stoppte sie und drehte sich um, stand ihm jetzt frontal gegenüber.

»Mein Bruder hat mir Vovinam beigebracht. Wenn du mir zu nahe kommst …« Die Kampftechnik war eine vietnamesische Spezialität, und Duc hatte ihr im Kinderzimmer viele Griffe gezeigt. Damals, als er noch viel zu Hause gewesen war.

»Verstanden«, sagte der Polizist und nahm lächelnd die Hände hoch, als wollte er sich ergeben.

»Was willst du von mir? Warum hast du keine Uniform an? Was soll das?«

Sie dachte nicht einmal darüber nach, warum sie ihn duzte. Sie tat es einfach.

»Ich will nur mit dir reden. Wirklich.« Er trat einen Schritt näher. »Ich heiße Adam. Ich bin Streifenbulle hier im Kiez, aber ich werde bald bei der Kripo arbeiten. Ich versuche rauszufinden, warum der Junge sterben musste. Und ich denke, dass du weißt, wer er ist.«

Linh schüttelte energisch den Kopf. »Ich weiß nichts. Und ich will auf keinen Fall mit dir gesehen werden.«

Er trat noch einen Schritt näher und griff nach ihrem Arm, sie zuckte zusammen, doch dann reagierte sie blitzschnell, entwand sich geschickt seinem Griff und sprang einige Schritte zurück. »Was soll denn das?«

»Hey, sorry, aber du musst mir erzählen, was du weißt, Linh.«

»Ich weiß wirklich nichts. Und ich will nicht, dass du mich anfasst, Mann! Woher weißt du überhaupt, wie ich heiße?«

»War nicht so schwer zu ermitteln. Dein Vater hat den Imbiss, da gibt es ein Gewerbeamt und ein Einwohnermeldeamt – und ich bin Bulle. Hey, du musst mir helfen.

Sonst muss ich bei deinen Eltern nachfragen, was du darüber weißt.«

Sie konnte es nicht glauben. Der Typ drohte ihr. »Du siehst gar nicht wie ein Arschloch aus, aber anscheinend bist du eines. Aber okay, ich rede mit dir, im Supermarkt. Gib mir eine Minute Vorsprung.«

»Und wenn du abhaust?«

Sie grinste ihn an. »Dann kannst du immer noch bei meinen Eltern klingeln.«

Sie war nicht abgehauen, sie stand zu ihrem Wort. Adam hatte es gewusst. Er fand sie bei den Haushaltswaren. Vor dem Waschmittel und den Spülmaschinentabs. Wer war dieses Mädchen, und warum war sie so selbstbewusst und schien noch dazu instinktiv alles richtig zu machen? Hier war um diese Uhrzeit kein Mensch, anders als bei den Lebensmitteln. Erst recht, weil hier alle Reinigungsartikel doppelt so viel kosteten wie in der Drogerie, die gleich neben dem Supermarkt war.

Sie hatte ihren Rucksack auf dem Rücken, einen dunkelgrünen Eastpak, dazu trug sie eine grüne Sportjacke und eine hellblaue Jeans, ihre Füße steckten in Turnschuhen von Victory. Eben öffnete sie ihre dunklen Haare und strich sich einmal über den Kopf, als hätte ihr der Pferdeschwanz Schmerzen bereitet, dann nahm sie das Zopfgummi, um es in ihrer Hand zu drehen.

Er lächelte ihr zu, aber sie erwiderte es nicht, ihre Miene war ernst.

Mit einem Blick den Gang hinunter sagte sie leise: »Wir haben nicht viel Zeit. Also, ich habe keine Ahnung, wie der Typ heißt, der erschossen wurde. Aber er muss hier irgendwo in der Gegend gewohnt haben. Ich habe ihn schon mal gesehen. Er hat meinen Bruder einmal im Auto mitgenommen.«

»Deinen Bruder Duc?«

»Woher kennst du Duc?« Als sie begriff, hellte sich ihr Gesicht auf, wurde aber sofort wieder ernst. »Ach ja, das Einwohnermeldeamt.«

»Stimmt«, sagte Adam nickend und dachte: Aber nicht nur von dort. Es gibt auch eine Akte über deinen Bruder, und die ist ziemlich dick.

»Warum wurde der Mann erschossen?«, fragte Linh.

»Ich weiß es nicht. Aber ich muss es herausfinden. Ich glaube, es hat was mit Drogen zu tun.«

»Aber es ist doch eigentlich alles ruhig jetzt.«

»So wirkt es«, antwortete Adam. »Aber all die Geschäfte gehen ja weiter.«

»Meine Familie hat damit nichts zu tun.«

»Das glaube ich dir. Und doch will ich wissen, in welcher Verbindung dein Bruder mit diesem Jungen stand.«

»Ich weiß es nicht. Aber Duc hat mir deutlich gemacht, dass ich mich da nicht einmischen soll. Glaubst du ...« Sie zögerte, dabei suchten ihre Augen eine Reaktion in seinen. »... dass er in Gefahr ist?«

Adam zuckte mit den Schultern. »Ich kann es dir nicht sagen. Wirklich nicht. Dazu weiß ich zu wenig über die ganze Sache. Deshalb würde es mir wirklich helfen, wenn du mir verrätst, wo Duc und der andere sich getroffen haben. Und was sie dort gemacht haben.«

»Wenn ich es wüsste, dann würde ich es dir vielleicht sagen. Aber ich weiß es wirklich nicht.«

Plötzlich trat eine vietnamesische Frau in den Gang

und sah die beiden eine Sekunde zu lange an, wie sie dort so nah beieinanderstanden. Instinktiv wich Linh einen Schritt zurück. »Ich muss jetzt los. Sprich mich nicht mehr an, okay? Das hier ist eine zu kleine Welt, und ich will nicht, dass meiner Familie was passiert.«

Dann wandte sie sich um und rannte aus dem Laden. Adam sah ihr lange nach.

24

Vernehmungsraum 1, Dachgeschoss von Abschnitt 15. Mittlerweile war es brütend heiß. Deutlich zu heiß für den schwitzenden Mann in dem *Hard Rock Café*-T-Shirt, dass ungefähr so gut zu ihm passte wie die Trainingshose von Union Berlin. Er sah aus wie eine Karikatur, aber hey, Kommissarin Sandra Pitoli arbeitete lange genug in dieser Stadt, um zu wissen: Das war das Leben hier. Widersprüche, wo sie nur hinschaute. Berlin war eine zerrissene Stadt, damals und heute. Damals durch die Teilung, die aus der Stadt auf der einen Seite die Hauptstadt eines untergehenden Reiches und auf der anderen Seite eine Exklave gemacht hatte. Und heute war die Stadt zerrissen zwischen Arm und Reich, so plump das auch klang: Es gab den Ku'damm, den Nikolassee, den Wannsee, wo sie ein bisschen Hamburg und ein bisschen München spielten, nur ohne Stil. Dann gab es den Prenzlauer Berg und den Kreuzberg, wo sie alle so taten, als wären sie alle längst postkapitalistisch, grün und nachhaltig, bis ihnen jemand sagte, dass sie ohne ihre Club-Mate, ihr Bio-Dry-Aged-Rindfleisch und ihre Veja-Sneaker auch nur ziemlich plumpe Hipster waren. Und es gab all die anderen Bezirke, wo es schlicht um den täglichen Kampf ging, genug Kohle zusammenzubekommen, um die Kinder durchzukriegen, die steigenden Mieten zu bezahlen und einmal im Jahr bei Aldi den neuen Laptop von Medion zu erstehen.

Der Mann vor ihr gehörte ohne Frage zur letzten Kategorie.

»Wollen Sie ein Wasser? Kaffee?« Ihre Stimme war immer tiefer, wenn sie Männer verhörte. Sie konnte nichts dagegen tun, es geschah ganz automatisch.

»Kann man hier rauchen?«

Sandra schüttelte den Kopf.

»Wir sind hier leider nicht in einem alten Maigret-Buch«, sagte sie. »Das Rauchverbot gilt hier schon vierzehn Jahre, damals hab ich auch aufgehört.«

»Na, dann nehm ich ein Wasser.«

Sie stand auf, ging kurz aus dem Raum und kam mit einem Glas Leitungswasser wieder. Mittlerweile war das T-Shirt des Mannes komplett nass geschwitzt. »Ein Höllenwetter ist das, oder? Okay, wir haben nicht viel Zeit. Sie haben also zwei Männer in der Wohnung von Doreen Matysek ein und aus gehen sehen.«

»Na, ein und aus gehen, das klingt ja, als würde ich auf der Lauer liegen. Ich bin ja nicht vonner Stasi.«

»Es ist mir, ehrlich gesagt, wurscht, ob sie Ihre Nachbarn beobachten oder nicht. Die Tochter von Frau Matysek ist verschwunden. Sollten sie das der BZ erzählen, wenn sie hier rausspazieren, dann nehme ich Sie fest, wegen Behinderung der Justiz. Denn es weiß bisher niemand, bis auf meine Kollegen, ich und nun Sie. Gut, der Entführer auch. Aber der sind Sie ja nicht, vermute ich. Oder doch?«

»Na, Sie fahren ja schwere Geschütze auf.«

»Hier, der hier, ist das einer davon? Nun sagen Sie schon, Mann.«

»Ja, na jut.« Er trank etwas Wasser, um die sichtbare Aufregung herunterzuschlucken, bevor er antwortete. »Der da, der war oft da. So een-, zweimal die Woche. Aber wenn der da war, dann hab ick nich' rausjeguckt, dit war mir zu heiß. Der hatte immer so große Karren am Start. Wenn er da war, dann hamse dit aber sowieso jehört.« Er grinste. »Die haben sich jestritten wie die Kesselflicker. Er hat jeschrien, und sie hat zurückjeschrien, die kann ooch richtig 'n Biest sein, die Doreen, hab ick immer jedacht.«

»Gab es Gewalt?«

»Wat weeß ick, na hören Se mal. Hätt ick wat bemerkt, hätt ick natürlich sofort anjerufen. Aber die kam nie mitm blauen Auge raus. Da jibt et janz andere bei uns im Block.«

»Und dann kam er irgendwann nicht mehr?«

»Ach, nee nee, der kam schon immer wieder, aber letzte Woche hat er jeklingelt und jeklopft, aber sie hat nich' uffjemacht. Obwohl se da war, gloob ick.«

»Dafür kam ein anderer Mann?«

»Ja, wie jesagt, so 'n hübscher. Den hat se rinjelassen.«

»Und gab es da auch Streit?«

»Nicht, dass ick wüsste. Jehört hab ick nüscht. Aber ick sach mal so, die Doreen, die wirkte uff eenmal janz glücklich, so ausjeglichen, als würde ihr der richtig juttun.«

»Na, das klingt doch gut. Wann war der Mann das erste Mal da?«

»Hm, mal überlegen. Die waren im Urlaub, Doreen und die Kleene, ick hab se jedenfalls mit Koffern zur Bahn loofen sehen. Dit war vor zwei Monaten oder so. Und danach, ja, danach hat dit anjefangen.«

»Gleich darauf?«

»Ick führe ja keen Buch darüber, aber ja, da bin ick mir sicher.«

»Können Sie den Mann beschreiben?«

»Na ja, versuchen kann ick es.«

»Ich bringe Sie zu unserem technischen Experten, der wird mit Ihnen ein Phantombild erstellen, in Ordnung?«

»Jibt dit dafür eine Aufwandsentschädigung?«

»Sie mögen doch Emily und ihre Mutter, oder?«

»Is ja schon jut, Frau Kommissarin.«

Sie gingen hinaus, und Sandra brachte den Mann in die erste Etage, wo sich einer der Polizeibeamten auf die modernen Programme spezialisiert hatte. Klassische Phantombildzeichner gab es schon lange nicht mehr in jedem Revier. Im LKA in Tempelhof hatten sie wohl noch einen rumsitzen, aber so viel Zeit blieb ihr jetzt nicht.

25

»Rabenstein? Hier ist Schmidt.«

»Sie sind ja wohl bekloppt, einfach da reinzurennen!« Seine Stimme überschlug sich, so wütend war er. »Sie wussten, dass ich komme – und da wollten Sie mir die Tour vermasseln. Hören Sie, Frau Polizeihauptkommissarin, ich informiere jetzt den Referenten des Innenministers über Ihren Alleingang. Und dann werden wir mal sehen ...«

»Halten Sie mal die Luft an, Rabenstein! Ich will jetzt erst mal sehen, wie wir die Geiseln unverletzt rauskriegen. Ich hab hier eine schwangere Frau drin, die hat gesundheitliche Probleme. Es war Gefahr im Verzug, deshalb bin ich rein. Die Geiselnehmerin hat zugesagt, dass sie die Schwangere rauslässt, aber dafür müssen *Sie* die Füße stillhalten. Haben Sie das verstanden? Ich glaube, es macht sich gar nicht gut, wenn die *Bild* ein Foto von Ihnen abdruckt zusammen mit der Schlagzeile: *Dieser Mann hat eine Schwangere auf dem Gewissen.* Oder was meinen Sie?«

Sie hörte Schritte, Rabenstein schien sich von seinem Standort zu entfernen. Plötzlich sprach er ganz leise, zischend, drohend: »Ich weiß genau, was Sie vorhaben,

Schmidt. Sie wollen mich vorführen – Sie und Ihr skrupelloser Mann, Sie passen wirklich gut zusammen. Jetzt haben Sie vielleicht einen Punkt gemacht, aber ich schwöre Ihnen: Das wird ein Nachspiel haben. Ich habe Sie im Blick.« Dann wieder lauter: »Okay, bringen Sie die Geisel raus, wir halten uns noch einige Minuten zurück.« Dann legte er auf.

Zufrieden gab Linh der Geiselnehmerin das Telefon zurück. Die sah sie kopfschüttelnd an.

»Jetzt hast du uns ja beide am Haken, den SEK-Typen und mich. Warum bist du denn zu den Bullen gegangen? So gerissen, wie du bist. Auf der anderen Seite könntest du viel mehr verdienen.«

»Wenn das hier der Preis dafür ist, fühle ich mich auf meiner Seite wohler, ehrlich gesagt.«

Die Maskierte betrachtete sie einen Moment schweigend, dann wandte sie sich an die Schwangere. »Okay, du kannst gehen.«

»Ich will auch«, sagte die Frau im Kostüm stöhnend. »Ich will nicht hierbleiben, mir geht es total mies.«

»Du bleibst da sitzen!«

Linh sah zu, wie die Geiselnehmerin der Schwangeren auf die Beine half. »Pass gut auf dich und das Baby auf, ja?« Sie klang jetzt ganz zärtlich, nahm die junge Frau am Arm und führte sie zur Tür.

Sarah Krämer murmelte leise: »Aber Benny …«, doch die Frau sagte: »Nur du und das Baby. Alles wird gut, es wird alles gut.«

Sarah hielt sich den Bauch. Sie spürte, dass die kleine Marie wieder angefangen hatte zu rumoren. Nun stand sie da, an der Tür, und nur wenige Schritte trennten sie von der Freiheit. Draußen war das Licht so grell, dazu all die Blaulichter. Auf einmal fürchtete sie sich mehr vor dem Draußen als vor dem, was sie hier drinnen schon kannte. Hier hatte sie wenigstens ihren Freund.

Auf einmal stand die Polizistin neben ihr und öffnete die Tür.

»So, machen Sie langsam, Schritt für Schritt. Meine Kollegen stehen draußen, die werden sich um Sie kümmern, ja?«

Die Frau sprach ganz langsam und leise mit ihr, und Sarah trat ins Freie.

Jetzt oder nie! Wenn sie schon ihre Ersparnisse verlor, dann nicht auch noch ihr Leben. Denn diese Verrückte würde sie auf jeden Fall alle abknallen, dessen war sie sich sicher. Und vielleicht, vielleicht konnten die Polizisten den Moment ihrer Flucht nutzen und reinstürmen. Sie alle befreien. Und es wäre ihr zu verdanken. Sie konnte es nicht mehr aushalten, hier rumzusitzen wie eine Befehlsempfängerin. Einer Frau ausgeliefert, die im Leben offensichtlich nichts bewerkstelligt hatte, die auf die falsche Seite geraten war. Sie hingegen, Janine Kukrowski, hatte etwas aus ihrem Leben gemacht, gegen alle Widerstände. Und nun wurde sie hier festgehalten. Immer wieder fiel ihr Blick auf die Tresortür, dorthin, wo das lag, wofür sie so hart gearbeitet hatte. Zumindest ein Teil davon.

Sie hatte vor zwei Wochen in der Filiale von Neuruppin angerufen und bei Herrn Seelinger das Geld bestellt. »So viel?«, hatte er gefragt. »Ja, wir haben Umbaumaßnahmen, große Renovierungen an unserem Familienanwesen. Und wir haben, nun ja, Herr Seelinger, Sie erzählen es ja nicht weiter, oder? Jedenfalls haben wir ganz tolle Handwerker aus dem osteuropäischen Ausland gefunden, die aber auf Barzahlung bestehen.« – »Frau Kukrowski, das habe ich aber nicht gehört … Sie wissen doch, das dürfen Sie mir gar nicht erzählen. Geldwäsche und so.« – »Herr Seelinger, ich bitte Sie! Seit so vielen Jahren spare ich meiner Gemeinde so viel Geld, wir stehen ausgezeichnet da, ganz anders als die Nachbargemeinden. Meinen Sie, ausgerechnet mir würde das Finanzamt etwas Böses wollen?« – »Gut«, hatte Seelinger gesagt, »ich werde die Summe bereitstellen lassen. Hundertzwanzigtausend Euro haben Sie gesagt? Reichen große Scheine?« – »Ja, bitte nicht alles in Zwanzigern.« Sie hatten beide gelacht. Sie mochte diesen jungen Mann aus dem Westen, er war so anders als die Provinzheinis, mit denen sie sonst arbeiten musste. Die Handwerker aus Rumänien waren natürlich nicht extra für sie hergefahren, sie hatten für den lokalen Tiefbauer eine Straßenbaumaßnahme für die Gemeinde umgesetzt. Die Rechnung war etwas höher gewesen als nötig, dafür würde die private Abrechnung der Bürgermeisterin am Haus etwas niedriger sein.

Das Dach würde komplett neu gedeckt, die Fassade überarbeitet, inklusive Anstrich und Putz, die Wärmedämmung wurde auf den neuesten Stand gebracht, dazu kamen Solarpaneele auf dem Dach und eine neue Auffahrt, vom Aushub eines großen Pools im Garten ganz zu schweigen. Ein standesgemäßes Haus für eine Bürgermeisterin.

Und nun drohte all das zu platzen, weil die Mittel dafür einer gemeinen Bankräuberin in den Schoß fallen würden?

Sie sah, wie die Polizistin die Tür öffnete, die Sonne fiel in den Raum, und plötzlich gab es diesen Blitz in ihrem Kopf. Raus! Sie musste raus hier. Sie ging auf die Knie, stieß sich ab, und dann stand sie. Fünf Meter, es waren vielleicht fünf Meter, bis sie in Sicherheit war, aber auf einmal war da so viel Bewegung um sie herum, Schritte, ein Schrei, und dann spürte sie, wie ihre Knie nachgaben. Verdammt, sie hatte sich so lange nicht bewegt, ihre Beine waren eingeschlafen und taten höllisch weh. »Hey, halt!«, rief die Frau neben ihr, aber sie ging langsam vorwärts, immer weiter. »Halt!«, schrie die Frau wieder, und die Polizistin an der Tür schob die Schwangere hinaus. »Los jetzt«, rief sie und: »Nein!«, … und dann gab es einen Knall, laut und jäh.

Die Kugel schlug hinter ihr ein, es knackte, und die Scheibe zum Büro des Filialleiters zersplitterte in unzählige Teile, ein Glasregen, ein Wirbel von winzigen Glasteilchen und dem weißen Kunststoff des Türrahmens.

Draußen schrien die Stimmen nun lauter, und sie ließ sich einfach wieder zu Boden sinken und schloss die Augen, die Hände hielt sie hoch über den Kopf. »Nein, Entschuldigung, bitte, tun sie mir nichts!« Doch die Frau hatte sich längst umgedreht, denn da war noch jemand losgerannt.

»Bleib stehen!«, rief sie. Der junge Mann – Benny, so hatte die Schwangere ihn genannt, für sie hieß er einfach Ben Jatznick, er war ein Angestellter ihrer Gemeinde –

hatte sich auch davonmachen wollen, aber nun kam er aus dem hinteren Kassenbereich, die Arme erhoben, und kauerte sich wieder auf den Boden, während die Stimmen draußen verstummten, weil sich die Polizistin in die noch geöffnete Tür gestellt hatte, mitten in die Tür, als wollte sie verhindern, dass von draußen Leute hereinkamen. Was war hier nur los?

»Ganz ruhig, wir bleiben alle ganz ruhig!«, rief die Asiatin hinaus. »Hier ist alles gut, niemand ist verletzt.«

Dann entfernte sie sich langsam von der Tür, kam zurück in diese Hölle, und Janine Kukrowski hatte keine Ahnung, warum sie das tat, diese verrückte Polizistin. Die Tür fiel ins Schloss, und ihr Gefängnis würde weiter ihr Gefängnis bleiben.

»Ihr seid echt so dämlich!«, fluchte die Räuberin. »Meinst du, ich lasse dich einfach hier rausspazieren? Und dich?«

Linh sah, wie die Frau im Kostüm und der Mann mit dem Basecap zu Boden sahen. Im ersten Moment konnte man denken, dass sie sich schämten, dabei war es die pure Angst, die aus dieser Geste sprach: Sie machten sich klein, weil unsichtbar nicht ging.

»Hm«, murmelte Linh, um die Aufmerksamkeit auf sich zu ziehen. Sie wandte sich zu der Geiselnehmerin um, die die Pistole fest umklammert in der Hand hielt. »Ehrlich gesagt, reicht es so langsam. Das wird alles sehr brenzlig. Sie sollten mir jetzt wirklich erzählen, was hier gespielt wird, damit wir eine Lösung für Sie finden können, mit oder ohne Geld. Meinen Sie nicht auch, Frau Matysek?«

25 JAHRE FRÜHER – 1997

»Haben sie den auch in 'ner XL?«, fragte die alte Frau mit dem freundlichen Lächeln und der grauen Dauerwelle, die Linh schon kannte, da sie hier immer ihre Pullover kaufte.

»Ich gucke nach«, sagte sie und ging zu den Stapeln weiter hinten im Laden.

»Wenn Sie den gefunden haben, nehme ich gleich drei davon, ja?« Die Frau lachte Linhs Mutter an. »Ihre Tochter ist wirklich 'ne Nette, nicht so ein schrecklicher Teenager wie die anderen, mit diesen dunkel geschminkten Augen, da kann man sich ja fürchten.«

»Ja, sehr nett …«, sagte ihre Mutter und sah Linh nach. Die Stammkundin hatte recht. Sie hatte wirklich großes Glück mit ihrer Tochter.

Wie sehr hatte sie gehofft, dass es genauso werden würde: Dass ihre Kleine sich so perfekt integrieren würde in diese völlig fremde Gesellschaft. Dass sie so gut Deutsch sprechen und sich – außer durch ihre typisch vietnamesische Gesichtsform – nicht von den anderen

Kindern unterscheiden würde. Linhs Wortschatz war sogar größer als der ihrer Freundinnen, weil sie bei allem immer noch ein bisschen besser sein wollte. Sie konnte ihr Glück kaum fassen, dass ihre Tochter auf eine Oberschule ging, wo sie, wenn alles nach Plan lief, in fünf Jahren das Abitur ablegen würde. Als Erste ihrer Familie, ach was, der ganzen Nguyen-Sippe aus einem Kaff nahe Hanoi!

Linh war so fleißig und half außerdem an vielen Nachmittagen mit, auch wenn ihre Mutter wusste, wie schwer ihr das fiel, weil sie ihre Freundinnen so liebte. Sie hatte es lange vor sich hergeschoben, weil sie Linhs Anwesenheit so liebte – aber nächsten Monat würde sie ihr sagen, dass sie ab dem Jahreswechsel nur noch einmal pro Woche bei ihr im Laden helfen musste – damit Linh endlich auch etwas Freizeit hatte.

Mittlerweile liefen die Geschäfte so gut, dass sie einfach eine Aushilfe anstellen konnte, sie hatte auch schon eine vietnamesische Frau aus der Nachbarschaft gefunden.

Was war das für ein Weg gewesen: die Jahre vor der Entscheidung auszuwandern; dann der weite Weg von Vietnam nach Deutschland mit dem Baby; das Gefühl der Fremde, die ernsten Deutschen mit ihrer dunklen Kleidung, der graue Berliner Himmel, die Kälte. Es war hart gewesen, sehr hart. Zusammen mit ihrem Mann hatte sie Zigaretten verkauft, und sie hatte sich dafür geschämt, denn es war illegal, und sie hatte nie etwas Illegales tun wollen.

Aber nun war sie stolz: Sie hatte einen eigenen Laden, sie zahlte Steuern, sie schickte Geld nach Hause. Und ihre Tochter würde eines Tages studieren.

Wenn doch nur Duc auch ein wenig so wäre wie Linh. Aber Duc …

Als Linh mit mehreren in Plastik verpackten Pullovern auf dem Arm wiederkam, sah sie den gelben Größen-Aufkleber auf der Folie schon von Weitem.

»Linh, das ist XXL!«, sagte sie laut, aber auf Vietnamesisch. »Wo bist du denn mit deinen Gedanken?«

Schnell verschwand ihre Tochter wieder im hinteren Teil des Ladens und murmelte etwas, das sie nicht verstand. Sie wirkte so abwesend heute, dass sofort wieder die Sorgen begannen. War alles in Ordnung mit ihr? Schließlich war sie jetzt auch bald ein Teenager – und damit fast genau in dem Alter, in dem Duc sich verändert hatte, als er von dem guten Schüler mit vielen Interessen und deutschen Freunden zu einem eigenbrötlerischen Jungen geworden war, der sich bald nur noch mit Vietnamesen traf, die seine Eltern nicht kannten. Und die sie auch nicht kennen wollten.

»Mist«, murmelte Linh und verschwand wieder im Lager. »Mist, Mist, Mist!« Ja, wo war sie mit ihren Gedanken? Sie wusste es ganz genau. Sie griff sich die richtigen drei Pullover und ging wieder nach vorne zur Kundin.

Sie musste Duc stoppen. Sie musste ihn da rausholen. Er hatte ihr oft geholfen. Jetzt musste sie ihm einmal helfen. Wo war er da nur reingeraten?

»Hier, bitte, dreimal Größe XL. Wollen Sie die noch anprobieren?«

»Ach, ich bitte dich, Schätzchen, die passen mir immer. Was macht das?«

»Fünfundvierzig Mark bitte.«

»Hier, stimmt so. Kannst du dir noch was Süßes kaufen.«

»Danke schön! Haben sie einen schönen Abend.«

Die alte Dame hatte ihr eine Mark Trinkgeld gegeben. Das kam nicht oft vor. Linh sah ihr nach, wie sie auf die viel befahrene Rhinstraße trat, um die paar Meter bis zu ihrem Wohnblock zu gehen. Draußen war es schon dunkel, die Lichter der vorbeifahrenden Autos glitten wie kurze Blitze hinein.

»Mama?«, fragte sie auf Vietnamesisch.

»Hm?«

»Kann ich heute früher raus? Ich würde gern noch die Mädels nach dem Volleyball treffen.«

»Kein Abendbrot zu Hause?«

»Wir essen bei Linda, okay?«

Ihre Mama sah sie prüfend an, vielleicht bildete Linh sich das auch nur ein.

»Natürlich, geh schon. Und, Linhi?«

»Ja?«

»Danke, mein Schatz!«

Linh nahm ihre Jacke und ihren Eastpak und verschwand aus dem Laden. Sie brauchte Zeit, sie musste nachdenken.

Sie ging die Rhinstraße entlang, in den Fenstern der hohen Häuser hatten die ersten Bewohner Schwibbbögen aufgestellt und Lichterketten aufgehängt, manche hatten auch weiße Schnee-Weihnachtsbildchen geklebt. Dabei war noch nicht mal Totensonntag vorbei.

Sie sah nach oben zu den hell erleuchteten Wohnungen und fragte sich, wie wohl das Leben hinter diesen Fenstern aussah. Deutsche Adventszeit, deutsche Weihnachten.

Hinter diesen Fenstern – es durchfuhr sie.

Was passierte hinter diesen Fenstern? Es war ein Geheimnis. Warum war sie da nicht früher draufgekommen? Was hatte Duc in diesem Haus gemacht, aus dem er gekommen war, bevor er in die schwarze Limousine einstieg, in das Auto des Mannes, der jetzt tot war?

Sie kannte ein paar von Ducs alten Freunden – aber von denen wohnte niemand dort.

Sie versuchte, sich zu erinnern, wo sie ihn genau gesehen hatte. Es war auf dem Nachhauseweg vom Imbiss gewesen, abends irgendwann kurz vor acht. Papa war noch geblieben, um die Fritteuse sauber zu machen.

Sie war durch die Allee der Kosmonauten gelaufen, dann nach rechts abgebogen. Meeraner – ja, genau, in die Meeraner Straße. Welche Hausnummer es gewesen war, wusste sie nicht mehr. Aber sie würde bestimmt das Haus wiedererkennen. Linh beschleunigte ihren Schritt. Jetzt hatte sie ein Ziel.

»Das ist wirklich die letzte Schicht, bei der ich dich bei dem Quatsch begleite«, sagte Melanie Zonke und versuchte, ihrer Stimme einen witzigen Ton zu geben. Aber der fiebrige Blick ihres Kollegen ängstigte sie, und zugleich gab er ihr das Gefühl, dass er wirklich auf einer heißen Spur war.

Sie hatte erst vor einer Stunde ihre Schicht begonnen, aber Adam war nicht erschienen. Stattdessen hatte er sie auf dem Revier angerufen. Sie solle das Auto mitbringen, aber ihre Uniform in der Wache lassen.

»Ich soll in Zivil mitkommen? Aber ich bin ein Schupo.«

»Los jetzt, Melanie, wir machen heute Abend ein großes Ding.«

Und nun gingen sie zusammen durch die Dunkelheit, Hand in Hand, wie ein Pärchen. Es war Adam gewesen, der nach ihrer Hand gegriffen hatte – und sie hatte sie ihm nicht entzogen. Er trug eine Mütze und eine Brille, deshalb hatte sie ihn vorhin beinahe nicht erkannt.

Warum sie aber diesem Mädchen hinterherliefen, in gebührendem Abstand natürlich, das hatte er ihr immer noch nicht gesagt.

Als die Kleine sich umdrehte, zog er sie zu sich heran, nahm ihren Kopf in beide Hände und küsste sie, hier, mitten auf der Rhinstraße. Sie spürte seine Wärme, sie spürte seine Lippen auf ihren.

Sie schloss die Augen und ließ ihre Hände tiefer gleiten, sie spürte seinen festen Po, er erregte sie. Ihr Atem war warm, und draußen war es kalt, so stießen sie beim Küssen kleine Wölkchen aus.

Herrgott, sie stand auf diesen Kerl!

Als sie sich wieder voneinander lösten, sahen sie, dass das Mädchen schon hundert, vielleicht sogar hundertfünfzig Meter vor ihnen war. Sie bewegte sich nun schneller. Die Kleine war eine Vietnamesin, ohne Frage, ungefähr einen Meter fünfundsechzig groß, und sie war schlank und sportlich.

»Los, weiter«, sagte Adam.

»Toller Arsch«, flüsterte Melanie.

»Hm«, murmelte er bloß.

»Na was denn? Ich will schließlich auch meinen Spaß haben. Aber jetzt rück endlich mit der Sprache heraus: Was wird das hier?«

»Sie bringt uns zu den Hintermännern des Toten. Ich glaube, da läuft was mit Drogen.«

»Und wieso soll uns ausgerechnet dieses Kind zu ihnen bringen? Stellen die jetzt echt Kinder als Boten an?«

»Nein, viel besser. Ihr Bruder ist in der Gang. Und sie macht sich Sorgen um ihn. Deshalb nimmt sie den direkten Weg zu ihm, ganz sicher.«

»Und woher weißt du das alles?«

»Aus den Akten. Und weil … ich mit ihr geredet habe.«

»Du hast was?«

»Frag nicht. Los jetzt …«

»Wenn du nicht so total abgedreht wärst, dann wärst du echt gutes Heiratsmaterial.«

Sie nahm wieder seine Hand, und sie folgten der Kleinen, die vorne nach links abbog. Meeraner Straße. Eine Abzweigung der Rhinstraße, hier stand Hochhaus an Hochhaus. Graue Wände, hoch emporragend, dicht an dicht, kaum Horizont zu sehen, außer von ganz oben.

Melanie liebte diesen Kiez, weil die Menschen hier so ehrlich, fleißig und bodenständig waren, und doch hätte sie niemals hier wohnen können. Sie bevorzugte ihre kleine grüne Straße im Friedrichshain, ihre Wohnung in dem verranzten Altbau mit dem bröckelnden Putz.

»Geht sie da links rein?«

»Scheint so.«

»Wohnt sie da?«

»Nee, vorne auf der Rhin.«

»Dann sucht sie ihn wirklich.«

»Sie sucht ihn nicht. Sie weiß, wo er ist.«

Melanies Herz begann zu rasen, das Blut rauschte ihr in den Ohren, und sie spürte den Puls in ihrem Hals. Die Pistole steckte in ihrem Hosenbund statt im Uniformgürtel. Verdammt, sie spielte doch nicht in einem Western mit!

»Lass uns Verstärkung rufen.«

»Dann hauen die ab.«

»Echt jetzt, Adam, die Nummer ist zu groß für uns.«

Er blieb stehen, drehte sich zu ihr und griff ihre Hand fester. Seine Augen waren noch fiebriger als vorhin.

»Melanie, hör zu, das ist echt ein großes Ding. Aber wir sind zu zweit, und wir sind bewaffnet. Wir holen uns die Wichser jetzt, und dann kriegen wir beide 'nen Orden angeheftet und ganz viel Sonderurlaub, und den verbringen wir dann gemeinsam. Okay? Also, los jetzt.«

Sie verdrehte die Augen und stöhnte auf. »Du bist so ein Idiot. Na los, auf geht's.«

Das Mädchen war durch die blaue Metalltür geschlüpft und im Haus verschwunden. Sie rannten hinterher. Das Klingelschild umfasste hundert Namen, mehr noch. Adam ließ seinen Finger über die Klingeln mit deutschen Namen sausen, drückte auf einen Knopf.

»Ja?« Eine alte Stimme.

»Paket.«

»Um diese Uhrzeit?« Doch dann surrte es. Er riss die Tür auf und rannte hinein, der Fahrstuhl fuhr aufwärts, sie blieben unten stehen und blickten zu der roten Anzeige.

»Dreizehn«, sagte Adam, als sie stehen blieb.

»Ausgerechnet«, sagte Melanie.

»Abergläubisch?«

»Wenigstens nicht wahnsinnig.«

Er betätigte den Knopf, und der zweite Aufzug öffnete sich. Er drückte die Zwölf und die Vierzehn.

»Ich steige zuerst aus. Du zwei Etagen weiter oben. Wir

kommen von beiden Seiten. Mal sehen, wohin uns das Mädchen führt.«

»Ihr darf nichts passieren, das ist dir klar, oder?«

»Ihr wird nichts passieren. Die Kleine ist tough. Hier, das ist ihr Bruder. Duc.« Während der mit den typischen Ost-Sperrholzplatten verkleidete Fahrstuhl nach oben glitt, zeigte er ihr das Foto. »Hat ein paar kleine Dinger in seiner Akte: Diebstahl, ein geknacktes Moped, zweimal Drogenbesitz.«

»Typische Anfängerkarriere.«

»Genau so einen suchen die sich aus. Für die größeren Geschäfte.«

»Was glaubst du, was uns erwartet?«

»Wenn's gut läuft: Drogen. Wenn's schlecht läuft: Menschenhandel.«

Sie wusste, was Adam meinte. Wenn die Vietnamesen Menschen aus der Heimat als billige Arbeitskräfte ins Land schmuggelten, wussten die Beamten bei einer Stürmung oft nicht, wer Täter und wer Opfer war. Die Menschen waren dann verängstigt und verstanden überhaupt nicht, wie ihnen geschah, sodass die Situation schnell eskalierte.

»Wir packen das«, sagte er und gab ihr, bevor sich die Tür öffnete, einen langen Kuss.

»Bis gleich.«

»Bis gleich.«

26

»Ich fahre.« Adam hielt Thilo die Hand hin. Widerwillig holte der den Schlüssel aus seiner Hosentasche und gab ihn seinem Chef. Er selbst ging zur Beifahrerseite des VW Touran.

»Ja, fahr du ruhig«, murmelte Thilo Kupferschmidt, bevor er einstieg. Missmutig starrte er aus dem Fenster auf den Hof der Wache. Hier standen die Streifenwagen in Reih und Glied, tagsüber war kaum etwas los. Das wahre Leben der Polizei spielte sich zwischen Sonnenuntergang und Sonnenaufgang ab, wenn es in den Bars hoch herging, wenn die Ehefrau zu Hause verprügelt wurde, wenn die Nachbarn wegen ein wenig zu lauter Musik die Bullen riefen.

Unglaublich, was Schmidt sich erlaubte. Thilo wäre fast gestorben wegen ihm, und dafür zeigte ihm jetzt der Chef auch noch die kalte Schulter. Er überlegte seit Stunden, was er tun sollte, nein, tun musste. Denn es ging ja nicht nur um ihn, es ging auch um Sandra und um andere Kollegen. Hätte er nicht so schnell reagiert, dann wäre er jetzt tot. Sandra hätte es vielleicht nicht geschafft.

Tickende Zeitbombe, das waren die beiden Worte, die über Adam im Polizeipräsidium kursierten, *tickende Zeit-*

bombe. Thilo hatte keine Ahnung, was das Problem des Chefs war, aber es war ernst, ohne Zweifel.

Adam lenkte den Wagen viel zu schnell vom Hof auf die Eberswalder, Thilo hielt sich am Griff über dem Fenster fest. Der Chef hielt das Lenkrad krampfhaft fest, sein Gesicht war verschlossen. Er dachte ständig nach, aber er teilte seine Gedanken nicht mit ihm. Er war ein verdammter Eigenbrötler, und das kotzte Thilo gewaltig an.

»Ich setz mal das Blaulicht drauf«, sagte er und griff ins Handschuhfach.

»Nein!«, sagte Adam schnell und laut. »Kein Aufsehen. Wir fahren da hin und parken schön weit entfernt, und dann gehen wir rein.«

Thilo klappte das Handschuhfach geräuschvoll wieder zu. Als er sich wütend zur Seite wandte, war Adam schon wieder in seinen Gedanken versunken. Er hatte das Fenster geöffnet, der Fahrtwind war dröhnend laut, doch Schmidt schien in sich reinzuhören. Adam war oft angespannt vor großen Einsätzen. Gerade wenn es in Richtung Clans ging. Dafür gab es eigentlich die Kollegen der Organisierten Kriminalität, aber manchmal erwischte es eben auch ihre Einheit. Gut, dass Sandra nicht dabei war. Noch weniger als vor Bullen hatten diese Jungs Respekt vor Bullenfrauen.

Thilos Gedanken kamen wieder auf den größten Skandal: Da raubte die Mutter des entführten Mädchens 'ne Bank aus, und Adam erzählte es ihnen nicht. Warum? Was bezweckte er damit? Und was ging in der Mutter des Mädchens vor? Wurde sie erpresst?

Adam bog aus der Bernauer- in die Chausseestraße ein, vorbei am klotzigen Bundesnachrichtendienst, wo sich die feinen Herren nur mit Spionage befassten, anstatt mit den echten Problemen des Landes, wie sie es jeden Tag taten. Thilo hatte sich damals auch beim BND beworben, für ein duales Studium. Sie hatten ihn nicht genommen, die Absage war ein Serienbrief gewesen. Nein, er mochte sie nicht sonderlich, die feinen Herren. Wenigstens hatten die Ausbilder bei den Bullen gemerkt, was für ein großes Talent er war.

Sie fuhren die Müllerstraße hinauf, sofort änderte sich das Stadtbild. Die gediegenen Altbauten wichen einem Mix aus hässlichen Sechzigerjahre-Gebäuden und schlecht verputzten Gründerzeithäusern. In den Erdgeschossen wechselten sich Dönerbuden, arabische Bäcker, Wettbüros und Geldwechselstuben ab, dann kam der Woolworth, vor dem die Frauen mit Kopftüchern Schlange standen.

»Wir gehen zu Fuß in die Amsterdamer«, sagte Adam und bremste, um sich einen Parkplatz zu schnappen. Sie stiegen aus und überquerten die vierspurige Straße, dann gingen sie nach links in Richtung Leopoldplatz.

»Dort drüben«, sagte Adam, der viel zu viel Zeit in dieser Gegend verbracht hatte. Damals noch als Streifenpolizist, als er von Marzahn in den Wedding gewechselt war. Später in seiner Anfangszeit bei der Kripo hatte er kurz bei der OK gearbeitet, aber die Anspannung nicht ausgehalten. So schlimm wie heute hatte es damals um ihn gar nicht gestanden, dachte er jetzt, aber vielleicht war das auch nur eine Verklärung der Vergangenheit.

»Hol bitte zwei Kaffee«, sagte er zu Thilo. An der Ecke Müllerstraße und Amsterdamer Straße war ein Stehcafé mit drei Plastiktischen. Von hier aus hatten sie einen guten Blick, ohne selbst aufzufallen.

»Haben Sie Geld, Chef?« Adam drückte ihm einen Fünfeuroschein in die Hand. Grummelnd verschwand Thilo im Inneren. Der Kommissar schätzte Kupferschmidt, sehr sogar. Er war sehr gründlich in dem, was er tat, hatte die richtige Menge Testosteron für harte Einsätze und konnte dennoch empathisch sein, wie vorhin in der Kita. Das Problem war nur, dass Kupferschmidt seinen Platz nicht genau kannte. Er sah sich längst auf Adams Stuhl. Dabei war er noch lange nicht so weit. Doch wie sollte Adam ihm das zeigen, wenn er selbst gar nicht wusste, ob dieser Platz noch der richtige für ihn selbst war?

Er stellte sich an den Stehtisch und beobachtete das Gebäude gegenüber. Die Fassade des Altbaus war anders als die anderen ringsum, frisch verputzt in einem hellen Gelb wie in der Toskana. Die Balkone waren mit schmiedeeisernen Brüstungen verziert, die ebenfalls frisch gestrichen waren. Unten vor dem Haus stand ein schwarzer 7er-BMW mit Berliner Kennzeichen. Das Wettbüro trug den Namen *Capital City,* was doppelt gemoppelt war, aber das war sicher sowohl Abou-Qadig als auch seinen Kunden völlig egal.

Das hier war das Hauptquartier eines stadtumspannenden Systems, das so viel Umsatz machte wie ein mittelgroßer Konzern, dabei aber nur auf die legale Fassade setzte. Das machten die Abou-Qadigs allerdings so klug, dass es den Sicherheitsbehörden immer nur alle Jubeljahre gelang, den Mistkerlen an den Karren zu pissen.

Thilo kam wieder nach draußen, stellte die beiden Pappbecher auf den Tisch und hielt sich den Zeigefinger ans Ohrläppchen, um ihn abzukühlen. »Scheiße heiß«, murmelte er. »Und nun?«

»Warten wir«, sagte Adam und trank den Kaffee in kleinen Schlucken. Dabei trommelte er mit den Fingern nervös auf die Tischplatte. Irgendwie spürte er noch nichts, aber das war bei Flubromazepam immer das Problem. Man merkte keine Wirkung, war aber schon voll drauf. Nahm man dann noch eine Pille … er wollte es sich gar nicht vorstellen. Wenn er hier so ruhig stehen konnte, dann wirkte es vielleicht doch schon.

Er blickte auf die Straße. Nichts geschah. Sie konnten hier nicht ewig so rumstehen. Doch drei Minuten später sah er ihn. »Nicht umdrehen, da kommen sie«, raunte er Thilo mit unbewegter Miene zu.

Der graue 5er mit heruntergelassenen Scheiben rollte durch die Straße, auf dem Fahrer- und auf dem Beifahrersitz saßen zwei Typen mit dunklen Sonnenbrillen, ihre Ellbogen lehnten aus dem Wagen heraus, während sie die Straße beobachteten. Langsam fuhren sie die Amsterdamer herunter, dann wendeten sie und kamen zurück.

»So, jetzt haben wir hoffentlich ein wenig Zeit ohne zu viele Gorillas. Ich muss nur noch kurz pissen«, sagte Adam und ging in das Café. »Kann ich?«, fragte er die hübsche Araberin hinter dem Tresen, die ihm ein freundliches Lächeln zuwarf. »Klar.« Er griff sich aus der Besteckbox eine Gabel, verschwand in dem kleinen Kabuff und verriegelte die Tür. Nachdem er gepinkelt hatte, wusch er sich die Hände, dann steckte er die Gabel in den Abfluss, sodass die Zinken nach oben herausragten. Er schloss die Augen, ballte seine Hand zur Faust und schlug mitten in die Zinken hinein. Sofort bohrte sich das scharfe Metall in die weiche Haut zwischen seinen Fingern, und das Blut spritzte heraus. Adam aber stand vor dem Waschbecken, betrachtete die roten Tropfen auf dem Porzellan und verspürte keinen Schmerz. Es konnte losgehen. Er zog die Gabel raus, warf sie in den Mülleimer und ging hinaus. Er legte fünf Euro auf den Tresen.

»Du blutest«, sagte Thilo. Es klang sachlich. Er schien ihn genauer zu beobachten, als ihm lieb war.

»Ja, da stand eine Schraube aus der Wand, die hab ich nicht gesehen. Los jetzt. Wir gehen rein.«

Er wich Thilos Blick aus. Gemeinsam gingen sie über die Straße, der Bürgersteig vor dem Wettbüro war leer.

Adam wusste, dass das hier immer so war, auch abends, wenn in den umliegenden Straßen vor den anderen Wettläden, den Shishabars und den Männertreffs die Raucher rumstanden, laut lachten, sich kloppten oder Frauen anquatschten. Hier nicht. Das hier war Sicherheitszone. Der Boss wollte, dass sein Laden sauber blieb. Deshalb war das mit dem Reinkommen auch so eine Sache.

Das Schaufenster war abgeklebt, wie bei all diesen Etablissements, so wollte es das Gesetz. *Zutritt ab 18 Jahren* stand draußen auf einem Schild, *CCTV* auf einem anderen. Über dem Eingang war eine Kamera angebracht, die den Bürgersteig filmte. Neben der Tür befand sich eine unscheinbare Klingel. Adam drückte drauf. Thilo stand hinter ihm. Er wusste, wie sie beide aussahen und dass da drinnen jetzt ein altbekannter Ablauf begann. Der, der zur Tür kam, sah auf den Bildschirm, rief »Bullen« in Richtung seiner Kumpels, und dann begann das große Aufräumen.

In jedem Fall war es im Inneren sehr still, kein Laut

war zu hören. Erst nach einer halben Minute ging die Tür einen Spaltbreit auf.

»Ja …« Es war keine Frage von dem Koloss, dessen Baumstammarme aus einem schwarzen Muskelshirt herausragten. Er hatte einen Eierkopf und diesen sorgfältig rasierten Kinnbart, der im Wedding gerade unverständlicherweise total angesagt war.

»Wir würden gerne reinkommen, ’n bisschen wetten«, sagte Adam bierernst.

»Versteh nicht.« Der Typ trat aus der Tür, hielt seinen Fuß aber drinnen und baute sich demonstrativ mit verschränkten Armen vor ihnen auf. »Du willst doch nicht auf Fußball wetten, oder? Du spielst doch bestimmt lieber Schach.«

»Ist Said da?«, fragte Adam und warf kurz einen Blick zu der Kamera. Nein, diesen Winkel hier erfasste die nicht, sie ging weiter nach draußen.

»Sag mal, du halbe Portion, willst du mich verarschen? Erst kommst du mir mit Wetten und jetzt …«

Er hatte seinen Satz nicht zu Ende gebracht, da sagte Adam: »Hast du mich gerade angegriffen?«

Der Koloss schaute verdutzt und wollte eben antworten, da hob Adam blitzschnell die blutende Faust und ließ sie mitten in sein Gesicht sausen. Es gab ein knackendes Geräusch, als die Nase brach, und der Mann fiel – ob nun durch die Überraschung des Angriffs oder durch den sauberen Treffer – wie ein nasser Sack zu Boden. Adam stürzte sich auf ihn, setzte sich auf seine Brust und ließ zwei, drei Faustschläge folgen, ein herrliches Stakkato. Er traf erst die Augenbraue, dann die Oberlippe, er wusste nicht, ob die Stimme in seinem Kopf lauter war oder der Schrei des Mannes, der schützend die Arme hob.

Der Siegelring des Türstehers traf beim Abwehren eines neuen Schlages Adams Wange, doch der bekam das gar nicht mit.

Thilo hatte sich bereit gemacht, den Mann zu befragen, sobald der aus der Tür trat. Er wusste, dass gleich das Spiel beginnen würde: *Was wollt ihr denn hier? – Wir suchen Mike. – Wieso denn? – Um ihn zu befragen. – Vergesst es!* Das übliche Katz-und-Maus-Spiel mit diesen kleinen Ganoven. Doch was dann folgte … er wollte seinen Augen nicht trauen. Der Kommissar schlug völlig ohne Anlass zu, ein echter Kracher! Thilo hatte nicht mal geahnt, dass diese Gewalt in ihm steckte. Der Türsteher ging sofort zu Boden.

Thilo war wie gelähmt und konnte auch dann noch nicht reagieren, als Adam schon rittlings auf dem Typen saß. Er sah, wie das Blut spritzte, hörte den Tumult im Inneren des Ladens. Gleich würde hier draußen die Hölle losbrechen. Und warum? Weil sein Chef verrückt geworden war!

Er hasste diesen Tag, und er hasste Adam. Erst als er sah, dass das Gesicht des Mannes völlig blutüberströmt war, konnte er sich aus seiner Schockstarre lösen. »Hey!«, schrie er und griff nach Adams Arm, doch der war wie ein Terminator, übermächtig, die Bewegung war nicht zu stoppen. Noch einmal sauste Adams Faust auf den blutenden Mann hinab, dann erst gelang es Thilo, den Rücken des Kommissars zu umfassen. Er zog ihn mit aller Kraft, die er hatte, von dem Typen runter und rief: »Adam, jetzt hör auf, verdammt noch mal!«

Der Kommissar ließ die Hände sinken und sah Thilo mit einem Lächeln an, nein, das war kein Lächeln, sondern ein Grinsen. Er blickte auf den Typen herab und sagte: »Ist ja schon gut, ist doch nix passiert.« Der Mann lag da und hielt sich das Gesicht, zum Glück war er bei Bewusstsein.

Die Tür flog auf. Der kleine Araber, der heraustrat, sah zu dem Koloss hinunter, der mitten vor dem Eingang lag, in einer Pfütze seines eigenen Blutes.

»Ey, seid ihr bescheuert? Was habt ihr mit Abdul gemacht? Ihr Bullenwichser!« Seine kleinen braunen Augen starrten sie an, die Stirn lag in Falten. Adam wich dem Blick des Mannes nicht aus, stattdessen zeigte er sein Holster.

»Fresse«, sagte er, »sonst bist du der Nächste. Wo ist Mike?«

Der Araber überlegte. Mit einem Blick auf den Mann am Boden schluckte er schließlich seine Wut hinunter und antwortete: »Nicht hier.«

»Dann muss ich Said sehen. Jetzt.«

»Sag mal, wer glaubst du, wer du bist? Der König von Berlin, oder was?«

»Ich habe gesagt: Jetzt.«

»Abdul«, sagte der Mann und wollte seinem Kollegen aufhelfen, doch Adam hielt ihn ab. »Der bleibt hier. Du, verschwinde!«

Wütend ging der Mann wieder hinein, und die Tür schloss sich.

Adam musste sich beruhigen, das war jetzt wirklich

wichtig. Die Wirkstoffe in seinem Körper waren im Kampf um die Deutungshoheit, auf der einen Seite der Tranquilizer, der ihn runterfuhr, und auf der anderen das Tilidin, das ihn enthemmte, wild machte.

Er betrachtete die Wunden des Mannes. Thilo hockte neben ihm und versuchte, mit einem Taschentuch die größte Blutung zu stoppen. Abdul, jetzt kannten sie seinen Namen, sagte kein Wort, er stand sichtlich unter Schock.

Adam begann stumm zu zählen, denn das war das Einzige, was ihn beruhigte. Er zählte von null bis hundert, und als er fertig war, begann er von vorne. Als er zum dritten Mal bei siebenunddreißig angekommen war, öffnete sich die Tür wieder.

Und da stand er, Said Abou-Qadig höchstpersönlich, und sah mit erstaunter Miene auf seinen blutenden Türsteher.

»Auch eine Art, sich anzumelden«, bemerkte er kopfschüttelnd. »Ich höre, Sie wollen zu mir? Na, dann kommen Sie mal rein.« Zu dem anderen Araber sagte er: »Bring Abdul rein und versorg ihn.«

Said ging voran, ohne sich umzudrehen, Adam und Thilo folgten ihm. Im Inneren befanden sich noch sieben weitere Männer unterschiedlichen Alters. Sie alle hatten die Hände zu Fäusten geballt, ihre Gesichter waren starr vor Wut, aber sie waren wie Kampfhunde in einem unsichtbaren Zwinger, sie konnten nichts tun, noch nicht.

27

Ihre Schritte wurden immer schneller. Sie hatte sich wegen des Bauchs schon lange nicht mehr so zügig bewegt. Von links und rechts kamen maskierte Männer auf Sarah Krämer zu, griffen sie unter den Armen und trugen sie zu einem Krankenwagen.

»Danke. Danke«, murmelte sie immer wieder. Sie konnte gar nicht in Worte fassen, wie erleichtert sie sich fühlte. Allein der Anblick der Sonne am blauen Himmel war so schön! Wenn sie jetzt darüber nachdachte, dass sie sich heute Morgen wegen ihres nicht vorhandenen Kontos geärgert hatte … das waren doch alles Kleinigkeiten. Was jetzt zählte, war, dass es ihrem Baby gut ging – und ihr.

Immer wieder streichelte sie sich über den Bauch und flüsterte: »Wir sind raus, Gott sei Dank, wir sind raus.«

Der Sanitäter öffnete die hintere Tür des Krankenwagens und nickte ihr freundlich zu. »Kommen Sie, setzen Sie sich hierhin. Wir wollen erst mal sichergehen, dass Ihnen nichts passiert ist. Haben Sie irgendwelche Schmerzen?«

»Nein, es ist alles in Ordnung.«

»Spüren Sie das Baby?«

»Ja, es tritt wieder. Nur vorhin … da war es ganz still.«

»Na, das hört sich doch gut an. In welcher Schwangerschaftswoche sind Sie?«

Sie wollte gerade antworten, da trat ein großer Mann zu ihnen, einer von den Polizisten. Er nahm neben ihr seine Maske ab, sein Gesicht war ganz verschwitzt, und seine Stimme klang rau.

»Rabenstein, vom Spezialeinsatzkommando. Gut, dass Sie da raus sind, junge Frau. Wie heißen Sie?«

»Sarah, Sarah Krämer. Ich bin hier aus Flecken.« Sie merkte, dass sie immer noch außer Atem war.

»Gut, Frau Krämer. Wie viele Leute sind denn noch in der Bank?«

Sarah dachte nach, ging im Kopf die Gesichter durch. Dann sagte sie leise: »Fünf, es sind noch fünf Leute, die Polizistin ist ja auch noch drin.«

»Hören Sie, es ist ganz wichtig, dass Sie uns alles ganz genau erzählen. Wir bereiten uns gerade darauf vor, das Gebäude zu stürmen, und da müssen wir alles wissen. Wo sind die Geiseln, wo befindet sich die Geiselnehmerin?«

Der Mann kam ihr viel zu nahe. Sarah durchzuckte ein Stechen in ihrem Bauch, ihr war heiß, und Flecken tanzten vor ihren Augen. Es war ihr alles viel zu viel.

»Was meinen Sie denn mit stürmen?«, stammelte sie. »Mein Benny ist doch auch noch da drin, dem darf nichts …«

»Können Sie mir sagen, wer alles in der Bank ist? Wer ist Benny, und vor allem: Wo befindet sich die Geiselnehmerin?«

»Sie … sie steht meistens hinter dem Tresen, sie hat ihre Pistole aber immer … Sie dürfen da nicht rein, zuerst muss Benny …«

»Wir passen schon auf Ihren Benny auf, Frau Krämer, aber nun sagen Sie ...«

»Kollege, können Sie mal aufhören, die Frau zu bearbeiten?« Ein anderer Polizist war zu ihnen getreten, den sie vom Sehen kannte. Er machte manchmal die Blitzereinsätze vorne an der Ortseinfahrt. So ein Dicker, ein ganz Gemütlicher, dessen Uniform immer ein wenig zu klein zu sein schien für seine Figur. In diesem Moment hätte sie ihn küssen können. »Sie ist doch gerade erst raus und benötigt medizinische Versorgung, das sehen Sie doch. Nun lassen Sie den Arzt erst mal seine Arbeit machen und die Frau durchatmen.«

»Herr Wachtmeister«, sagte der Mann in der schwarzen Uniform gereizt, »ich bereite hier eine Geiselbefreiung vor und würde es begrüßen, wenn *Sie* mich *meine Arbeit* machen lassen.«

Brombowski wusste selbst nicht, was in ihn gefahren war, aber da er sich nun schon einmal gerade gemacht hatte, war es auch egal, außerdem gefiel ihm die Rolle, die er sich irgendwie bei Linh abgeschaut haben musste.

»Herr Rabenstein, es ist mir einigermaßen scheißegal, ob Sie der Obermufti aus Potsdam sind. Das hier ist mein Revier, und ich sage: Lassen Sie die Frau in Ruhe. Also: wegtreten.«

Bevor der SEK-Mann etwas erwidern konnte, trat eine ältere Ärztin in weißem Kittel zu ihnen. Klaus kannte sie aus dem Neuruppiner Krankenhaus. »Herr Brombowski hat recht, mein Herr, die Dame braucht jetzt ganz dringend Ruhe, also, bitte.«

Rabenstein sah zwischen der Ärztin und Klaus hin und her, presste die Kiefer aufeinander und grummelte: »Ich komme wieder.« Die Wut stand ihm ins Gesicht geschrieben, als er sich umdrehte und energisch davonstiefelte. Klaus konnte nicht anders, als zu lächeln. »Danke«, sagte er zu der Ärztin.

»Ich danke Ihnen, Herr Brombowski. So ein Kotzbrocken! Und nun zu Ihnen, Frau Krämer, ich messe jetzt einmal Ihren Blutdruck, ja?«

»Moment noch. Geht es Linh gut?«, fragte Klaus, an die Schwangere gewandt.

»Ja«, sagte die lächelnd, als sähe sie sie vor sich. »Sie hat mich da rausgeholt, das ist eine toughe Frau.«

»O ja, das ist sie.«

»Herr Staatssekretär?«

Rabenstein hatte die Zigarette fast aufgeraucht, als er sich entschied, den Anruf zu machen.

»Rabenstein! Wie läuft es dort, in … Wo war das noch mal?«

»Flecken-Zechlin, im Ruppiner Land.«

»Ach du meine Güte!«

»Eine örtliche Polizistin hat sich vor unserem Eintreffen gegen eine Geisel austauschen lassen. Gegen meine Anweisungen.«

»Was sagen Sie da?«

»Ja, unfassbar. Ich werde ermitteln, wie es dazu kam, und Ihnen Bericht erstatten.«

»Das ist ja unerhört! Ja, tun Sie das. Ich werde gleich mit dem Herrn Minister reden. Wissen wir etwas über die

Geiselnehmerin? Gibt es einen Kontakt? Finanzieller oder politischer Hintergrund?«

»Nichts Politisches, das können wir ausschließen. Es geht um Geld. Die Polizistin hat wohl mit ihr verhandelt, bevor sie rein ist. Die Frau fordert Geld und freien Abzug.«

»Können wir beides nicht gestatten.«

»Ich weiß, Herr Staatssekretär.«

»Wie gehen Sie weiter vor?«

»Wir müssen stürmen, das ist der einzige Weg. Es sind vier Geiseln in der Bank, und ich glaube, dass wir gute Möglichkeiten haben, die Geiselnehmerin zu neutralisieren, ohne das Leben der Geiseln zu gefährden.«

»Kennen Sie die Räumlichkeiten von innen? Wissen Sie, wo sich die Geiseln befinden?«

»Ja, die Standorte der Geiseln und der Zielperson sind mir bekannt. Ich brauche nur noch die Freigabe von Ihnen.«

»Der Minister ist noch in einem Termin, deshalb …«

»Die Zeit drängt, Herr Staatssekretär, die Geiselnahme dauert jetzt schon Stunden an. Wir müssen *jetzt* handeln.«

Rabenstein blinzelte gen Himmel. Die Mittagssonne brannte unerbittlich auf ihn herab, und ihm war unglaublich warm in seinem schwarzen Overall. Er wagte nicht, zu atmen, und spürte, dass es der Person am anderen Ende der Leitung genauso ging. Die Entscheidung hatte weitreichende Folgen, die über politische Karrieren entscheiden konnten – wenn der Zugriff schiefging. Er hatte einen sicheren Status als Beamter, und ihm nachzuweisen, dass er am Telefon gelogen hatte, wäre beinahe unmöglich.

»Gut, Rabenstein, machen Sie den Zugriff. Aber vergessen Sie nicht: Opfer unter den Geiseln sind unbedingt zu vermeiden.«

»Natürlich, Herr Staatssekretär, das weiß ich.«

»Na dann ... viel Glück, Rabenstein.«

28

Wer ihn nicht kannte – was in Berlin wegen seiner Omnipräsenz auf den Titelseiten der Boulevardblätter unmöglich war –, hätte Said Abou-Qadig für einen respektablen Geschäftsmann halten können, vielleicht einen griechischen Reeder, einen Geschäftsführer einer Handelsfirma, einen weltgewandten Mann, der auf den Märkten im Nahen Osten seine Geschäfte betrieb und zwischendurch mit alten Emirs Tee trank. So wirkte er zumindest, dachte Adam bei sich, während sich der Clanboss in einem Sessel niederließ. Mit provozierender Langsamkeit, wie Adam fand. Ihnen lief die Zeit davon.

Der gebürtige Libanese war mittlerweile vierundsechzig Jahre alt, er trug das graue Haar nach hinten gekämmt. Sein taubengrauer Anzug war von erlesener Qualität, bestimmt maßgeschneidert in Paris oder Mailand. Sein Einstecktuch hatte dieselbe Farbe wie das Hemd, ein dunkles Blau mit leichtem Glanz. Die Schuhe waren aus schwarzem Leder und konnten durchaus handgenäht sein. In seinen tiefbraunen Augen lag eine Wärme, die Adam aber nicht täuschen konnte. Durch die Eskalation an der Tür hatte er Abou-Qadig überrascht – und Überraschungen waren etwas, was der Clanboss nicht mochte und um jeden Preis vermeiden wollte. Deshalb saßen sie sich jetzt auch so friedlich gegenüber. Dieser Mann hatte schon Hunderte eiskalte Entscheidungen getroffen, Entscheidungen über Leben und Tod, über die Schicksale von Menschen. Sein Vorstrafenregister war ellenlang, es hatte Dutzende Prozesse gegen ihn gegeben, seitdem er als junger Mann aus Beirut nach Deutschland gekommen war. Erst als er es bis nach ganz oben geschafft hatte, war es seine Bestrebung geworden, selbst nur noch saubere Geschäfte zu machen und die Drecksarbeit von seinen zahlreichen Handlangern erledigen zu lassen – die dann in den Knast wanderten, während er eine weiße Weste behielt.

Beim Reinkommen hatte Abou-Qadig Thilo und ihn durch den Wettladen geführt. Dahinter lagen die Büros, die durch eine mit Leder bespannte, schalldichte Tür von den privaten Gemächern des Clanbosses abgetrennt waren. Als sie diese durchschritten hatten, war es, als wären sie in einer anderen Welt.

Der Raum war eine orientalische Oase. Es gab Wandteppiche, einen plätschernden Zimmerspringbrunnen, und der Duft von Räucherstäbchen lag in der Luft. Weiche Polstersessel standen um einen flachen hölzernen Tisch herum, auf dem Teegläser und eine arabische Teekanne standen. Auf einem alten Schreibtisch vor dem vergitterten Fenster stand modernste Technik. Kein Zweifel, hier war Abou-Qadigs Kommandozentrale.

»Sie suchen Mike.« Es war keine Frage, sondern eine Feststellung. Sein Deutsch war äußerst wohlklingend, da war nur ein ganz leichter Akzent, wie ein wunderbarer Singsang, der die gutturale arabische Sprache mit der harten deutschen vermischte. Adam spürte, wie er sich durch die Düfte in dem Raum entspannte, doch er durfte sich dem nicht hingeben, gerade jetzt nicht. Er war, wo er hinwollte, nun kam es darauf an. Doch ausgerechnet jetzt übernahm der Tranquilizer in seinem Körper die Oberhand. Er verspürte den Drang, sich ebenfalls in einen der großen Sessel zu setzen, aber diesem Verlangen durfte er auf keinen Fall nachgeben. Er warf einen schnellen Blick zu Thilo, der ihn aufmerksam musterte. Adam riss sich zusammen, räusperte sich.

»Wir suchen ihn nicht nur, wir fahnden nach ihm. Und zwar sehr dringend.«

Said Abou-Qadig stand auf und murmelte: »Ach, Entschuldigung, ich habe ja ganz vergessen, Ihnen Tee anzubieten.« Dann nahm er die Teekanne vom Stövchen, goss zwei kleine Gläser duftenden Pfefferminztee ein und stellte sie vor die Beamten.

Adam ballte die Hände zu Fäusten. Er wusste, dass Abou-Qadig ein Spiel mit ihnen spielte, sie hinhielt und er nichts dagegen tun konnte.

»Sie suchen ihn also sehr dringend«, wiederholte der Clanboss, als er wieder Platz genommen hatte. »Mein Sicherheitschef ist also wieder in Ihre Mühlen geraten, wenn Sie gleich nach ihm fahnden. Das kann ich mir ja gar nicht erklären. Wissen Sie, er ist ein respektabler Mann geworden, der sich in den letzten Jahren nach dem Gesetz Ihres Landes nichts mehr hat zuschulden kommen lassen. Wir haben alle unsere Vorgeschichte. Aber das muss ich Ihnen ja nicht erzählen, Herr Kommissar, Sie haben ja offenbar auch Probleme, Ihre Aggressionen zu kontrollieren.«

Adam meinte, ein leises Schnauben aus Thilos Richtung zu hören, aber er wandte sich nicht zu ihm um.

»Herr Abou-Qadig, ich glaube, Sie wollen Zeit schinden. Für Herrn Holler. Und ich frage mich, warum. Denn ich glaube, Sie wissen gar nicht, was hier vor sich geht – oder wissen Sie es doch?«

Adams Stimme war schneidend, doch der Clanboss ließ sich nicht aus der Ruhe bringen.

»Herr Kommissar, ich bitte Sie! Sie sind doch hier in meinen Privaträumen, Sie sind meine Gäste, da wollen wir uns doch nicht mit Feindseligkeiten aufhalten. Also, warum suchen Sie Mike? Klären Sie mich auf, dann kann ich Ihnen vielleicht helfen.«

»Wissen Sie, wo er aktuell ist? Diese Information wäre uns schon genug.«

Said Abou-Qadig nahm die Hände aus dem Schoß, presste die Fingerspitzen fest aufeinander, dann ließ er sie schnell auseinandergleiten, als explodierte etwas.

»Sie haben ihn knapp verpasst. Er ist vor einer halben Stunde plötzlich von hier weggefahren, nachdem er den ganzen Tag bei mir war. Allerdings ist mir sein Ziel nicht bekannt.«

»Wenn Sie sagen, den ganzen Tag, ab wann genau war er bei Ihnen?«

»Nun, Mike ist ja hier nicht interniert. Er wohnt in seiner eigenen Wohnung, aber das wissen Sie sicher aus seiner Akte. Um neun Uhr haben wir uns zu unserer ersten Besprechung getroffen, es ging um den Ausbau unserer wirtschaftlichen Aktivitäten.«

»Darum ging es sicherlich«, entgegnete Adam. »Und passiert es oft, dass Herr Holler sich dann mit unbekanntem Ziel verabschiedet?«

»Nun, ehrlich gesagt, erschien mir sein Aufbruch auch sehr überstürzt«, sagte Abou-Qadig, die Hände wieder im

Schoß gefaltet, den Kopf schief gelegt. »Deshalb frage ich Sie ja, was geschehen ist. Ich bin natürlich auch in Sorge um meinen geschätzten Mitarbeiter.«

Adam fühlte, dass es an der Zeit war.

»Wir gehen davon aus, dass Herr Holler seine Tochter, Emily Matysek, entführt hat. Das Kind wurde am Morgen gekidnappt.«

Er war sich sicher, dass Abou-Qadig ein herausragender Schauspieler war, das musste er sein in seinem Metier, sonst wäre er in diesem Alter nicht mehr am Leben. Aber das unwillkürliche Zusammenzucken, die weit aufgerissenen Augen, die Spannung in der Brustregion, die seine Krawatte anhob, die Unruhe, die den Mann überkam – all das machte den Anschein, als wäre Abou-Qadig tatsächlich zutiefst überrascht. Er beugte sich ein Stück nach vorn und sah Adam prüfend an.

»Sie sagen mir doch die Wahrheit, oder, Herr Kommissar? Sie würden doch kein Schindluder treiben mit einem Kind, richtig? Schindluder, das sagt man doch so?«

»Ich garantiere Ihnen, dass ich kein Schindluder mit einem Kind treiben würde, Herr Abou-Qadig. Also, was wissen Sie darüber?«

»Bei Ihrem Gott und bei meinem, bei Allah, ich weiß nichts darüber! Es ist eine furchtbare Nachricht, die mich sehr bestürzt. Ich bin ehrlich zu Ihnen: Ich habe das Mädchen nie persönlich getroffen und kenne sie nur aus Erzählungen von Mike und von den vielen Fotos, die er mir gezeigt hat. Wissen Sie, er ist ein sehr stolzer Vater. Auch wenn die Verbindung zur Mutter, nun ja ... mehr als unglücklich verlaufen ist. Deshalb kann ich mir überhaupt nicht vorstellen, dass er der Kleinen ein Haar krümmt, wenn Sie verstehen, was ich meine. Er ist ...«

»Wissen Sie, wohin er aufgebrochen ist? Wir müssen ihn selbst befragen.«

»Wie gesagt, ich habe keine Ahnung. So trinken Sie doch Ihren Tee, bitte.« Die beiden rührten sich nicht. »Wissen Sie, wir waren in der zweiten Besprechung, wir saßen hier an meinem Schreibtisch. Mike sah auf sein Handy, dann stand er auf und sagte, er müsse weg. Ich habe nicht nachgefragt, aber er wirkte etwas beunruhigt, deshalb dachte ich mir, dass es wichtig sein muss.«

»Ihr Mitarbeiter steht auf und geht, und Sie fragen ihn nicht, wohin?« Aus Thilos Stimme klang Unverständnis, als er sich zu Wort meldete.

Doch der Libanese würdigte ihn keines Blickes, als er fortfuhr: »Wann wurde das Mädchen denn entführt?«

»Heute Morgen, weit vor neun Uhr. Sie verstehen, dass das nicht gut aussieht für Ihren Mitarbeiter.«

»Ich kann Ihnen nur anbieten, dass ich Mike gleich anrufe und mit ihm rede.«

Er holte sein Handy aus der Tasche, doch Adam schüttelte den Kopf. »Stecken Sie es weg, Herr Abou-Qadig, ich bitte Sie. Ich möchte nicht ungemütlich werden müssen, nicht hier, in Ihrem Haus.«

Der Libanese ließ das iPhone wieder in seiner Hosentasche verschwinden.

»Was ist das denn für eine schwierige Beziehung zwischen Mike Holler und der Mutter der Kleinen, von der Sie sprachen?«

»Ach, aber bitte, ich mische mich doch nicht in das Privatleben meiner Leute ein. Sagen wir es so: Es war schon immer schwierig, und Mike hat sich aus der Vaterrolle, wie wir Sie kennen, Herr Kommissar, sehr früh herausgezogen. Aber offenbar hing er sehr an der Frau – und an seiner Tochter. Er wollte sich wieder annähern, aber in den letzten Monaten ... nun ja, die Frau schien nicht mehr interessiert, wenn ich Mikes Worte richtig deute.«

»Und das fand Herr Holler nicht so gut, und wenn Herr Holler etwas nicht gut findet, dann ist die Kacke am Dampfen, ist es nicht so?« Wieder Thilo.

»Aber das würde er doch nicht mit seiner Tochter austragen.«

»Hatte Herr Holler Geldsorgen?«

»Warum fragen Sie das?«

»War es so?«

»Nicht, dass ich wüsste. Er hätte mich fragen können.«

»Hätten Sie ihm Geld gegeben?«

Abou-Qadig zuckte die Achseln. »Ich bin ja nicht die Bank.«

Etwas an der Art, wie der Clanboss das sagte, ließ Adam aufhorchen. »Haben *Sie* Geldsorgen, Herr Abou-Qadig?«

Ein leichtes Lächeln huschte über das Gesicht des Libanesen.

»Ich bitte Sie, Herr Kommissar. Sagen Sie, was Sie damit andeuten wollen.«

»In dem Moment, in dem Mike Holler seine Tochter entführt, überfällt die Mutter von Emily eine Sparkasse. Klingelt da was bei Ihnen?«

Unter der sonnengebräunten Haut des Libanesen zeigte sich eine leichte Blässe, seine Finger krallten sich in die Sessellehnen, und er lehnte sich ruckartig vor.

»Ist das Ihr Ernst?«

Adam nickte.

»Ach du Scheiße!« Abou-Qadig hustete und winkte ab. »Verzeihen Sie meine Wortwahl.«

»Wäre es nicht durchaus denkbar, dass Herr Holler seine Tochter entführt hat, um seine Ex-Freundin zu diesem Überfall zu zwingen?«

»Ich bin … ich bin wirklich sprachlos …«

»Und das passiert Ihnen nicht oft, ich weiß. Also, ein letztes Mal: Wo ist Mike Holler?«

»Verdammt, Herr Kommissar, ich weiß es nicht! Ich weiß nur, dass er auf der Müllerstraße Richtung Norden abgebogen ist.«

»Und das haben Sie gesehen?«

Abou-Qadig nickte. Adam schwieg einen Moment.

»Wie konnten Sie das denn sehen? Das Fenster ihres Arbeitszimmers geht zum Hof.«

»Dann …« Der Libanese wand sich. »… dann hat mir das einer meiner Jungs erzählt, der ihn gesehen hat. Ich habe das gerade durcheinandergebracht.«

»Haben Sie das Auto nun um die Ecke biegen sehen?«

»Nein, ich war ja …«

»Said«, sagte Adam mit betont ruhiger Stimme, obwohl es ihm schwerfiel. Er hatte das Gefühl, gleich zu explodieren. »Sie wollen doch nicht mit jemandem zusammenarbeiten, der seine Tochter entführt, aus welchem Grund auch immer. Ich habe keinen Zweifel daran, dass Sie ein skrupelloser Scheißkerl sind, aber Sie haben einen, wie auch immer gearteten, Ehrbegriff. So jemand, der sein Kind in Gefahr bringt, hat doch bei Ihnen nichts verloren. Also, reden Sie! Sie standen draußen und haben ihn wegfahren sehen. Wo ist er hingefahren? Nach Hause?«

Abou-Qadig stand ruckartig aus dem Sessel auf und ging an das Fenster zum Hof, sein Gesicht von den Polizisten abgewandt. Für einen Augenblick waren da nur das Plätschern des Springbrunnens und sein lautes Atmen, ansonsten war es ganz still im Raum.

»Er hat eine Datsche. Was für ein merkwürdiges Wort das ist. Na ja, er hat jedenfalls eine Datsche. Oben in Waidmannslust. Die Anlage heißt *Frohsinn II.* Wittenauer Straße. Dort ist er hin. Sein Bungalow liegt abgelegen am Wald.«

»Frohsinn. Wie passend.«

»Aber halten Sie mich da raus, ja? Ich rede nicht mit der Polizei.«

»Das wissen wir, Herr Abou-Qadig.« Sofort kam Bewegung in die beiden Beamten. »Was für ein Auto fährt Mike Holler?«, fragte Adam im Gehen.

»Einen Jeep Cherokee. Das Kennzeichen sind seine Initialen und sein Geburtsjahr.«

»Shukran«, sagte Adam, dann gingen sie hinaus. Im Wettladen standen die Gorillas unschlüssig herum. Als die Polizisten an ihnen vorbeiliefen, stellten sie sich ihnen in den Weg.

»Lasst uns durch, wir haben es eilig«, sagte Thilo laut, der es auf keine neue Eskalation ankommen lassen wollte.

»Wir wollen mit dir reden, Scheißbulle«, sagte der Hüne, der sich inzwischen wieder auf den Beinen halten konnte. Wahrscheinlich hatte er sich eine ordentliche Ladung Schmerzmittel eingeworfen. Ein Taschentuch steckte in der gebrochenen Nase, sein Gesicht sah aus, als wäre er in einen Pitbull-Zwinger gelaufen.

»Willst du reden oder noch eine auf die Zehn?«, fragte Adam.

Er spürte Thilo neben sich, die Hand an der Waffe.

»Ich finde dich«, sagte der Hüne leise, »und dann fick ich dich, bis du keinen Mucks mehr von dir gibst, du Bullenschwein.« Die Worte hallten noch in seinen Ohren nach, als er mit Thilo aus der Tür trat und sie zu ihrem Wagen hasteten.

29

»Sie kennen ihren Namen?« Die Frau im Kostüm schreckte hoch und sah Linh mit einer Mischung aus Wut und Erstaunen an.

»Ich kenne auch Ihren Namen, Frau Kukrowski. Allerdings schon länger und wegen einer anderen Sache. Und jetzt wäre es schön, wenn Sie mal für einen Moment den Rand halten könnten.«

Gebannt verfolgte Doreen Matysek den Schlagabtausch und war selbst unfähig zu sprechen. Wer war diese junge Polizistin, die in dem ganzen Chaos so ruhig blieb?

Sie blickte auf die Pistole, die neben ihr auf dem Kassentresen lag, und dachte: Was zur Hölle mache ich hier? Wie bin ich hier nur reingeraten?

Sie sah Emily vor sich. Ihr liebes, zartes Gesicht. Ihr Schatz. O Gott, hoffentlich ging es ihr gut, ihrer Kleinen. Noch vor ein paar Stunden hatte sie ihr Frühstück gemacht, und jetzt wusste Doreen nicht, wo sie steckte. Emily hatte eine kleine Schale mit *Chocos* von LIDL gegessen, die fast so schmeckten wie die von Kellogg's, was aber eigentlich auch egal war, weil Emily die von Kellogg's noch nie gegessen hatte, bis auf das eine Mal in dem

Hotel auf Mallorca. Sie hatte mit Emily die selbst gemalten Bilder angeguckt, die im Bastelbeutel der Kita gesteckt hatten. Die Bilder waren vom Vortag. Emily hatte auf ihr Krickelkrakel gezeigt und gesagt: *Prinfessin*. Sie konnte das Z noch nicht sprechen. Doreen hatte so lachen müssen. Alles schien perfekt.

Zwei Stunden später war alles aus den Fugen geraten. Und nun stand sie hier – und ihre Zukunft sah alles andere als rosig aus.

Wer war diese schwarzhaarige Frau in dem weißen Tanktop, deren braune Augen so freundlich waren? Sie war ein Bulle, ohne Frage, allein deshalb sollte sie ihr nicht vertrauen – obwohl: Wem konnte sie überhaupt vertrauen?

Die Polizistin hatte ihr den Blick wieder zugewandt und fragte ganz ruhig: »Meinen Sie nicht, wir sollten mal reden, Frau Matysek? Ich glaube, Sie stecken in einer ganz schönen Zwickmühle. Vielleicht kann ich Ihnen ja helfen.«

Seit ihrer Jugend hatte sie gelernt: Lass dich nie, niemals mit der Polizei ein, niemals mit dem Staat. Es kam nie etwas Gutes dabei raus. Nicht in dem Viertel, in dem sie aufgewachsen war. Nicht in der Zeit, als sie selbst kleinere krumme Dinge gedreht hatte. Nicht in der Welt, in der Mike lebte und in die er sie ein Stück weit mitgenommen hatte, als sie jung und verliebt war. Damals war sie allzu blind gewesen vor Glück.

Der Polizei war nie zu trauen. Aber jetzt strebte alles in ihr zu dieser Frau, alles in ihr wollte unbedingt mit ihr sprechen, sich erleichtern, Emily wohlbehalten wiedersehen.

»Ich …« Sie blickte auf die Pistole neben sich, stockte.

»Hören Sie, ich weiß, Sie sind heute irgendwann falsch abgebogen, und jetzt stecken Sie hier in dieser Scheiße fest. Aber was ich unbedingt vermeiden will, ist, dass hier gleich ein paar bewaffnete Männer reinstürmen und Sie erschießen. Dann sehen Sie Emily nämlich auch nicht wieder. Und ich sage Ihnen, die werden hier reinstürmen. Wir haben nur einen kleinen Aufschub bekommen, aber viel Zeit bleibt uns nicht.«

Doreen konnte nicht mehr. Als sie den Namen ihrer Tochter aus dem Mund der Frau hörte, konnte sie den Aufruhr in ihrem Inneren nicht mehr in Schach halten. »Was wissen Sie über Emily?«, fragte sie flehend.

»Ich erzähle es Ihnen, ich schwöre es, ich erzähle Ihnen alles und werde Sie nicht verarschen. Aber, bitte, Sie müssen mir auch alles erzählen.«

Doreen nickte. »Kommen Sie hierher. Aber ich behalte die Pistole.«

»Okay«, sagte Linh und trat langsam und ohne sie aus dem Blick zu lassen, hinter den Kassentresen.

Es war merkwürdig, wie schnell sich ein Ort vertraut anfühlen konnte. Sie war erst eine halbe Stunde hier drinnen, in diesem Raum mit den weißen Deckenquadraten wie in der Polizeischule, mit dem Werbeplakat an der Wand, das mit dem Versprechen *Das erste Auto für Marie? Wir haben den Kredit für jedermann!* lockte. Das Bild wurde nur von den Scherben gestört, die auf dem Boden lagen, die Glaswand vom Büro des Filialleiters stand nur noch zur Hälfte. Es roch nach Papier und Druckertinte, es roch nach altem Kaffee, ja, da stand auch die Tasse neben dem Computer, sicher noch der erste Morgenkaffee von Tina Kaminske. Es war heiß, beinahe unerträglich, aber anders als die schwitzenden Geiseln konnte sie die Hitze ausblenden.

Schon nach dieser halben Stunde hatte sie ein Gefühl für diesen Raum entwickelt, das es ihr ermöglichte, die Umgebung klarer wahrzunehmen, sich nicht mehr fremd zu fühlen, die Menschen um sich herum zu beobachten, die kleinsten Regungen zu erkennen. Das hatte sie von Adam gelernt.

Unglaublich, dass sie der Zufall damals zusammengeführt hatte. Und heute schon wieder. So viel Zufall, dass es nur Schicksal sein konnte.

Sie hatte sich vorhin Doreen Matyseks Akte von Adam auf ihr Telefon schicken lassen und sie schnell überflogen. Es gab einige kleine Vorstrafen vor mehr als fünf Jahren, Verstöße gegen das Betäubungsmittelgesetz, einen Diebstahl. Nichts, was im Wedding außergewöhnlich gewesen wäre. Sie musterte die Frau mit der Maske: ein Meter siebzig, sportlich, die langen Haare, die sie auf dem Foto in der Akte gesehen hatte, blieben unter der Maske verborgen.

»Wollen wir hier reden?«, fragte Linh sie. Doreen Matysek nickte.

»Haben Sie hier im Ort Pakete ausgeliefert? Ist das Ihre Route? Haben Sie sich deshalb für diese Sparkasse entschieden?«

Sie schüttelte den Kopf. »Er hat gesagt, dass ich hierherkommen soll.«

»Wer? Mike Holler?«

Doreen nickte.

»Früher war das mal meine Route, nein, nicht früher,

früher klingt so lange her. Bis vor ein paar Wochen war das meine Route. Ich hab den Ort hier sehr gemocht, es ist so … na ja, ein echtes Dorf eben, ganz anders als dort, wo ich wohne. Die Leute hier bestellen nicht jeden Quatsch bei Amazon. In Berlin hab ich immer Weinflaschen ausgeliefert, mich halb tot geschleppt … Wer bestellt denn kistenweise Wein im Internet, können Sie mir das sagen? Oder Steine – Steinplatten für den Balkon, na, denken denn die Leute nicht nach? Das gibt es hier jedenfalls nicht. Aber wir sind ja nur Leiharbeiter, wir machen, was die Zentrale sagt. Und die Zentrale hat mich vor sechs Wochen auf eine andere Route gesetzt, jetzt fahre ich in Oranienburg rum. Da hatte ich neulich auch Weinflaschen auf der Sackkarre.«

Dass Doreen Matysek so ins Reden geriet, überraschte Linh, aber insgeheim freute es sie auch. Die Frau entspannte sich, und das war wichtig. Es ging um Vertrauen, nur um Vertrauen. Irgendwann würde sie dann Fehler machen, und dann – dann konnte Linh ihr wirklich helfen.

»Und was ist heute passiert? Warum der Überfall?«

Es war, als bräche etwas in ihr, sie senkte den Kopf, und ihre Stimme wurde zittrig. Es war fast kurios, aber es war Linh schon oft passiert: Da steht jemand mit einer Waffe, einem tödlichen Werkzeug, und ist der Herr der Situation, und zugleich ist er nichts, ein Kiesel im Ozean.

»Er hat mich gezwungen, er hat … er hat sie wirklich geholt.«

Weinte sie? Linh konnte es nicht sehen, die Maske verbarg zu viel von ihrem Gesicht. Aber Linh war, als schluckte Doreen Matysek schwer. Gewundert hätte es sie nicht. »Er ist ein brutaler Kerl, er hat mit mir … Ich dachte immer, Emily wäre tabu. Er liebt sie, das glaube ich wirklich, aber heute war das nicht mehr wichtig, heute hat er diese letzte große Grenze überschritten. Er … er hat mich angerufen, ich war schon auf dem Weg zur ersten Tour und wollte gerade auf die Autobahn Richtung Oranienburg fahren, da klingelte mein Telefon.« Nun schluchzte sie, und Linh hätte ihr in diesem Moment ohne Probleme die Pistole entreißen und sie niederringen können, aber sie wollte es nun richtig zu Ende bringen, sie wollte dieser Frau wirklich helfen, und sie wollte keinen Querschläger, keine verletzte Geisel riskieren.

»Er will Geld«, sagte Doreen leise, als sie sich endlich beruhigt hatte. Es war gut, dass all die Tränen jetzt rauskamen, es waren die Tränen, mit denen sie Mike aus ihrem Leben verabschiedete und der Angst um ihre Tochter Luft machte. Sie hatte ihn wirklich geliebt, sehr sogar, aber die letzten Monate waren einfach zu schrecklich gewesen. Dass es nun so enden musste …

»Was genau hat er am Telefon gesagt?«, wollte die Polizistin wissen. Sie war beinahe unmerklich näher gekommen, und Doreen griff reflexartig zu der Pistole. Sie wusste, dass die Frau im Nahkampf ausgebildet war, aber hey, sie kam aus dem Wedding, sie hatte schon einige Kämpfe gesehen und würde sich wehren – und schließlich ging es um ihre Tochter. Sie würde nicht klein beigeben, nur weil es jetzt etwas gefühlig wurde.

»Er hat so fies gesprochen, ich krieg immer noch echt Gänsehaut. Ich hab Emily geholt, hat er gesagt, sie freut sich so, bei mir zu sein. Ich hab die Schnauze voll von Said und der ganzen Bagage, deshalb hau ich ab. Emily nehme ich mit.« Sie schluckte wieder. »Sie wissen bestimmt, wer Said ist. Dieser Clanboss? Mike arbeitet schon lange für ihn. Sie sind wie Brüder. Aber Said ist natürlich immer der Chef. Mike weiß das, und es war ihm nie genug. Und er hat große Schulden bei Said. Die wollte er zurückzahlen – dann wäre er frei. Und weil er es selbst nicht gebacken gekriegt hat, muss ich es jetzt ausbaden. Jedenfalls hat er gesagt, ich könne mir Emily abschminken. Er würde mit ihr abhauen, nach Spanien, da habe er ein kleines Haus in Aussicht. Aber er könne es sich ja noch mal überlegen, doch erst brauche er die Kohle.«

»Und Sie sollten diese Kohle besorgen.«

Sie nickte nachdrücklich, sodass einige blonde Strähnen unter der Maske hervorrutschten. »Ich hab keine Ahnung, woher er wusste, dass es ausgerechnet hier was zu holen gibt. Aber er hat gesagt: Überfall die Bank in Flecken, da ist heute viel Geld zu holen. Er weiß, dass ich immer 'ne Knarre im Auto habe.«

»Warum haben Sie eine Pistole im Wagen? Ist das wirklich Ihre?«

»In welcher Traumwelt leben Sie? Die Knarre ist für den Notfall, Mike hat sie mir besorgt. Wissen Sie, wie oft ich schon blöd angemacht wurde beim Ausliefern? Es gibt auch Leute, die wollen dich beklauen, die gucken, wie viele iPhones und LCD-Fernseher du geladen hast. Da ist es gut, wenn so ein Mädchen wie ich ein Argument hat, um die Typen rennen zu sehen.«

Linh nickte. »Aber ein Bankraub? Das ist doch Wahnsinn, haben Sie das nicht gedacht?«

»Die Bullen kommen da nie schnell genug hin, hat Mike gesagt. Das ist am Arsch der Welt, rein, raus, und du bist weg.«

»Tja, aber dann kamen wir.«

»Ich glaube«, sagte sie und sah zu den verbliebenen Geiseln, »das ist mein Glück. Was soll ich denn jetzt machen? Ich will Emily wiedersehen, aber ohne das Geld …« Sie fühlte sich auf einmal unendlich erschöpft.

»Hat er gedroht, Emily etwas anzutun?«

»Ich glaube, das könnte er nicht. Aber was ist, wenn ich Emily trotzdem nicht wiedersehe. Wenn er sie einfach mitnimmt …«, sagte sie mit erstickter Stimme, und Linh musste an Caro denken. Ihr vietnamesisches Frühstück, nur zwei Kilometer entfernt von dem Ort, an dem Doreen das Frühstück für Emily zubereitet hatte.

»Das wird er nicht«, sagte Linh mit fester Stimme. Sie durfte die Frau jetzt nicht verlieren. Verzweifelte Menschen waren zu allem fähig. »Hören Sie, Doreen, Sie müssen mir jetzt die Pistole geben. Dann dürfen die Geiseln raus, und wir beide gehen hinterher. Und dann wird sich alles aufklären, und Sie können Emily schon heute Abend wieder in die Arme schließen.«

»Nein, Sie kennen Mike nicht! Wenn der eine Idee hat, dann lässt der nicht davon ab. Ich weiß das, glauben Sie mir. Ich weiß, wie er tickt … o Gott!« Schluchzend presste sie die Hände auf das Gesicht und weinte, als könnte sie erst jetzt ermessen, was an diesem Tag alles geschehen war.

»Passen Sie auf, Doreen«, unterbrach Linh den Tränenstrom, ihre Stimme jetzt kühl, offiziell, keine Widerrede duldend. »Mein Mann ist Kommissar in Berlin. Er hat mich überhaupt erst auf Ihre Spur gebracht, weil er in dem Entführungsfall ermittelt. Sie müssen mir glauben, Adam – so heißt mein Mann –, Adam ist der Beste. Er ist gerade auf der Suche nach Mike und Emily – und er wird die beiden finden. Er wird sie finden, und dann bekommen Sie Ihre Tochter zurück. Und deshalb will ich nicht, dass hier gleich ein Unglück passiert und das SEK reinkommt und Emily sie im Gefängnis besuchen muss. Oder auf dem Friedhof. Sie müssen das beenden, Doreen. Jetzt!«

»Er weiß das schon alles, Ihr Mann? Das mit Mike? Aber was ist denn, wenn er ihn findet, und es kommt zu einer Schießerei, und Emily …«

Linh musste den neuerlichen Weinkrampf unterbrechen. »Das wird nicht passieren. Nicht, wenn ein Kind involviert ist«, sagte sie und hoffte zugleich, dass sie recht behielt.

»Was ist denn mit dem Geld in der Tasche?«, fragte Doreen und hob hoffnungsvoll den Kopf, als wäre ihr gerade eine Idee gekommen. »Ich muss nur irgendwie hier raus und Mike das Geld bringen, dann wird alles gut.«

Linh schüttelte den Kopf. »Ich fürchte, dafür ist es zu spät. Wie soll das gehen? Ich hatte alles vorbereitet, das Geld und meinen Wagen. Aber nun hat das SEK die Gegend abgeriegelt.« Sie überlegte. »Hat Mike Ihnen eine Summe genannt? Wie viel Geld will er?«

»Er hat keine Zahl genannt. Er hat nur gesagt: Hol das Geld!«

»Und wie sollte die Übergabe stattfinden?«

»Er hat gesagt, dass ich ihm schreiben soll, wenn alles glattgegangen ist. Aber jetzt … jetzt ist es schiefgegangen. Er wird mit Emily … und ich muss … aber ich gehe nicht ins Gefängnis, ich …« Sie machte eine schnelle Bewegung, und Linh hatte nur zwei Möglichkeiten: sich auf den Boden zu werfen und sich selbst zu schützen – oder sich auf die Geiselnehmerin zu stürzen.

25 JAHRE FRÜHER – 1997

Als sie im Haus war, wusste sie, wo sie hinmusste. *13.23*. Die Nummer vom Schlüssel, den sie neulich in Ducs Schublade entdeckt hatte. Etage 13. Wohnung Nummer 23.

Alle Wohnungen in allen Neubauten in ihrem Bezirk waren so oder so ähnlich nummeriert, es erleichterte einiges.

Den ganzen Weg bis zum Haus hatte sie das Gefühl nicht verlassen, dass sie verfolgt wurde. Aber da war nur dieses knutschende Pärchen, niemand sonst.

Sie war sich sowieso sicher, dass Duc höchstens in eine kleine Gaunerei verwickelt war – was sollte es denn sonst sein? Ihr Duc, ihr großer Bruder, den sie jahrelang über sich im Doppelstockbett hatte schnarchen hören, mit dem sie gekickt und gerauft hatte.

Linh überlegte nicht lange und drückte die Klingel neben der dunkelgrün lackierten Wohnungstür. Ihre Hände waren kalt und schweißnass. Drinnen schellte es, die Klingel klang viel zu laut in ihren Ohren. Die Wohnung wirkte hallig, als wären alle Räume leer. Linh stand fröstelnd im einsamen Hausflur.

Doch dann waren da Schritte, schnelle Schritte, gefolgt von Stille. Sie stellte sich aufrecht vor dem Spion hin, um größer zu wirken.

Drei Sekunden später wurde die Tür aufgerissen, und eine Hand zog sie mit stählernem Griff nach drinnen, so schnell, dass sie gar nicht reagieren konnte. Ihr Herz schlug ihr bis zum Hals.

»Wer bist du?«, fragte die junge Stimme in dem dunklen Flur, ihre Augen hatten sich noch nicht an das fehlende Licht gewöhnt. Der andere stand ganz dicht vor ihr, seine Hand immer noch um ihren Oberarm gekrallt wie eine Schraubzwinge. »Wer bist du?«, diesmal auf Vietnamesisch.

»Linh«, stieß sie hervor und spürte, wie ihr die Tränen in die Augen traten, die Angst fiel über sie her, die verdammte Angst. Wer sagte einem schon im Kampfsportkurs, dass es gar nichts brachte, alle Griffe und Tritte zu können, wenn man die verdammte Angst nicht kontrollieren konnte. Sie wollte sich übergeben. »Linh. Ich bin Ducs Schwester.«

»Scheiße, was willst du denn hier?« Der Unbekannte zog sie mit sich, eine Tür wurde aufgestoßen, und auf einmal wurde aus der Dunkelheit gleißende Helle. In dem Raum, es war wohl das Wohnzimmer gewesen, standen Dutzende riesige Lampen, es war brütend heiß in diesem Zimmer, auch weil die Fenster geschlossen und mit Jalousien verdunkelt waren. Unter den Lampen war alles grün. Linh stand der Mund offen vor Erstaunen über dieses Pflanzenmeer.

Eine Pflanze wuchs neben der anderen, in riesigen Kisten, die beinahe den ganzen Raum einnahmen. Die Strahler waren genau auf die Pflanzen gerichtet.

Aus einem anderen Teil der Wohnung drang Lärm zu

ihnen wie von Maschinen. Sie hatte so etwas noch nie in echt gesehen. Nur auf den Bildern im Biologieunterricht. Als die Lehrerin die Fotos gezeigt hatte, war ein Raunen durch die Klasse gegangen, einige Jungs hatten sich verschwörerisch zugenickt.

Alles voller Gras. Das Gras, aus dem die Träume waren.

»Hey, Duc, was soll 'n das? Hast du gequatscht, oder warum steht deine Schwester plötzlich vor der Tür?«

Die Jungs sprachen untereinander nur Vietnamesisch, so war das bei den Großen, das wusste Linh. Deutsch war verpönt. Aber darauf konnte sie sich nicht konzentrieren, weil sie Ducs Gesicht sah.

Er hatte eine Kippe im Mundwinkel und sah so cool aus mit seiner Jogginghose und den neuen Turnschuhen und dem kleinen Oberlippenbart, den er sich neuerdings stehen ließ, ihr großer, stolzer Duc. Doch sein Gesicht war blass, mit dem angstvollen Blick eines kleinen Jungen sah er sie an, sein ganzer Körper gespannt wie ein Flitzebogen.

»Duc, sag was! Was will die hier?«

»Linh, was soll das? Woher weißt du …?« Er sprach Deutsch, so sehr stand er unter Schock. Er hatte wohl gerade etwas an den Pflanzen gemacht, seine Hände waren mit grünem Zeug beschmiert, vielleicht Dünger.

»Ich will dich holen, Duc. Was soll denn …?«

»Weißt du, was das hier ist, Linh? Das ist kein Spaß. Du musst …«

Sie sah, wie der Mann, der sie reingezerrt hatte – nein, das war kein Mann, das war auch nur ein Junge, aber er sah anders aus, männlicher, mit seiner Lederjacke wie ein amerikanischer Detektiv und dem Kurzhaarschnitt wie ein Russe –, dieser Junge jedenfalls griff unter seine Jacke und zog eine Waffe hervor. Linh glaubte, ohnmächtig zu werden, der Boden schien unter ihr zu schwanken, und sie versuchte das Gleichgewicht zu halten. Sie wollte sich irgendwo abstützen, doch dann geschah alles gleichzeitig.

Er hatte ihre Angst gespürt. Als sich die Fahrstuhltür hinter ihr schloss, wäre er gern hinaufgerannt und hätte sie aufgehalten.

Verdammt! Er hasste sich dafür, dass er sie und ihre Liebe zu ihrem Bruder ausnutzte. Aber das hier, das war wirklich eine heiße Spur. Adam spürte dieses unangenehme Gefühl im Bauch. Andererseits: Wer hatte keinen Schiss vor so einem Zugriff?

Es war das Privileg der Jugend: Auch mal draufgängerisch sein. Er war jung. Und er war ein Draufgänger. Sein Ziel war die Kripo. Und das würde er mit dieser Aktion erreichen.

Im zwölften Stock wetzte er in den Flur und nahm die kurze Treppe. Krass, wie flach die Stockwerke waren! Deckenhöhe zwei Meter dreißig. Nichts für Klaustrophobiker.

Leise öffnete er die Tür des Treppenhauses. Und er hatte Glück. Erst in diesem Moment schloss sich die Wohnungstür ganz rechts auf dem langen, dunkelgrün gestrichenen Flur, der nur von einer Leuchtröhre am Fahrstuhl erhellt wurde.

Sekunden später war Melanie neben ihm, die Waffe in der Hand.

»Dort hinten«, flüsterte er. »Da ist sie rein.«

Sie schlichen den Flur entlang. Türen zu beiden Seiten, auf diesem Stockwerk lagen insgesamt zwölf Wohnungen.

Ihre Tür trug die Nummer *13.23*.

»Bereit?«

»Wenn du es bist?«

Sie hatten jetzt ihre Waffen einsatzbereit in den Händen, entsicherten. Er prüfte die Tür, er prüfte das Schloss. Glück gehabt. Standard. Ein fettes Sicherheitsschloss in einer Tür aus Spanplatte wäre für die Nachbarn auch zu auffällig gewesen.

Adam hob einen Finger und gab Melanie damit ein Zeichen, die Polizeiakademie hatte Regeln für das alles vorgegeben. Du rein und links, ich rechts, das bedeuteten seine Gesten. Melanie nickte.

Er nahm Anlauf, die Pistole nach vorne gerichtet. Drei. Zwei. Eins. Dann rannte er los und sprang, Fuß voran, in die Spanplatte.

Linh vernahm ein splitterndes Krachen, als würde alles zusammenstürzen, sie sah einen Schatten, der links in den Flur der Wohnung wetzte, sich zu Boden warf und außer Sicht war, dann schrie eine Männerstimme: »Polizei, Hände hoch!«

»Duc, du hast die Scheißbullen hier reingeschleppt!«, schrie der Lederjacken-Typ, seine Waffe hielt er abwechselnd auf Linh und auf ihren Bruder gerichtet. Brodelnder Zorn war in seinem Blick zu erkennen. Sie hörte ihre eigene Stimme, die sich seltsam fremd anhörte: »Nein, nein …!«

Aufruhr, dann ein Schuss. Und Blut, viel Blut. Linh wusste nicht, wie ihr geschah. Der Junge neben ihr, kaum älter als ihr Bruder, wurde von den Beinen gehoben, und es spritzte aus seiner Brust, Blut bedeckte den Boden, noch bevor er aufschlug. Linh sah es wie in Zeitlupe, dabei war sie sich sicher, dass sie die Augen ganz schnell geschlossen hatte. Dennoch würde es ihr für viele Jahre nicht mehr gelingen, diese Bilder abzuschütteln. Das Bild des Jungen am Boden, in seiner eigenen Blutlache liegend, die Augen ins Leere gerichtet. Das Bild von Duc, der wie versteinert dasaß, kreidebleich. Sie sah, wie sich seine graue Jogginghose im Schritt verfärbte. Und sie würde auch nicht den Mann vergessen, der in der Tür stand und aus dessen Pistolenlauf sich sanfter Rauch kräuselte. Linh war, als blickte er nur sie an, und sein Blick war so besorgt, dass sie glaubte, er würde sie jeden Moment in die Arme schließen wollen.

Linh wusste in diesem Augenblick nur eines: Ihr Leben hatte gerade an einem seidenen Faden gehangen, und dieser Mann hatte sie gerettet – sie und ihren Bruder.

Es war nur dieser Schuss möglich gewesen. Hätte er auf die Beine gezielt, hätte er die stählernen Pflanzengestelle treffen können, und einen Querschläger wollte er nicht riskieren. Also blieb ihm nur die Brust, und es war eingetreten, was er befürchtet hatte. Er hatte zu gut getroffen, dem Jungen blieb keine Chance.

Er wollte eben nach vorne stürzen, zu dem Mädchen, er hatte begriffen, dass der Junge, der sich vollgepisst hatte, ihr Bruder war, Duc, er kannte ihn vom Foto in der Akte.

Der Knall kam wie aus dem Nichts, ließ ihn zusammenzucken. Der Schock durchfuhr ihn, er rannte wieder ins Dunkel des Flures. Melanie. Melanie.

Die Wohnung hatte noch ein zweites Zimmer. Er stürzte hinein, Eigenschutz, Eigenschutz, wo war dieser Gedanke nur, wenn man nicht gerade in einem Hörsaal der scheiß Polizeischule saß?

Melanie!

Überall im Raum verteilt standen Gerätschaften, Kochkessel, Töpfe, ein riesiges Regal mit Chemikalien. Das war ein verdammtes Labor. Und da …

»Bullenschlampe!«, hatte der Mann geschrien. Sein Akzent war auffällig, und sie war für den Bruchteil einer Sekunde abgelenkt. Er musste sich unterm Tisch versteckt haben, als sie die Tür aufgebrochen hatten. Sie war leise in den Raum getreten und hatte das Labor entdeckt. Irgendjemand stellte hier gerade Drogen her, es stank mörderisch.

»Scheiße«, flüsterte sie. Sie hatte die Waffe, sie sollte mutig sein, aber ihre Nerven waren zum Zerreißen gespannt, und sie kämpfte gegen die aufsteigende Panik an. Am liebsten hätte sie sich umgedreht und wäre rausgerannt. Die Waffe in ihrer Hand zitterte.

Sie sah erst seine Haare, ein dunkler Fleck, wie ein Furcht einflößender Schatten, der nachts hinter einem her ist, und doch konnte sie nicht reagieren, konnte nur spüren, wie das Grauen in ihr immer größer wurde. Dann kam sein Kopf unter dem Tisch hervor, und dann die Waffe, und schließlich hörte sie den Schrei: »Bullenschlampe!«

Er schoss sofort. Sie wusste nicht, ob sie zuerst die Waffe sinken ließ oder zuerst den Schmerz spürte, jedenfalls war da plötzlich nichts mehr, keine Gedanken und auch keine Angst.

Melanie!

Sie lag am Boden, nur noch ein Röcheln, er sah das Blut, das aus ihrem Bauch lief, er hatte noch nie so rotes Blut gesehen. Es war der Moment, in dem er begriff, dass nichts mehr so sein würde, wie es bis hierher gewesen war.

Der Mann sah dem Vietnamesen im Nebenraum so ähnlich, als wären sie Zwillinge. Er grinste, ja, tatsächlich, er grinste, es war skurril, wie in einer Gangsterkomödie, wäre da nicht Melanies grauenvolles Röcheln gewesen.

»Hände hochnehmen!«, schrie der Mann und richtete seinen Revolver auf Adam. »Hände!«

Adam konnte sich nicht bewegen, hielt die Waffe zu Boden. Er sah nur auf Melanie, sah das bisschen Leben, das noch in ihren Augen lag, sie war schon im Delirium, so sah es zumindest aus, und in seinem Körper schien es ebenso zu sein. Da war kein Gefühl mehr außer Angst. Angst, Angst, Angst. Und dann, doch noch etwas anderes: Schuld. Abgrundtiefe Schuld.

Schieß!, hörte Adam eine Stimme in seinem Kopf. Er war immer der schnellste Schütze am Schießstand gewesen. Aber jetzt? Ihm fehlte die Kraft, auch nur den Finger zu rühren.

»Hände hoch!« Der junge Typ zielte auf ihn. Adam

konnte ihn nicht ansehen. In der Ferne waren Sirenen zu hören.

Er nahm das Klicken des Ladehebels wahr, sah, wie der Vietnamese ein Auge schloss. Ein vietnamesisches Wort klang durch den Raum, fremd und entschlossen. Adam schloss die Augen und wartete auf die Erleichterung, gleich würde alles vorbei sein.

Er schreckte zusammen, als der Schuss fiel, doch er spürte keinen Schmerz. Stattdessen hörte er etwas fallen, genau vor sich.

Er öffnete die Augen, neben Melanie lag nun der Typ reglos am Boden. Er schaffte es, den Kopf zu wenden, und hinter ihm stand …

Chêt – das hatte er gesagt. Tod! Tod auf Vietnamesisch. Sie wusste, dass er auch noch ein zweites Mal schießen würde. Ein toter Polizist mehr spielte hier keine Rolle.

Sie war wie ferngesteuert gewesen, hatte, ohne nachzudenken, die Pistole des toten Jungen genommen, war durch den dunklen Flur gelaufen. Da hatte sie seine Worte gehört.

Durch die geöffnete Tür fiel Licht, der Polizist stand mit dem Rücken zu ihr. Sie hatte nicht zu dem röchelnden Körper am Boden geschaut, dann wäre es aus gewesen. Nein, es gab nur eines, das jetzt zählte: ihn retten.

Sie stand verdeckt hinter dem Polizisten, der andere konnte sie nicht sehen. Sie hatte gezielt, drei, zwei, eins. Abzudrücken war viel zu leicht, schoss es ihr durch den Kopf, aber die Angst wurde kleiner, und als der Mann zu

Boden fiel wie ein nasser Sack, war ihr klar, dass sie nun allein waren. Nur sie drei. Der Polizist, Duc, sie.

Ihre Ohren klingelten immer noch vom Schuss, aber über allem lag jetzt eine unheimliche Stille. Die Polizistin – Linh erkannte erst jetzt, dass es eine Frau war – hatte aufgehört zu atmen.

Mit einem Sprung war er bei ihr, drückte die Hände auf ihren blutenden Bauch, aber ihre Augen waren geöffnet und ihr Blick ging an die Zimmerdecke.

»Melanie!«, rief er immer wieder, »Melanie, die kommen gleich, die retten dich!« Doch als seine Tränen auf sie fielen, erkannte er, dass es zu spät war.

Er drehte sich zu dem Mädchen mit der Waffe um, sie stand unbeweglich in der Tür, die Augen geweitet. Er trat nur einen Schritt auf sie zu, er wollte Melanie nicht allein lassen.

»Verschwinde von hier«, sagte er leise. »Nimm deinen Bruder, und verschwindet von hier. Aber nicht runter aus dem Haus, da sind gleich zu viele Bullen. Lauft die Treppe rauf und bleibt dort, irgendwo weiter oben, ein paar Minuten. Dann geht ihr einfach runter, als würdet ihr hier wohnen – und kommt nie wieder hierher. Verstanden?«

Sie sagte nichts, nickte nur, legte die Waffe vorsichtig auf den Boden und verschwand, und er war sich sicher, dass er sie nie wiedersehen würde.

Der Mann hatte Duc gerettet, und sie, Linh, hatte ihn gerettet – damit hatte das Schicksal sie auf ewig verbunden. Sie wusste instinktiv, dass sie ihn wiedersehen würde.

Duc sagte kein Wort, als sie ihn die Treppe hinaufführte, und er sprach auch nicht, als sie in der 18. Etage nebeneinander auf den Stufen saßen und sich im Arm hielten, während unten auf der Straße die Streifenwagen und der Leichenwagen hielten. Er blieb stumm, als sie zusammen Hand in Hand das Haus verließen und er nur deshalb nicht zusammenbrach, weil sie ihn weiterzerrte.

Er sprach sechs Tage und Nächte nicht.

In der siebten Nacht aber kam er zu Linh ins Bett gekrochen und sagte mit zitternder Stimme und den Augen voller Tränen: »Cảm ơn.« Und dann noch mal leiser, beinahe flehend. »Danke.«

Die Heldin von Marzahn

Diese schöne Polizistin wurde Opfer der Vietnamesen-Mafia!

(BZ exklusiv)

Sie wurde nur 26 Jahre alt: Polizeiobermeisterin Melanie Z. In ihrer Truppe im Abschnitt 34 galt sie als teamfähige und immer fröhliche Anführerin, unser Foto zeigt eine lebensfrohe und sehr hübsche blonde Polizistin. Die Trauer unter ihren Kollegen ist unermesslich.
Melanie Z. wurde Opfer der berüchtigten Vietnamesen-Mafia, die seit Langem die Straßen von Marzahn unsicher macht. Ihr mutiges und ehrenhaftes Vorhaben, den Verbrechern das Handwerk zu legen, kostete sie das Leben.
Tatort: Meeraner Straße. In einem Hochhaus machte die Polizistin am Mittwochabend einen verdeckten Einsatz. Es ging offenbar um Hinweise von Nachbarn, die verdächtige Aktivitäten beobachtet hatten.

Als die Polizistin mit ihrem Partner die Wohnung im 13. Stock stürmt, eröffnen die anwesenden Männer sofort das Feuer. Die 26-Jährige stürzt getroffen zu Boden, kann aber noch zwei Schüsse abgeben. Diese treffen die Zwillingsbrüder Thang und Phuc I. (24 J.). Die beiden sind der Polizei schon länger bekannt und gelten als neue Anführer der Vietnamesen-Mafia. Phuc I. stirbt noch am Tatort, sein Bruder erliegt im Krankenwagen seinen Verletzungen. Bei Melanie Z. können die eintreffenden Rettungskräfte nur noch den Tod feststellen.
Herbeigerufene Polizisten stellen Unmengen an be-

lastendem Material sicher: Bargeld, Waffen, Drogen. Die gesamte Wohnung war eine Plantage für selbst angebaute Hanfpflanzen, und hier produzierten die Männer auch andere Drogen, mit denen sie vermutlich den gesamten Bezirk versorgten. Diese hochkriminellen Machenschaften sind nun aufgedeckt, der Preis dafür ist das Leben der schönen Polizistin.
Polizeipräsident Glöckner: »Melanie Z. ist eine Heldin. Sie hat, wie all ihre Kollegen, mit vollem Einsatz gegen die Mafiastrukturen Berlins gekämpft – und nun hat sie dafür sogar ihr Leben gegeben. Wir alle sind tief betroffen und trauern mit ihrer Familie.«

30

»Zentrale für Kollwitz 7. Zentrale, bitte kommen.«

»Kollwitz 7, Zentrale hört.«

»Kindesentführung, Fall Emily. Wir konnten einen Verdächtigen ausmachen. Mike Holler, unterwegs in einem Jeep Cherokee, B Trennung MH 1979. Wir brauchen eine Ringfahndung um die Kleingartenanlage *Frohsinn II* in Waidmannslust. Umkreis zwanzig Kilometer. Er hat das Kind wahrscheinlich bei sich. Wir brauchen Straßensperren auf den Bundesstraßen und der Avus sowie einen Helikopter über der Anlage. Und zwei Teams am Hauptbahnhof und am Gesundbrunnen.«

»Holler ist wahrscheinlich bewaffnet. Checkt die Straßenkameras auf der B96, ich will wissen, ob er vor einer halben Stunde dort langgekommen ist.«

»Ring, zwanzig, in Waidmannslust, verstanden.«

»Die Kleingartenanlage machen wir selbst.«

»Verstanden. Freigabe vom Polizeipräsidenten?«

»Hol ich mir später.«

»Alles klar, Kollwitz 7, dann schick ich mal die Kavallerie. Viel Glück euch, holt die Kleine zurück.«

»Danke, Kollege.«

Adam holte sein Handy hervor und rief Sandra Pitoli

an. Sie brachte ihn kurz auf den neuesten Stand: Die Befragung des Nachbarn von Doreen Matysek hatte nicht viel ergeben. Anscheinend war neben Mike Holler noch ein anderer Mann des Öfteren bei Doreen zu Besuch gewesen. Sie hatten ein Phantombild, aber noch keine Idee, wer der Fremde war. »Danke, Sandra! Komm zur Kleingartenkolonie *Frohsinn II* in Waidmannslust, wir treffen uns dort«, sagte Adam, bevor er auflegte.

Das Krähen der Sirene ließ die Autos vor ihnen ausweichen wie scheue Hasen, sie flogen die Müllerstraße entlang gen Norden. Am Kurt-Schumacher-Platz war der Himmel leer, früher war hier alle vier Minuten ein Flugzeug dicht über den Platz geflogen. Irgendwie vermisste Adam den Flughafen Tegel, aber so ging es vielen Berlinern, selbst einigen von denen, die hier oben wohnten.

»Weg da, fahr doch weg«, grummelte Thilo und fuchtelte wild mit dem Arm aus dem Fenster, als ein weißer Lieferwagen allzu langsam Platz machte. »Und jetzt auch noch die scheiß Ampel, ey, ich hasse Berlin!«

Er konnte es nicht abwarten, endlich da zu sein, endlich am Ziel, er spürte, dass die Lösung so nah war. Aber was ihm eigentlich Sorgen bereitete, war das Problem auf dem Beifahrersitz. Als sie an der alten Kaserne der französischen Alliierten vorbeirasten, hatte er sich die Worte endlich zurechtgelegt. Er hielt den Blick auf die Straße gerichtet und sagte sanft: »Ey, Chef.« Er hasste diese Form der Ansprache, er nannte ihn nicht gern so. Sandra machte das immer, und er fand es speichelleckerisch. Aber diesmal war es wichtig.

»Hm …« Adam sah aus dem Fenster.

»Wenn das Mädchen bei Mike Holler ist, dann … dann wäre es, glaube ich, gut, wenn wir uns alle am Riemen reißen. Verstehen Sie?«

»Hm …« Adam sah ihn immer noch nicht an, und Thilo wusste überhaupt nicht, in welcher Welt der Kommissar gerade war. Was für ein beschissen peinlicher Moment, für sie beide.

»Ich meine hauptsächlich Sie, Chef. Es wäre gut, wenn Sie nicht ausrasten würden wie vorhin. Ich …«

Adam wandte den Kopf und sah ihn scharf von der Seite an.

»Ich habe Sie verstanden, Kupferschmidt.«

»Kollwitz 7 für Abschnitt 15? Kommen.«

»Kollwitz 7 hört.«

»Adam, wir haben den stellvertretenden Vorsitzenden der Kleingartenanlage erreicht. Er hat im Plan nachgeguckt. Mike Holler hat die Laube Nummer 34.«

»Okay. Habt ihr ihn zu Stillschweigen verdonnert?«

»Ja. Er ist auf Arbeit – und er mag den Holler gar nicht, so klang es jedenfalls am Telefon.«

»Gut gemacht, danke.«

»Haut rein, Jungs.«

Sie bogen rechts in die Wittenauer Straße ein. »Blaulicht runter«, sagte Adam, und Thilo öffnete das Fenster, holte die Rundumleuchte in den Wagen und schaltete die Sirene aus.

In der Ferne hörte er den Hubschrauber. Die Kavallerie kam.

Adam hoffte, dass sie Mike nicht zu früh aufschreckten.

»Ich halte hier«, sagte Thilo, »da vorne ist schon der Eingang. Ganz hübsches Fleckchen.« Ein Schild mit einer Sonnenblume wies die Anlage als *Kleingartenverein Frohsinn II e. V.* aus.

»Können wir uns jetzt konzentrieren?«, fauchte Adam. Die Anspannung hatte ihn wieder erfasst, er spürte jeden Muskel, die Pistole zog schwer an seinem Gürtel, das Funkgerät, das er nachlässig in seinen Schoß gelegt hatte, plärrte die ganze Zeit, und Adam schwitzte.

Hinter ihnen kam der Wagen von Sandra Pitoli zum Stehen. Dann konnte es ja losgehen.

Sie gingen durch den Haupteingang, dort hing glücklicherweise ein Wegweiser mit den Bungalownummern. Das Grundstück mit der Nummer 34 war tatsächlich ganz hinten am Wald. Vor den Datschen standen die Wagen der Besitzer, wie das in Berlin so üblich war. Bierkästen und Holzkohle sollte man zur Wochenendlaube schon fahren können.

»Wir teilen uns auf. Sandra, du gehst links, nimmst den Weg um die Anlage herum. Thilo, du gehst durch die Gärten, ich will dich von Süden an der Datsche haben. Ich nehme den Weg.«

»Alles klar, Chef.«

»Keine Schussabgabe. Ich will das Mädchen, unverletzt!«

Er sah Emily vor sich, wie sie auf dem Gruppenfoto der Kita mit großen Augen in die Kamera blickte. Mehr noch musste er aber an das von ihr gemalte Bild denken, das Zebra, unter dem in krakeligen Buchstaben ihr Name gestanden hatte.

Er bewegte sich vorwärts, ganz normal, als wäre er

ein Besucher oder ein Interessent, ja, er gab sich den Anschein, die Anlage mal anzuschauen, vielleicht wäre ja was frei. Natürlich war nichts frei, ein Kleingarten in Berlin war Gold wert, seitdem sich alle jungen Familien aus dem Prenzlauer Berg oder aus Pankow dazu entschieden hatten, selbst Gurken oder seltene Bohnensorten anzubauen. In der Hauptstadt wurden die alten Leute nicht nur aus den Wohnungen herausgedrängt, sondern nun auch noch aus ihren Datschen.

Rechts und links sah er gepflegte Gärten, der Rasen frisch gemäht, die Beete in hervorragendem Zustand. So stand es ja auch in den Satzungen dieser Anlagen: Es müssen immer Nutzgärten sein, Rasenlänge so und so viele Zentimeter, Hecke höchstens achtzig Zentimeter hoch. Deshalb war ein Kleingarten für Linh und ihn auch immer ein Graus gewesen. Wer will denn schon am freien Wochenende Gemüse züchten müssen – außerdem liebten sie wilde Gärten einfach zu sehr. Hier stand auf jedem der ordentlich umzäunten Grundstücke ein kleines Häuschen, manchmal saßen Leute davor, auf Stühlen oder in einem Strandkorb. Eine Frau winkte ihm freundlich zu, ein Mann sah ihm misstrauisch nach.

Die kleine Straße machte eine Kurve und war nicht bis zum Ende einsehbar. Er ging langsam weiter, blickte scheinbar arglos nach links und rechts, doch sein Blick scannte alles. Der Hubschrauber kam näher, das Flappen der Rotoren war schon deutlich zu hören. Gleich würde er über die Dächer der Datschen fliegen.

Sonst keine Sirenen zu hören. Die Kollegen hielten sich an die Einsatztaktik.

Die Datsche zu seiner Rechten trug die Nummer 26. Weit konnte es nicht mehr sein.

Als er um die letzte Ecke bog, sah er ihn. Den Jeep. Schwarz mit silbernem Kühlergrill, und er hatte tatsächlich einen riesigen Adler-Aufkleber auf der Motorhaube. Adam blieb stehen, als er sah, wie Mike Holler aus seiner Hütte kam und hektisch einstieg.

Der Mann blickte nach vorne und erstarrte. Egal, wie Adam sich gab, wie er aussah, er war ein Bulle, er sah aus wie ein Bulle, er würde immer wie ein Bulle aussehen. Und dieser Mike Holler, der konnte Bullen riechen.

Adam ging vorwärts, der Mann hielt den Blick auf ihn gerichtet, dann drehte er den Schlüssel im Schloss und zündete den Wagen.

Wo war das Mädchen, verdammt? Adam konnte sie nirgends entdecken.

Er drückte auf den Knopf am Funkgerät. »Verdächtiger steigt ins Auto, los, kommt her, direkter Weg.«

»Ja, verstanden, Chef!«, sagte Sandra, und er hörte ihren lauten Atem, sie hielt wohl den Knopf vor Anspannung immer noch fest.

Er ging schneller, geradewegs auf das Auto zu. Die Datsche stand tatsächlich ziemlich abgelegen. War das Mädchen da drin?

Der Motor des Jeeps bockte, einmal, zweimal, er sah die großen Augen von Mike Holler. Dann sprang der Wagen an, heulte gleichsam auf. Holler musste schon auf dem Gaspedal gestanden haben, er legte den Gang ein und raste los, gerade als Thilo aus dem Gebüsch sprang, nur eine Sekunde zu spät. Thilo zog seine Waffe, Adam schrie: »Nein!«, er winkte mit den Armen, doch zu spät, da fiel bereits der Schuss. Ohrenbetäubend war das, ein Knall, der die Vögel ringsum wild aufflattern ließ.

Die Kugel war in die Tür des Wagens eingeschlagen,

hatte aber Mike Holler nicht getroffen, so schien es zumindest, denn der raste weiter Richtung Ausfahrt, aber hier stand Adam, und er entschied, stehen zu bleiben. Er zog seine Waffe nicht, sondern blieb einfach stehen, der Wagen näherte sich, hundert Meter, siebzig, fünfzig … Jetzt konnte er dem Mann direkt in die Augen blicken, er löste den Blick nicht, er wich nicht aus, er zitterte nicht mehr, während der Jeep erbarmungslos auf ihn zuraste. In seinem Kopf nur ein Gedanke: »Wo, verdammt, war die Kleine, wo war Emily?«

31

Der Schuss blieb aus. Stattdessen riss sich die Geiselnehmerin mit einem Ruck die Maske vom Kopf, und dann stand sie da, strich sich die Haare zurück, ihr Gesicht verschwitzt und gerötet, fleckig vor Aufregung. Doreen Matysek, eine schlanke, schöne Frau, die helle Haut und Sommersprossen hatte. Kleine Lachfalten umrahmten die Augen, aber in diesem Moment fiel Linh vor allem ihr sehr trauriger, wenngleich auch kämpferischer Blick auf.

»Sie müssen mir helfen, damit ich hier rauskann und trotzdem das Geld bekomme. Ich will nicht ins Gefängnis. Ich will meine Tochter zurück!«

»Sie?« Bevor Linh etwas erwidern konnte, war Janine Kukrowski aufgestanden. Es war, als wäre mit der Maske der Geiselnehmerin auch alle Zurückhaltung abgefallen, alle Vorsicht. »Sie haben uns doch früher die Pakete gebracht. Herr Jatznik, Sie kennen sie doch auch, oder?«

Benny, der noch immer am Boden saß, nickte, starrte die Frau an. Der Mund stand ihm offen.

»Sie beide haben sich doch so gut verstanden«, sagte die Bürgermeisterin laut, »und ich hab Ihnen einmal sogar Trinkgeld gegeben – und dann, dann nehmen Sie uns alle als Geiseln?«

»Sie haben mir zwei Euro gegeben«, schnauzte Doreen Matysek die Frau an, »und jetzt soll ich Ihnen danken, als hätten Sie mir den Arsch vergoldet?«

»Ich ...«

»Gut, können wir das auf später verschieben?«, unterbrach Linh die Frauen. Ihr Blick fiel auf die Uhr an der Wand über der Tür. »Frau Matysek, ich denke, es gibt keine andere Möglichkeit für Sie, als sich zu stellen. Ich werde dann sehen, was ich für Sie tun kann. Ich werde ein gutes Wort für Sie einlegen. Der Staatsanwalt von Neuruppin ist eigentlich recht umgänglich, und da Ihre Vorstrafen schon eine Weile zurückliegen und Sie als Mutter eines entführten Kindes unter erheblichem Druck standen ...«

»Aber Emily ... hören Sie, wenn Mike das Geld nicht bekommt, dann kann er es dem Boss nicht zurückzahlen. Und dann bleiben wir in deren Visier. Und wer weiß, was mit Mike geschieht ... ich will nicht, dass er stirbt.«

Linh streckte ihr langsam und vorsichtig ihre Hand entgegen. »Ich bitte Sie: Vertrauen Sie mir. Ich habe auch eine Tochter. Geben Sie mir die Pistole, und dann gehen wir hier raus. Ich werde alles tun, damit Sie noch heute Nachmittag ihre Kleine in die Arme schließen können, denn das ist doch jetzt das Wichtigste.«

Doreens Augen waren feucht, als sie leise mit gesenktem Blick fragte: »Versprechen Sie es?«

Linh nickte. »Ich verspreche es.«

Die nächsten Sekunden fühlten sich wie Minuten an, aber dann hob Doreen Matysek den Kopf und hielt Linh die Waffe mit abgewandtem Lauf hin.

Linh griff zu, bevor die Frau es sich noch einmal anders überlegte, entlud die Pistole, steckte sie in den Hosenbund und das Magazin in die Hosentasche.

»Gut. Dann passen Sie auf, wir beide, wir gehen jetzt raus, ganz langsam. Wir öffnen die Tür und laufen mit erhobenen Händen aus der Bank, genau nebeneinander, ohne zu rennen, ohne uns voneinander zu entfernen. Sie, Frau Kukrowski, Frau Kaminske und Sie, Herr Jatznik, bleiben noch hier und warten, bis die Beamten kommen, um Sie hinauszubegleiten. Verstanden?«

Die Angesprochenen bejahten, ihre Stimmen klangen jetzt fest und hoffnungsvoll.

»Dann kommen Sie, Frau Matysek.«

Linh nahm die Geiselnehmerin an ihre Seite, und gemeinsam gingen sie durch den Raum. Drei Augenpaare folgten der entwaffneten Frau, es waren vorwurfsvolle, wütende, aber auch erleichterte Blicke.

»Bereit?«

Doreen Matysek nickte.

Gerade als Linh die Tür öffnen wollte, gab es einen Schlag, etwas splitterte hinter ihnen, und es folgte ein Blitz, bevor die Rauchgranate explodierte und sie alle in dichten Qualm hüllte. Linh hörte Schreie um sich herum und wusste nicht, was sie zuerst tun sollte.

32

Keine fünfzig Zentimeter. Es war nur ein knapper halber Meter, den der Jeep vor Adam anhielt, der die Augen ganz am Schluss doch noch geschlossen hatte, ein Reflex, nicht abzutrainieren. Als er sie wieder öffnete, hatte Mike Holler die Hände aufs Lenkrad gelegt und den Kopf leicht zur Seite geneigt, sein Blick ging verloren geradeaus. Er sah nicht aus, als ob er fliehen wollte.

Adam ging langsam zur Fahrertür, immer noch hatte er seine Waffe nicht gezogen.

»Kommen Sie«, sagte er, »steigen Sie aus.«

»Welcher Idiot hat da gerade geschossen?«, waren die ersten Worte des Mannes.

»Wo ist Emily?«, fragte Adam zurück.

Mike Holler machte eine nickende Kopfbewegung Richtung Rücksitz. Der Kommissar ging um das Auto herum, in der Ferne sah er, wie Thilo, die Waffe immer noch gezogen, auf den Wagen zulief. Adam schüttelte wütend den Kopf, aber er konnte sich jetzt nicht damit beschäftigen.

Als er die hintere Wagentür öffnete, erhellte sich sein Gesicht.

Da saß sie, vorschriftsmäßig angeschnallt, und lachte

ihn an. Sie musste die Augen ein bisschen zusammenkneifen, weil die Sonne sie blendete. »Hajo«, sagte sie.

»Hallo, Emily«, antwortete Adam, und seine Stimme war so weich wie Watte.

»Emijy«, antwortete das Mädchen und lachte.

Er hatte so sehr darauf gehofft, sie gesund wiederzusehen, aber dass sie jetzt tatsächlich gesund und munter vor ihm saß, überstieg all seine Hoffnungen.

Als Adam aufsah, bemerkte er Thilo, der hinter dem Wagen zum Stehen gekommen war und die Situation angespannt beobachtete. Adam wandte sich an Mike Holler: »Bitte, steigen Sie aus.«

»Ich ...«

»Ich will das nicht vor dem Kind bereden, also kommen Sie, aussteigen.« Und an Emily gewandt, sagte er: »Okay, Emily, ich freue mich ganz doll, dich kennenzulernen. Ich bin Adam, ich war vorhin schon in deiner Kita. Und ich habe auch eine Tochter, aber die ist schon viel größer als du. Sag mal, Emily, geht es dir gut?«

Die Kleine nickte eifrig. »Hunga«, sagte sie, und dann sang sie: »Hunga, Hunga, Hunga ...«, und lachte dabei.

»Gleich besorgen wir dir was zu essen, okay? Aber erst spreche ich noch kurz mit deinem Papa, ja?«

Emily nickte, und Adam ließ die Tür offen stehen, damit sie sich nicht fürchtete. Als er Thilo hinter dem Wagen sah, der immer noch seine Dienstwaffe in der Hand hielt, zischte er: »Und du steckst jetzt mal die scheiß Pistole weg, hast du verstanden?«

Thilo nickte betreten, sein Gesicht war rot.

»Alles in Ordnung?« Endlich war auch Sandra bei ihnen, sie atmete schwer.

»Ja, der Kleinen geht es gut.«

»Gott sei Dank!«

»Hol trotzdem einen Kinderarzt über die Rettungsstelle. Sag bitte auch die Ringfahndung ab, der Heli kann landen. Und kannst du draußen einen kleinen Kuchen holen? Ich glaub, ich hab da einen Bäcker gesehen. Und einen Saft.«

»Klar, mach ich, Chef.«

»Danke.« Thilo ignorierte er, als er zu Mike Holler trat, der mittlerweile neben dem Wagen stand. »Haben Sie eine Waffe bei sich?«, fragte er, an Holler gewandt.

Mike nickte. »Gut, dann geben Sie sie mir bitte. Ich möchte Sie nicht durchsuchen müssen.«

»Sie wussten, dass ich bremse, stimmt's?«

»Ich hatte gehofft, dass Sie Emily im Auto haben. Es gab eigentlich keine andere Möglichkeit. Und mit einer Tochter im Wagen fährt man niemanden zu Matsch. War ja auch so, oder?«

Mike Holler nahm einen kleinen Revolver aus seinem Hosenbund und gab ihn dem Kommissar.

»Die einzige Waffe?«

Der Mann nickte.

»Gut, und geben Sie mir auch noch Ihr Handy. Herr Holler, ich nehme Sie fest wegen des Verdachts auf Entziehung Minderjähriger nach § 235, Strafgesetzbuch in Tateinheit mit Erpressung und Anstiftung zum Raub. Sie haben das Recht zu schweigen, alles, was ...«

»Ich fass es nicht, das kann doch nicht dein Ernst sein, Bulle! Entziehung? Glaubst du, ich habe Emily entführt? Meine eigene Tochter? Deshalb seid ihr hier?«

»Wenn du noch einen Schritt auf mich zu machst, schmeiß ich dich hier in den Dreck, und dann sieht deine Tochter dich heulen, willst du das? Also, du steigst jetzt auf den Beifahrersitz. Wenn meine Kollegin gleich wieder da ist, fahren wir. Emily will sicher wieder zu ihrer Mama. Und dann kannst du uns in Ruhe deine Räuberpistole erzählen. Alles klar?«

Mike Holler nickte grimmig.

Adam trat noch einmal zu dem kleinen Mädchen. »Emily, erzähl mal, wer hat dich denn heute Morgen aus der Kita abgeholt?«

Emily grinste ihn an, und dann sah er, wie sie ihren Mund zu einer Schnute zusammenzog und eine Weile überlegte, bis sie strahlend »Papa!« sagte.

»Papa?«, fragte Adam.

Emily nickte. »Papa.«

33

»SEK, SEK!«

Sie hörte die Schreie, doch sie konnte nur Schemen erkennen, weil der Rauch so dicht war. Es ging alles blitzschnell. Doreen Matysek schrie und wollte rausstürzen, aber da stand ein schwarz vermummter Mann, die Waffe im Anschlag. »Stehen bleiben!«, schrie er. »Weg von den Geiseln, Sie da, stehen bleiben, oder ich schieße!« Doreen wich zur Seite aus, Linh schloss kurz die Augen, nein, das durfte nicht wahr sein! Doch dann bekam sie die Frau gerade noch zu fassen, riss sie mit sich zu Boden, hielt eine Hand in die Höhe und rief mit trockener Stimme: »Polizei, die Lage ist sicher, keine Waffe, keine Waffe!«

»Aus dem Weg!«, rief der Mann, und erst jetzt erkannte Linh seine Stimme. Es war Rabenstein persönlich.

»Keine Waffe, keine Waffe.« An Doreen gewandt, die halb unter ihr lag, flüsterte sie: »Bleib ruhig, ganz ruhig.«

Der Rauch war immer noch dicht, als die Männer, ihre Waffen weiterhin im Anschlag, auf sie zukamen. Es war Rabenstein, der Linh unsanft beiseiteschob und Doreen Matysek mit seinem ganzen Körpergewicht am Boden fixierte, während er ihr die Hände auf den Rücken drehte und mit Kabelbindern fesselte.

»Sicher!«, rief er seinen Kollegen zu, und Linh verdrehte trotz des Rauchs die Augen, es war eine so lächerliche Aussage, aber gut, er hatte eben die Waffe in der Hand.

»Unten bleiben, unten bleiben!« Zwei SEK-Männer rannten zu den Geiseln, vier weitere kontrollierten die Teeküche und den Tresorraum.

»Sicher!«, hörte Linh aus dem hinteren Gang, »Sicher!« auch aus dem Tresorraum. Sie musste husten, weil sich der Qualm in ihrer Lunge festsetzte. Doreen Matysek lag immer noch auf dem Boden, Rabenstein saß auf ihr. »Ich krieg keine Luft«, stöhnte sie.

Linh trat näher. »Okay, Rabenstein. Supershow, aber können Sie ihr jetzt aufhelfen? Und können wir endlich die Geiseln rausbringen? Es gab nur eine Verdächtige, und die hatte sich ergeben, *bevor* Sie hier mit Pauken und Trompeten reingestürmt sind.«

Rabenstein sah zu ihr auf, die Augen durch das Visier des Helms verborgen.

»Große Töne, Frau Kollegin, obwohl ich das eher ironisch sage. *Kollegin*. Aufstehen!« Er zog Doreen auf die Füße, es ging so leicht, als wäre sie eine große Puppe. »Sie sind verhaftet wegen des Verdachts auf schweren Raub, gefährliche Körperverletzung und Freiheitsberaubung. Sie werden in Kürze einem Haftrichter vorgeführt. Alles, was Sie bis dahin sagen, kann gegen Sie verwendet werden. Haben Sie das verstanden?«

»Danke, Herr Kollege«, sagte Linh ganz ruhig, »ich übernehme die Verdächtige jetzt und bringe sie hinaus. Der Staatsanwalt ist informiert«, log sie, »er wird gleich hier sein.«

Mit diesen Worten wollte sie Doreen Rabensteins Griff

entwenden, doch der hielt sie fest. Sie stand jetzt ganz nah vor ihm. »Wollen Sie jetzt echt mit einer Frau kämpfen?«

Widerwillig ließ der SEK-Mann die Gefesselte los.

»Kommen Sie, Frau Matysek«, sagte Linh und führte sie Richtung Ausgang. »Kümmern Sie sich um die Geiseln, ja? Vielen Dank!«, rief sie Rabenstein und seinen Kollegen über die Schulter hinweg zu.

Im Gegensatz zum Qualm in der Bank war die Luft draußen so klar und sauber, dass die Polizistin erst mal tief durchatmete. Dann erblickte sie das Spalier an Polizisten und Sanitätern, die vorher alle durcheinandergelaufen waren, nun aber stehen blieben, um die Täterin zu sehen. Linh musste unwillkürlich darüber nachdenken, dass sicher noch nie so viele Menschen auf einmal auf dieser Dorfstraße zusammengekommen waren.

»Chefin!«, rief Klaus und kam auf sie zu. Doreen Matysek würdigte er keines Blickes. »Schön, dass es Ihnen gut geht. 'tschuldigung, ich konnte die nicht mehr aufhalten ...«

»Ich weiß, Sie haben alles versucht. Kommen Sie ... Ich würde Frau Matysek gerne ins Auto setzen, bevor hier die Journalisten aufkreuzen. Und rufen Sie Staatsanwalt Meyer an? Er soll sofort herkommen, ich will vor der U-Haft mit ihm sprechen.«

»Mach ich, mach ich sofort.« Er hielt der Verdächtigen die Tür des Streifenwagens auf, dann nahm er sein altes Handy, suchte die eingespeicherte Nummer, und schon hörte sie ihn leise und schicksalsergeben reden. Sie mochte diesen Mann so sehr.

»Hier, steigen Sie ein. Ich rufe gleich meinen Mann an und frage, ob er schon etwas weiß. Und dann reden wir.«

34

Sie waren gerade auf die A 111 in Richtung Süden gefahren und hatten den Berliner Bären passiert, der steinern zwischen den Leitplanken stand und den Beginn der Stadt anzeigte, da fielen Emily die Augen zu. Adam hatte vorhin kurz den Bungalow in Augenschein genommen, während Thilo Mike Holler im Auge behielt und Sandra das Mädchen mit Saft und Streuselschnecke versorgte.

In der Datsche lief der Fernseher, ein Disney-Trickfilm, auf dem Boden standen eine Packung Doppelkekse mit Schokogeschmack, eine Tüte Kartoffelchips und drei leere Capri-Sonnen. Das Bild hatte sich ihm eingebrannt. Hier hatte das Mädchen also den Tag verbracht, ganz allein. Wenn niemand da war, um es in den Schlaf zu kuscheln, dann schlief so ein Mädchen auch nicht, dann sah es fern, bis es nicht mehr konnte. Kein Wunder also, dass die Kleine jetzt so müde war.

Adam betrachtete Mike Holler, der in sich zusammengesunken auf dem Beifahrersitz saß und stumm geradeaus starrte. Dann sah er wieder zu Emily, deren Lider sich noch leicht bewegten, gleich darauf aber atmete sie ganz ruhig. Offenbar fühlte sie sich jetzt sicher.

»Gut, dann können wir jetzt reden, Mike«, sagte Adam.

Er fürchtete nicht, dass der Typ Sandra ins Lenkrad greifen würde – damit hätte er seine Tochter ernsthaft in Gefahr gebracht –, und so ein Mann war Mike Holler nicht. Wer Capri-Sonne und Kekse für seine Tochter kaufte, lenkte den Wagen mit der Kleinen im Kindersitz nicht in den Straßengraben.

»Also, ich glaube, du hast richtig Ärger mit Said. Es geht um Geld, ist das so?«

Holler antwortete nicht und starrte immer noch stur geradeaus.

»Und weil du dir nicht die Hände schmutzig machen darfst außerhalb deiner Arbeit für die Abou-Qadigs, musste es deine Ex tun. Deshalb hast du Emily geholt.«

Der Kopf des Mannes fuhr herum, sein Blick war wütend, aber er dämpfte seine Stimme.

»Ich habe Emily nicht geholt! Ich war nicht an der scheiß Kita. Doreen hat mir schon längst klargemacht, dass ich da nicht mehr erwünscht bin. Alle zwei Wochen darf ich die Kleine für zwei Tage zu mir nehmen, aber mehr nicht.«

»Das hat der Richter entschieden? In eurem Sorgerechtsstreit?«

»Ich habe wohl oder übel zugestimmt. Was sollte ich auch sonst machen? Meine Tochter nur sehen, wenn eine Tante vom Jugendamt danebensitzt, so eine Emanze mit Hornbrille, die auf uns aufpasst?«

»Ein Grund mehr, Emily zu holen.«

»Ich war aber nicht an der Kita!«, fauchte Mike Holler.

»Psst …«, machte Adam und hielt sich den Finger an die Lippen. »Ihre Tochter sagt aber, dass ihr Papa sie geholt hat. Und du bist doch ihr Papa, oder?«

»Ja, bin ich. Aber keine Ahnung, warum sie das sagt. Ich war nicht da.«

»Sie war in deiner Laube. Ehrlich, Mike, ich kenne nicht einen Richter am Landgericht in der Turmstraße, der da nicht überzeugt wäre, dass du sie entführt hast. Und diesmal geht es für lange, lange Zeit in die JVA.«

Mike Holler wollte sofort etwas erwidern, besann sich dann aber und atmete tief durch. Seine Züge waren verzerrt, als wäre er in einem Albtraum gefangen. »Ich habe das nicht getan.« Er betrachtete die schlafende Emily. »Ich habe keine Ahnung, was hier vor sich geht. Es ist alles ein riesiger Betrug. Die wollen mich fertigmachen.«

»Wer will das?«

»Ich weiß es nicht ... Doreen vielleicht, aber eigentlich traue ich ihr das nicht zu. Ich ... es hat nicht gut geendet mit uns, ich hab sie ein paarmal ziemlich übel ...« Er brach ab, weil er den durchdringenden Blick des Kommissars spürte. »Ich war heute Morgen nicht an der Kita. Ich war zu Hause, allein natürlich, ich hab gerade niemanden. Dann bin ich zu Said, wir haben den Tag besprochen, die aktuellen Projekte geklärt.«

»Echt? Geldwäsche und Schutzgeld sind jetzt auch schon *Projekte?* Ich dachte, das ist den Hipstern im Oberholz vorbehalten.«

»Ach, fick ...« Wieder bremste sich Holler. »Hier, in meinem Handy ...« Er griff in seine Hosentasche, dann sagte er verwirrt: »Ach nee, Sie haben ja mein Telefon. Los, sehen Sie nach.«

Adam suchte in dem Netz hinterm Fahrersitz nach dem Telefon, doch es war gesichert. Er hielt es Holler hin, damit er es mit seinem Fingerabdruck entsperrte. »Was soll ich machen?«

»Suchen Sie in den SMS. Vor ein paar Stunden kam eine anonyme Nachricht.«

Adam öffnete die Nachrichten. Die letzte versandte Nachricht war an Doreen gerichtet.

»Wo ist Emily? Was soll das?«

Dann gab es eine, die von einer unbekannten Handynummer gesendet worden war. 0157-irgendwas. Mike hatte diese Nummer nicht gespeichert.

Ey du Missgeburt. Deine Tochter ist bei dir im Frohsinn, zwischen Birken und Linden. Guck schnell nach. Ich hoffe, es geht ihr noch gut.

Das war's. Zwei kurze Nachrichten, mehr nicht. Adam schloss das Programm und öffnete das Menü für *Telefon*. Mike Holler hatte die Nummer eine Minute nach Empfang der SMS angerufen. Fünfmal.

»Du hast die fremde Nummer angerufen, aber es ging niemand ran?«

»Es kam immer nur die Ansage von O2, dass keiner erreichbar ist.«

»Du könntest dir ein zweites Prepaidhandy gekauft haben, um uns diese Geschichte aufzutischen.«

»Aber wenn ich mit Emily hätte abhauen wollen, dann wäre ich doch einfach abgehauen.«

»Nicht, wenn du das Geld brauchst. Denn Said hätte dich gefunden. Er findet alle, die bei ihm Schulden haben, ist es nicht so?«

»Ich würde meiner Tochter kein Haar krümmen«, sagte Holler, wieder lauter jetzt. Emily rutschte kurz in ihrem

Sitz hin und her, doch dann schlief sie ruhig weiter. »Meinen Sie, ich würde sie in meiner Datsche einsperren? Allein? Haben Sie Kinder, Kommissar?«

»Ja, habe ich.«

»Und würden Sie die allein lassen?«

»Ich würde auch nicht meine Frau verprügeln.«

»Ach Scheiße, was wissen Sie schon von meinem Leben?«

»Ja, es ist immer gut, sich selbst zu verzeihen.«

»Doreen wollte mich loswerden. Keine Ahnung, ob sie 'nen neuen Typen aufgetan hat und was der ihr alles versprochen hat. Auf jeden Fall war sie seit einiger Zeit nicht mehr dieselbe. Seit sie ...« Er überlegte. »... seit sie aus Malle zurückgekommen ist. Da war sie auf einmal so kalt und scheiße zu mir. Ich durfte gar nicht mehr in die Bude rein, um Emily zu sehen. Sie war wie ausgewechselt.«

»Und du glaubst, dass ein Mann der Grund für diesen Wandel war?«

»Was denn sonst? Doreen kennt nur ihre Tochter – und die Kerle. Für was anderes interessiert sie sich nicht.«

»Schmeichelhaft, eine echte Liebeserklärung. Hast du den Mann irgendwann mal gesehen?«

»Nee ...«

Adam musste an das denken, was Sandra Pitoli ihm vorhin am Telefon gesagt hatte. Aber wenn Mike Holler nicht genau wusste, dass es wahrscheinlich tatsächlich einen neuen Mann in Doreens Leben gegeben hatte, dann würde er ihm das auch nicht auf die Nase binden.

»Also, dann fasse ich zusammen«, sagte er stattdessen. »Deine Tochter wird von ihrem Papa aus der Kita abgeholt, in deiner Laube festgehalten, und du hast am Morgen kein Alibi. Gegen Mittag haust du von deiner – ich nenne es mal – Arbeit ab. Dann nehmen wir dich fest, und deine Tochter sitzt bei dir im Auto. Und nun willst du uns erklären, das Ganze sei der perfide Plan eines großen Unbekannten gewesen. Wirklich?«

Mike Holler sah Adam mit festem Blick an. »Sie glauben mir nicht, weil Sie Leuten wie mir nicht glauben wollen. Das weiß ich – und ich weiß, was das für mich bedeutet. Aber ich sage Ihnen: Ich war das nicht. Ich schwöre es bei meinem Leben.«

Adam nickte und sah aus dem Fenster. Der ewige Wald der Ostprignitz sauste vorbei, dunkle Kiefern, Stamm an Stamm. Dann kam die Sonne wieder hervor, eine kleine Lichtung, danach ein Feld, Sonnenblumen, riesige gelbe Blüten, die ihre Köpfe nach Westen reckten. Ein schönes Bild.

Dann kamen die ersten Häuser ins Blickfeld, durch die Windschutzscheibe sah der Kommissar das Ortsschild.

Flecken-Zechlin. Er räusperte sich.

»Der Staatsanwalt wird sich für die Geschichte bestimmt sehr interessieren. Aber ich hab einen Tipp: Überleg dir gut, was du sagst, denk nach, denn jedes Detail über den großen Unbekannten könnte uns weiterbringen.« Er sah zu Emily. »Ich steige hier mit ihr aus und bringe sie zu ihrer Mama. Die Kollegin fährt mit dir und zwei Uniformierten wieder nach Berlin. Wir sprechen dann später weiter. Sandra, halt hier schon an. Ich will nicht, dass sich die beiden sehen.« Er meinte die Mutter und den Vater. Kommissarin Pitoli verstand sofort und bremste.

Adam stieg aus und war froh, dass das Mädchen auf seinem Arm weiterschlief. Er blieb einen Moment stehen, um sich zu orientieren. Die schwarzen Busse des SEK, die

Streifenwagen, das Flatterband – für ihn war das ein gespenstischer Anblick in so einem kleinen Ort. Doch für die Dorfbewohner, die jetzt an den Zäunen standen und herüberstarrten, war es wohl vor allem eines: faszinierend. Endlich war mal was los.

35

Linh wusste wahrlich nicht, wohin sie zuerst schauen sollte. Aus dem Jeep, der soeben an der Polizeiabsperrung gehalten hatte, stieg Adam und ging um das Auto herum zur rechten Hintertür. Neben Linh riss Doreen Matysek die Tür auf, wahrscheinlich reichte ihr die Ahnung, dass da hinten im Auto ihr Mädchen saß.

Adam hob ein blondes Kind aus dem Wagen, es schien fest zu schlafen, er bückte sich unter dem Flatterband durch und trug die Kleine dann zu ihnen herüber. Doreen sprang auf, stürmte auf Adam zu und schloss ihr Kind weinend in die Arme. Das war ein Moment, der Linh wieder daran erinnerte, weswegen sie Polizistin geworden war. All das hätte auch ganz anders enden können.

»Emily«, rief Doreen und hielt den Kopf der Kleinen ganz fest an ihre Brust gedrückt. »Emily, mein Schatz!« Sie küsste das Gesicht des Mädchens, das gerade aus seinem Schlaf erwachte. »Es tut mir so leid, aber jetzt hab ich dich ja wieder.«

»Mami, Mami«, murmelte das Mädchen.

Schließlich blickte sie zu Adam auf. »Danke, wirklich, ich danke Ihnen, dass Sie sie gefunden haben.«

Dann wurde ihr Gesicht ernster. »Wo ist Mike? Geht es ihm gut?«

»Er ist auf dem Weg zum Berliner Revier. Wir werden ihn dort vernehmen.«

»Und kommt er dann ins …?« Sie sah zu der Kleinen und sprach nicht weiter. »Wirklich, er macht das wieder. Bitte sorgen Sie dafür, dass er uns in Ruhe lässt.«

Linh war neben sie getreten. »Erst mal, Frau Matysek«, sagte sie, »müssen wir mit *ihm* sprechen.« Sie wies auf den Mann im schwarzen Anzug, der gerade aus einem dunklen Audi A 4 stieg.

Sie ging ein paar Schritte auf ihn zu, ihr Strahlen ganz und gar auf den Staatsanwalt ausgerichtet.

»Ach, Herr Meyer, wie schön, wenn ein Tag so gut endet.«

»Ich habe schon gehört … Sie haben ja ganze Arbeit geleistet. Eine Geiselnehmerin zur Aufgabe zu überreden, Frau Schmidt, ich muss schon sagen … das ist keine einfache Sache.« Er konnte ihr einfach nicht widerstehen.

Linh spürte Adams Blick in ihrem Rücken.

»Hören Sie, Frau Matysek hat die Tat begangen, weil der Kindesvater sie dazu gezwungen hat. Das zeigen die ersten Ermittlungen. Er hat sie bedroht und erpresst, weil er selbst Schulden hat, bei einem bedeutenden Berliner Clanboss. Sie können die Akte lesen, mein Berliner Kollege schickt sie Ihnen. Worauf ich hinauswill …« Sie wies mit dem Kinn auf Doreen Matysek, die am Boden saß und Emily auf ihren Knien hielt. »… es besteht keine Fluchtgefahr bei der Verdächtigen. Sie hat eben erst ihre Tochter zurückbekommen. Ich würde an Ihrer Stelle keine Untersuchungshaft anordnen. Wäre das denkbar?«

»Es war ein Bankraub mit Geiselnahme«, sagte der Mann stirnrunzelnd. »Und es gab einen Verletzten.«

»Das war eine Wunde, wegen der würden Sie nicht mal einen Krankentag nehmen, Herr Meyer.«

Der Staatsanwalt streckte stolz seine Brust heraus.

»Hm, also, da bringen Sie mich aber in die Bredouille. Eigentlich würde ich sie in die Haftanstalt überstellen lassen. Das hier hat im Präsidium in Potsdam Aufsehen erregt. Aber gut – ich will mal nicht so sein. Dann will ich aber, dass die Frau unter Hausarrest steht, bis der Richter entschieden hat. Ich lese mir derweil die Akten durch, ja?«

»Sie sind ein Schatz, Herr Meyer.«

»Na, wer wird denn einer Heldin einen Wunsch abschlagen? Gut, ich empfehle mich.«

»Danke.«

Sie ging zwinkernd zurück zu Adam. Der schaute sie mit einem Blick an, den sie nicht ganz zu deuten wusste.

»Geschafft?«

»Geschafft.«

»Wenn ich mal zur internen Revision muss, werde ich dich mitnehmen. Du hast so viel Charme, da wird mir ja fast schwummrig. Warte kurz, ja? Da ist was, das ich nicht vergessen darf.« Er zückte sein Handy.

»Gut, ich rede derweil mit Frau Matysek.«

Adam wählte Thilos Nummer.

»Thilo?«

»Hm …«

»Wo bist du?«

»Büro.«

»Okay, ich habe gesagt, es tut mir leid. Lass uns in Ruhe darüber reden, ja? Morgen oder so.«

»Hm.«

»Hör zu, du musst eine Nummer für mich checken. Auf wen registriert, welcher Funkmast, das volle Programm.«

»Hm.«

Adam konnte kaum an sich halten, er war versucht, seinen Kollegen anzubrüllen, aber das konnte er sich jetzt nicht leisten. Deshalb zählte er langsam bis drei, dann nannte er aus dem Gedächtnis die zwölf Zahlen der unbekannten Handynummer, von der aus die SMS an Holler geschickt worden war.

»Okay, überprüfe ich.«

Schon hatte Thilo aufgelegt.

»Alles okay? Stress?«, fragte Linh, die seinen Gesichtsausdruck richtig gedeutet hatte.

»Stunk in der Truppe.«

»Wieso?«

Adam sah sie ernst an. »Später.«

Sie nickte und berührte ihn sanft an der Hand, einen kurzen Moment nur, doch sofort ging es ihm besser.

»Du?« Er flüsterte es nur.

»Ja?« Sofort sah sie ihn mit wachem Blick an, weil sie merkte, dass sein Ton sich verändert hatte.

»Wo liegt Caros Geburtsurkunde?«

»Was?«

»Sag mal, wo liegt die?«

Linh zuckte die Schultern, ihre Stirn in Falten.

»Keine Ahnung ... ähm, vielleicht in dem Ordner mit den Versicherungen? Oder bei den Impfpässen? Nee, Moment, im Familienbuch ...«

»Siehst du? Keine Ahnung. Okay, Caro ist schon groß, Emily ist noch klein, aber trotzdem ...«

»Was meinst du?«

»Als ich vorhin Doreens Wohnung durchsucht habe, da gab es einen Ordner mit allen Dokumenten, Arbeitsamt, Rechnungen und das ganze Zeug, alles war fein säuberlich abgeheftet. Sie scheint eine wirklich ordentliche Frau zu sein. Aber die Geburtsurkunde, die war nicht in dem Ordner. Sie lag in der obersten Schublade der Anrichte, ganz obenauf, in einer Folie, sodass ich sie sofort gesehen habe.«

»Du meinst, sie lag da …«

»Wie zurechtgelegt. Genau.«

»Damit wir wissen, dass Mike Holler Emilys Vater ist?«

»Das hätten wir ja früher oder später ohnehin rausgekriegt. Es war eher, damit wir es schnell wissen.«

Linh schüttelte den Kopf. »Die klarsten Fälle sind immer die vertracktesten, hm?«

»Äh, Linh?«

Sie drehten sich um. Klaus Brombowski stand auf der kleinen Treppe der Sparkasse und winkte sie zu sich. »Kommst du mal? Ich glaube … es gibt da ein Problem.«

»Noch eines«, sagte Linh und stöhnte leicht. Gemeinsam mit Adam trat sie in den heißen Raum mit den Schaltern. Der Rauch hatte sich noch nicht ganz verzogen. Schon am Eingang hörten sie die leidende Stimme des jungen Filialleiters.

»Er könnte gut in einer dieser Rosamunde-Pilcher-Verfilmungen mitwirken, so viel Drama, wie er macht«, sagte Klaus leise und rollte mit den Augen. »Kommt.«

Sie betraten den Tresorraum, in dessen Mitte Björn Seelinger stand und tatsächlich die ganze Zeit »Es ist weg, es ist weg« jammerte.

»Herr Seelinger«, sagte Linh und trat näher, »das ist Kommissar Schmidt von der Kripo in Berlin. Wir ermitteln gemeinsam. Was genau fehlt denn? Frau Kukrowski wollte ja heute eine größere Summe abholen, meinen Sie die?«

»Ja, genau«, sagte er, und sie betrachteten die in ein Regal geschichteten Kleingeldrollen. Daneben war der offene Schrank mit den Geldtaschen, die für Scheine benutzt wurden. Sie waren tatsächlich leer. Eine Tasche mit der Aufschrift *Prosegur* stand am Boden, auch sie war ausgeräumt. »Wir hatten heute einen Bestand von fast hundertvierzigtausend Euro hier, normalerweise ist es nicht mal ein Drittel davon. Hundertdreißigtausend Euro in Scheinen, und – es ist alles weg. Die ganzen Scheine, nur die Münzen sind noch da.«

»Die sind ja auch schwer, zu schwer, um sie alle auf einmal hier rauszutragen.«

»Sie müssen die Frau durchsuchen«, schrie Seelinger. »Sie hat das Geld gestohlen! Ich bin erledigt, ich krieg doch nie wieder eine eigene Filiale …«

»Meinen Sie nicht, Herr Seelinger«, sagte Linh, »dass ich die Verdächtige längst durchsucht habe? In ihren Taschen war nichts, kein Cent. Haben Sie eine andere Erklärung?«

»Das kann doch nicht sein!«, rief der Mann. »Warum tun sie denn nichts?«

»Wir finden Ihr Geld«, sagte Adam leise. »Wir finden Ihr Geld.«

36

»Klaus?«

Linh trat einen Schritt auf ihn zu.

»Du brauchst gar nicht deine schmeichlerische Stimme aufsetzen. Ich hab Feierabend.«

Sie sah ihn enttäuscht an.

»Das war 'n Witz, meine Kleene. Natürlich fahr ich die beiden nach Hause. Das wolltest du doch fragen, oder? Gibt schließlich nicht nur einen Bullen mit Menschenkenntnis in Rheinsberg.«

»Du bist ein Schatz, Klaus.«

»Wollt ihr da einen Kollegen vor der Wohnung?«

»Nicht nötig. Sie muss sich zweimal am Tag auf dem Abschnitt 15 melden. Der Staatsanwalt sieht keine Fluchtgefahr.«

»Womit soll die auch fliehen? Scheint ja arm wie 'ne Kirchenmaus zu sein.«

»Morgen sprechen wir noch mal mit allen Zeugen.«

»Ich freu mich schon drauf. Die Kukrowski hat bestimmt 'ne ganz unruhige Nacht.«

»Woher kommt auf dem Land eigentlich immer eure Lust an menschlichen Abgründen?«

»Als wenn das bei euch in Berlin anders wäre ... Na ja,

dann sucht mal die Kohle. Ich mach mich nützlich. Schönen Abend, Chefin!«

»Schönen Abend, Klaus!«

Brombowski öffnete der kleinen Emily die Tür des Polizeiautos und half ihr hinein, als wäre er der Chauffeur. Dabei machte er witzige Grimassen, und Linh stellte wieder einmal fest, wie schade es war, dass ihr Kollege kinderlos geblieben war. Er hätte einen tollen Opa abgegeben.

»Wir müssen die Registriernummern des Geldes übermitteln, damit sie in die Fahndung gehen können.«

Adam zuckte die Schultern. »Das ist so gut wie aussichtslos, außer wenn der Täter damit ein Auto kauft und es bar bezahlt. Aber mal fünfzig Euro hier, mal hundert hier, da findet man nichts mehr wieder.«

»Scheiße! Was machen wir jetzt?«

Adam sah auf die Uhr. »Wir müssen noch mal mit Mike Holler sprechen. Irgendwas stimmt da nicht. Ich will wissen, was hier gespielt wird.«

»Gut, ich komme mit. Das ist ja jetzt unser gemeinsamer Fall, oder? Besser, als wenn Rabenstein ihn an sich reißt.«

»Du hast recht. Du fährst.«

Sie schloss den Land Rover auf und setzte sich ans Steuer, Adam stieg auf der Beifahrerseite ein. Als sie den Motor anließ, erklang laute Rockmusik.

»Ach, so bereitest du dich auf eine Geiselnahme vor?«

»So komme ich auf Betriebstemperatur. Das war auch nötig heute.«

Sie schaltete die Musik aus, wendete und fuhr die Dorfstraße hinauf in Richtung Neuruppin. Immer noch standen die Bewohner des Ortes an ihren Zäunen, mittlerweile guckten sie aber kaum noch Richtung Sparkasse, sondern waren schon dabei, die Ereignisse im vertrauten Gespräch miteinander auszuwerten. Linh kannte diese Dörfer, sie wusste, wie das Stille-Post-Spiel funktionierte. Schon in einer Stunde würde die Geschichte ganz anders klingen, als sie wirklich gewesen war. Nicht auszuschließen, dass beim letzten Bewohner des Dorfes ankam, ein international gesuchter IS-Terrorist habe die Sparkasse überfallen, um Geld für einen Bombenanschlag auf das Rheinsberger Schloss zu erbeuten.

Sie fuhren an einer jungen Frau vorbei, die die Straße entlanglief, und es war nur ein Sekundenbruchteil, bis Linh begriff. Sie bremste so abrupt, dass der Gurt Adam schmerzhaft seitlich in die Kehle drückte. Dann legte sie den Rückwärtsgang ein und setzte zurück, bis sie neben der Frau zum Stehen kam, das Fenster runterließ und das Warnblinklicht einschaltete.

»Hey, warten Sie mal!«

»Ja?« Sarah Krämer sah sie ängstlich an.

»Ist alles in Ordnung?«

»Ja, alles gut.«

»Warum laufen Sie denn hier alleine lang? Hat Ihr Freund Sie nicht nach Hause gefahren?«

»Nee, der musste dringend weg, hat er gesagt. Die freiwillige Feuerwehr, das passiert manchmal.«

Linh kniff die Augen zusammen. Adam sah es und sagte: »Geh du raus zu ihr, ich ruf die Leitstelle an.«

Die Kommissarin stieg aus und ging um den Wagen herum. »Kommen Sie, setzen wir uns hierhin.« Sie wies auf den Bordstein. »Wollen Sie Wasser? Ich hab, glaube ich, noch eine Flasche im Auto.«

Sarah nickte. Linh stand auf, um sie zu holen. »Hier.

Wie geht's dem Baby?« Die junge Frau schraubte die Flasche auf und trank hastig ein paar große Schlucke. »Ganz gut. Ich mag so weite Strecken nur nicht mehr laufen. Aber ich versteh Benny. Wenn es einen Einsatz gibt, dann muss er eben weg.«

»Wo hat er Sie denn rausgelassen?«

»Na dort, hinter der Kurve.«

Sie zeigte zurück, etwa sechshundert Meter weiter. Genau hinter der Kurve lag die Sparkasse, und die Stelle war vom Einsatzort aus nicht einsehbar. Das konnte Zufall sein, aber irgendetwas war an der Sache trotzdem faul, dachte Linh.

»Sagen Sie, kennen Sie Benny schon lange?«

»Na klar, wir kennen uns schon ewig. Er ist ein Freund meines Bruders, er ist ja zehn Jahre älter als ich.«

»Zehn Jahre? Das sieht man gar nicht.«

»Ach, er sieht so jung aus, das stimmt.«

»Freut er sich auf Ihr Baby?«

»Ja, total. Es ist, als wäre es seines.«

»Es ist nicht sein Kind?«

Sarah Krämer senkte den Blick. »Nee, da gab es so eine Nacht, da war ich in 'nem Club in Oranienburg, und alles ist ein bisschen aus den Fugen geraten. Also, nicht, dass Sie jetzt denken ... Ich wollte das auch, aber als der Typ hörte, dass ich schwanger bin, da hat der nix mehr von mir wissen wollen. Aber ich lass das Baby ja nicht wegmachen, so eine bin ich nicht. Benny hat sich zu der Zeit so viel um mich gekümmert, und dann ... dann sind wir zusammengekommen. Wissen Sie, der Benny, den kennt jeder hier im Dorf, der ist immer so hilfsbereit, und er arbeitet ja auch in der Gemeinde. Deshalb war ich mir erst gar nicht sicher, ob er wirklich mich meinte, mit seiner netten Art – aber von Woche zu Woche hab ich dann mehr gespürt, dass er es ernst meinte. Er hat immer wieder davon gesprochen, dass er mit mir abhauen will. Mit mir und dem Baby. Es war, als könnte er von nichts anderem mehr reden. Wir waren im Urlaub, und ich hab gesagt: Nun, Benny, ich will ja gar nicht weg aus Flecken. Mit dir und dem Baby im Dorf leben, das ist mein Traum. Da hat er erst ganz traurig geguckt, aber ich glaube, er hat es verstanden. Als wir zurück waren, hat er nicht mehr davon angefangen.«

Adam stieg aus dem Wagen und schüttelte unmerklich den Kopf. »Kein Einsatz.« Seine Lippen formten die Worte lautlos, aber Linh verstand. Es wunderte sie nicht, sie hatte auch keine Sirene gehört. Ihre Miene wurde ernst.

»Wo waren Sie denn im Urlaub?«

»Auf Mallorca.«

»Und wann war das?«, fragte Adam, der zu ihnen getreten war.

»Na, so vor zwei Monaten, da durfte ich ja noch fliegen. Es war so schön, ich lag im Wasser und habe mich ganz leicht gefühlt, trotz des Bauches. Das kommt vom Salz, wissen Sie?«

Linh konnte nicht anders, sie musste dem Mädchen über den Rücken streicheln.

»Und hat Ihr Benny auch gesagt, wohin er mit Ihnen abhauen wollte?«

Sie nickte und strahlte. »Ja, ich hab mich vorhin dran erinnert, als wir da in der Bank saßen und ich dachte, wir würden alle sterben. Da dachte ich, wär doch ganz schön gewesen, jetzt nicht hier zu sein, sondern auf Kuba. Kuba, er wollte immer nach Kuba.«

Adam sah Linh an, und sie nickten beide. Kuba.

»Kommen Sie, wir bringen Sie nach Hause.«

»Aber ich kann doch laufen ...«

»Nein, das ist doch kein Problem, steigen Sie ein.« Sie half der jungen Frau auf den Rücksitz, dann setzte sie sich ans Steuer.

»Checkst du die Flüge?«, fragte Linh und fuhr an.

Adam griff zum Telefon, doch gerade als er die Nummer der Flughafenpolizei wählte, klingelte es. »Ja?« Er hörte konzentriert zu. Dann legte er auf. Linh blickte zu ihm.

»Das Handy, von dem aus Mike Holler informiert wurde, wo Emily ist – es ist ein Prepaidhandy, keine Angaben zum Besitzer.«

»Mist!«

»Aber Thilo hat es lokalisiert. Es war den ganzen Tag aus, bis auf die eine Minute, als die SMS an Mike Holler verschickt wurde. Und nun sag mir, wo es zu diesem Zeitpunkt war.«

Linh bremste. »Etwa in der Sparkasse?«

»Du bist eine sehr gute Ermittlerin.«

»Nun wird es noch dringender, die Flüge zu checken.«

»Ich ruf gleich bei der Bundespolizei am BER an.«

»Wenn es so ist, wie ich denke, dann ist es ein echter Geniestreich.«

»Ja«, sagte Adam, während er die richtige Nummer im Verzeichnis suchte. »Kaum zu glauben.«

Linh warf einen Blick in den Rückspiegel und sah, dass Sarah Krämer ihr Gespräch mit ratloser Miene verfolgte.

37

»Meine Damen und Herren, Ladies and Gentlemen, liebe Kinder, hier spricht Ihr Kapitän. Willkommen an Bord von Air Canada. Wir sind gleich zum Start bereit, wir verladen noch das letzte Gepäck, und dann schließen wir die Türen. Unsere Maschine wird den Flughafen BER von Startbahn 07R in Richtung Westen verlassen, dann werden wir Berlin südlich passieren. Unsere Reisezeit nach Toronto beträgt voraussichtlich acht Stunden und zwanzig Minuten. Meine Crew und ich, wir sind die ganze Zeit für Sie da. Also lehnen Sie sich zurück, und genießen Sie den Flug. Wir wünschen Ihnen eine angenehme Reise.«

Er tat es. Endlich war es so weit. Es wurde auch mal Zeit. Er wurde gerade so müde. Das Adrenalin war verschwunden, das Adrenalin des ganzen Tages – dieses absolut verrückten Tages –, und jetzt spürte er all die schlaflosen Nächte der letzten Wochen. Sein Kopf sank zurück in den weichen Bezug der Kopflehne, Air Canada, das Ahornblatt, es wirkte alles so edel, so leicht. Er hatte die richtige Fluglinie ausgesucht.

Gleich würde die ältere Stewardess mit einer kleinen Kraftanstrengung die Tür schließen, und dann ging es los.

Er hatte den letzten Flug vor zwei Monaten gemacht, eine kürzere Strecke als diese. Palma de Mallorca nach Berlin. Aber das war der Flug gewesen, der den Anfang bedeutet hatte, den Anfang seines neuen Lebens, das jetzt endlich richtig beginnen würde.

Nun war er auf der Zielgeraden: Wenn dieser Flieger in Toronto landete, dann musste er nur noch die Strecke Toronto–Havanna hinter sich bringen, bis alles geschafft wäre. Sein neues Leben würde beginnen. Oder besser gesagt: *ihr* neues Leben – auch wenn es noch letzte Unwägbarkeiten gab, der Staatsanwalt, der Richter. Es konnte noch etwas passieren ... aber dieser Tag, der wichtigste Tag, war so gut gelaufen, wie er es sich in seinen kühnsten Träumen nicht ausgemalt hatte. Sein Plan war bis ins Kleinste aufgegangen. Gut, der Schuss auf Björn Seelinger hätte nicht sein müssen, aber, hey, der war ja auch plemplem gewesen, da den Knopf zu drücken, außerdem war ihm gar nichts passiert. Die Kugel ein paar Zentimeter weiter links – und schon hätte er sein neues Leben allein beginnen müssen. Dann wäre Doreen in den Knast gewandert, und zwar für sehr lange Zeit. Das hätte er nicht ausgehalten.

Doreen. Dori.

Er dachte zurück. Der Anfang. Dieser Tag am Strand, Sarah hatte sich nur übergeben, irgendwie vertrug sie die Hitze in der Schwangerschaft gar nicht. Sie war deshalb auf dem Zimmer geblieben.

Er hatte sie sofort erkannt. Sie war diejenige, die immer die Tour durch Flecken machte und der ollen Kukrowski ihre vielen Pakete brachte. All die Klamotten, den Schmuck, die Einrichtungsaccessoires und wer weiß was noch alles. Die Alte bestellte ja ohne Ende. Er hatte

Doreen in Flecken jeden Tag gesehen und sich eingebildet, dass sie flirteten.

Nun aber, am Strand, als er vor ihr stand, sie mit gebräunter Haut und in diesem neongelben Bikini, schlank und schön und strahlend, da war es endgültig um ihn geschehen. Er hatte sich sofort verliebt.

Um sie von sich zu überzeugen, hatte er mit Emily gespielt, am Strand Sandburgen gebaut, *Prinfessin* hatte die Kleine immer gerufen, *Mama guck! Prinfessin Soss.* Schloss, Schloss hatte sie sagen wollen.

Er hatte diesen Plan schon lange. Weg, nur weg von hier, raus aus diesem Kaff. Seine Eltern waren mit ihm auf Kuba gewesen, damals, bevor Papa abgehauen und Mama ein Jahr später gestorben war. Dieses Land, die Leute waren so fröhlich und leidenschaftlich, so ganz anders als zu Hause. Und dann das Tüpfelchen auf dem i: Es gab kein Auslieferungsabkommen.

Er hatte das alles vorausgesehen: Irgendwann würde er den großen Wurf landen. Klar, Flecken-Zechlin war nur eine kleine Gemeinde, aber dennoch, auch da gab es Kohle, viel Kohle, für Straßen und Wege, für das Abwassernetz, für ein neues Feuerwehrauto. Er musste nur immer weiter in der Hierarchie aufsteigen, das Vertrauen der Leute gewinnen, insbesondere das der Bürgermeisterin. Irgendwann hätte er 'ne Kontovollmacht, dann hätte er freie Bahn. Nur mit dem ständigen Misstrauen der Kukrowski hatte er nicht gerechnet. Mittlerweile wusste er: Sie vertraute niemandem, weil sie sich selbst nicht vertraute. Das Sprichwort war richtig: Nur wer sich selbst das Schlimmste zutraut, traut auch anderen das Schlimmste zu.

Er nahm die Kopfhörer aus den Ohren, die Klaviermusik verstummte. Sein Blick ging durchs Flugzeug. Worauf warteten die denn? Das Gepäck war längst verladen, sein Nachbar am Gang schon eingeschlafen. Sollte er nervös werden? Er spürte, wie seine Hände die Lehnen quetschten. Ruhig Blut, alles war gut, sagte er sich. Niemand wusste von seinem Plan.

Die Kukrowski hatte ihn nicht an das Konto der Gemeinde gelassen, also hatte er auch nichts abzweigen können. Außerdem hatte er vor einem Jahr keine Freundin gehabt, und er wollte nicht allein von hier weg. Klar, er hätte sich eine kubanische Freundin suchen können. Aber er sprach kein Spanisch. Und er mochte es gern ordentlich und sauber. Das war schon immer so gewesen. Also wollte er eine deutsche Frau.

Sarah war toll. Als er hörte, was ihr nach der Party in Oranienburg passiert war und dass sie schwanger und alleine war, hatte er sich um sie gekümmert. Sie war zwar jung, aber er mochte sie sehr gerne. Als sie ihm dann aber sagte, dass sie nicht aus Flecken wegwollte, war er wie vor den Kopf gestoßen.

Zwei Tage später traf er Dori.

Sie war nur zwei Jahre älter als er. Sie verstand so viel vom Leben, von den Höhen und den Tiefen, vor allem von den Abgründen. Und vom Sex. Und sie verstand, was er von ihr wollte. Er gefiel ihr, das sah er sofort. Er ging ja nicht umsonst immer zum Sport, und zudem war er belesen und intelligent, alles, was die Jungs in ihrem Umfeld nicht waren.

Er war immer anders gewesen als die Jugendlichen in Flecken. Er ließ es nicht raushängen, um nicht als Außenseiter zu gelten.

Doreen und er schliefen zum ersten Mal miteinander,

als Emily im Hotel an dem Kinderanimationsprogramm teilgenommen hatte. Das Hotel lag an der Platja de Palma, draußen glitzerte das Meer. Sie trieben es sogar auf dem Balkon, am helllichten Tag. Doreen war hemmungslos – und sie war mehr, als er je erhofft hatte. Als er sich sicher war, zwei Tage später, weihte er sie in seinen Plan ein.

Da er kein Geld von der Gemeinde abzweigen konnte, hatte er sich einen neuen Plan überlegt. Er wusste von der Kohle, auf die die Kukrowski wartete. Der Kohle für den Hausumbau. Sie verstand nichts von Computern, und so hatte er Zugang zu ihrem privaten Mail-Account. Es war nicht so viel, wie er vielleicht vom Konto der Gemeinde hätte nehmen können, aber es war genug. Für Kuba auf jeden Fall, auch wenn er damit nicht die nächsten fünfzig Jahre sorgenfrei leben konnte. Für zwanzig Jahre würde es reichen, und dann müssten sie eben noch ein wenig arbeiten, Doreen und er.

Doreen war begeistert von seinem Plan – und doch schwebte da noch ein großer dunkler Schatten über ihnen: Mike. Es gab ihm einen Stich, als sie den Namen sagte. Da war also jemand. Na klar, Emilys Vater.

Mike war ein Verbrecher, nicht so ein Verbrecher in Gedanken wie er, sondern ein echter Verbrecher, der Mitglied eines Clans war und schon richtig furchtbare Sachen getan hatte.

Aber schlimmer noch: Er war schrecklich zu Doreen. Als sie eines Abends auf dem Balkon zusammensaßen, Sarah schlief schon in ihrem Hotel, Emily lag im Doppelbett, hatte sie es ihm unter Tränen gestanden: Mike hatte sie geschlagen, zum Sex gezwungen und noch andere unaussprechliche Sachen mit ihr gemacht. Nur Emily hatte er nie etwas zuleide getan. Aber wer wusste schon, ob das so blieb?

Mike wollte seine Tochter wieder mehr sehen. Doreen hatte nicht glauben können, dass dafür ein neuer Prozess angesetzt war. Was passierte, wenn Mike mehr Zeit mit Emily zugesprochen bekam?

Benny hatte versprochen, dass er sich darum kümmern würde. Doreen hatte ihm nicht geglaubt – wie auch? Sie war immer von den Männern belogen und betrogen worden. Aber er, er würde sie nicht enttäuschen. Er würde dieses Problem für sie aus der Welt schaffen, ein für alle Mal. Zwei Nächte hatte er darüber gegrübelt – dann war ihm die Idee gekommen. Zwei Fliegen mit einer Klappe schlagen. Das Geld bekommen und Mike ins Gefängnis bringen. Es war perfekt.

Als sie nach dem Urlaub zurück in Berlin war, hatte er Doreen jeden zweiten Abend zu Hause besucht. Sie waren ein richtiges Paar geworden. Emily hatte ihn nach einem Monat zum ersten Mal *Papa* genannt. Danach hatte er auf dem Weg zurück nach Flecken geweint. Fast hätte er sich schon in dieser Nacht von Sarah getrennt, aber dann wäre sein Plan nicht aufgegangen. Er brauchte sie, er brauchte Sarah. Als Tarnung.

Sein Plan war ein Ritt auf der Rasierklinge. Es hätte so viel schiefgehen können. Eine Geisel, die zu genau hinsah. Eine Verschiebung der Geldlieferung. Ein Stau auf der B 96 – und Doreen wäre zu spät an der Sparkasse gewesen. Sarah, der es nicht gut genug gegangen wäre, um in der Bank das Konto zu eröffnen und dann zusammen mit ihm zur Geisel zu werden.

Aber es hatte alles funktioniert. Niemandem war etwas zugestoßen. Doreen hatte kein Geld geraubt. Niemanden schwer verletzt. Sie war sogar in einer echten Notlage gewesen. Sie musste es tun, um ihre Tochter wiederzukriegen – und um einen echten Kriminellen ins Gefängnis zu schicken.

Er sah auf, weil die Stewardess zur Flugzeugtür ging. Jetzt würde sie die schwere Tür endlich zuziehen. Doch dann nickte sie, als begrüßte sie jemanden.

Ein Mann trat ein, blondes Haar, Sakko, dunkles Hemd, markantes Gesicht. Ihm folgte eine Frau, Asiatin, sehr hübsch, klein, drahtig. Er erkannte sie sofort. Schnell senkte er den Blick. Die Einsicht, dass das Unvermeidliche eingetreten war, wie ein Faustschlag in den Magen. Der Wunsch, die Zeit zurückzudrehen bis zu dem Moment, an dem er Emily über den Zaun gehoben hatte. *Papa!,* hatte sie gerufen und gelacht, *Papa.* Nur fünf Minuten davor, ach was, eine Minute davor, war nichts Strafbares geschehen. Aber jetzt …

Sie kamen langsam den Gang entlang, jeder im Flugzeug sah auf, denn der Aufruf *Boarding completed* war ja schon vor zwanzig Minuten ertönt.

Sie suchten ihn nicht, sie kannten seinen Platz. Als sie bei Reihe 19 stehen blieben, sahen sie direkt zu Sitz F, direkt zu ihm.

»Ben Jatznick?«

Es war vorbei.

Er sah auf und nickte, absolut bereit, alles mitzumachen, alles zu gestehen, alles zu tun, um den Kopf irgendwie aus der Schlinge zu bekommen.

»Kommen Sie bitte mit.«

Sein Nachbar sah erschrocken zu ihm herüber, als hätte er die Pest. Er stand umständlich, aber schnell auf und verdrückte sich mehrere Reihen nach hinten. Ben erhob sich, stieß sich dabei den Kopf an der niedrigen Decke und der Leiste mit den Knöpfen.

»Haben Sie Gepäck?«, fragte die Polizistin.

Ben zeigte nach oben. Sie öffnete das Fach und entnahm einen Rucksack und seine Jacke.

»Ist es hier drin?«

»Ja«, sagte er leise. »Ich wusste gar nicht, dass hunderttausend Euro nur so wenige Scheine sind.«

»Folgen Sie mir«, sagte der Mann und ging voraus, Ben trottete mit hängenden Schultern hinterher und drehte sich dabei immer wieder zu der Frau um, die seine Jacke und seinen Rucksack trug.

Der Gang durch das Flugzeug schien niemals enden zu wollen. Alle sahen ihm nach, neugierig, ablehnend, spöttisch. Er konnte es nicht ertragen. Andererseits: Wann hatte es jemals ein Junge aus einem Kaff in der Ostprignitz geschafft, so einen Auftritt hinzulegen? Er konnte sich jedenfalls an keinen vergleichbaren Fall erinnern.

»Vernehmung des Verdächtigen Ben Jatznick, geboren am 13. November 1994 in Neuruppin, wohnhaft in Flecken-Zechlin. Anwesend sind PHK Schmidt und KHK Schmidt.«

»Witzig. Wenn Sie heiraten, müssen Sie nicht Ihren Namen ändern«, sagte der junge Mann und lächelte.

»Wir sind verheiratet«, antwortete Adam ernst und fuhr fort: »Die Befragung findet aufgrund des Festnahmeortes im Revier der Bundespolizei auf dem Willy-Brandt-Flughafen BER statt. Es ist Montag, der 14. August um 22:20 Uhr.«

Linh legte die Jacke auf den Tisch, deren zahlreiche Taschen jetzt leer waren.

»Ich habe soeben im Beisein einer Beamtin der Bundespolizei Ihre Taschen durchsucht, genau wie den doppelten Boden, der im Rucksack vernäht war. Wir haben dabei die Summe von 129 000 Euro sichergestellt. Sie stehen im Verdacht, diese Summe bei einem Bankraub erbeutet zu haben, der von Ihrer Komplizin Doreen Matysek durchgeführt wurde. Nun fragen wir uns: Ist das mit oder ohne das Wissen von Frau Matysek geschehen?«

Linh hatte ein Gefühl – und sie hoffte, dass dieser junge Mann, von dem sie sicher glaubte, dass er schuldig war, jetzt die Verantwortung übernahm.

Er blickte sie sehr freundlich an, als er sagte: »Nein, sie wusste es nicht. Also erst mal nicht. Bis sie mich erkannt hat.«

»Sie hatte also keine Ahnung, was Sie vorhatten?«

Der junge Mann schüttelte den Kopf. Sein Blick war klar und freundlich, als wäre sein Leben ein Roman, den er nun vortragen würde.

»Sie hatte keine Ahnung. Sie wusste, dass ich einen Plan habe, um sie und Emily vor ihrem gewalttätigen Ex in Sicherheit zu bringen. Aber sie wusste nicht, wie es geschehen sollte.«

»Dann haben Sie Emily entführt?«

»Na ja, das klingt jetzt etwas dramatisch. Ich bin am Zaun der Kita entlanggelaufen, als die Erzieherinnen wie so oft mal wieder was Besseres zu tun hatten, als auf die Kinder zu achten. Emily hat mich gesehen und ist auf mich zugelaufen. Dann hab ich sie drübergehoben und bin los.«

»Sie haben sie in die Laube von Mike Holler gebracht und dort zurückgelassen. Allein und unbeaufsichtigt.«

»So war es nicht«, sagte Ben Jatznick. »Ich habe ihr erklärt, dass sie jetzt schlafen muss und dass sie danach ganz lange fernsehen darf. *Die Eiskönigin,* ihr Lieblingsfilm, sie hat sich sehr gefreut. Ihr Papa würde sie dann abholen. Dann habe ich ihr Saft gegeben, mit ein bisschen Dormicum drin, wie beim Zahnarzt. Sie ist noch auf der Fahrt im Auto eingeschlafen. Ich habe sie in die Laube getragen und dort auf die Couch gelegt. Als sie aufwachte, hatte sie Getränke und Essen, und der Fernseher lief in Dauerschleife. Ich habe an alles gedacht.«

»Sie haben das Mädchen betäubt?«

»Jetzt übertreiben Sie mal nicht. Ich wollte sie nicht so lange allein lassen, ich wusste ja nicht, wie gut der Bankraub läuft.«

»Denn Sie mussten schnell nach Flecken, damit Sie pünktlich in der Sparkasse sind – mit Ihrer offiziellen Freundin Sarah Krämer.«

Ben Jatznick nickte und hob entschuldigend die Hände. »Ich wusste, wann Doreen losfährt, und habe sie von unterwegs angerufen. Den Stimmverzerrer habe ich bei Amazon bestellt. Ich habe ihr gesagt, ich würde in Mikes Auftrag anrufen. Er habe Emily entführt, um an Geld zu kommen. *Du musst die Sparkasse in Flecken-Zechlin überfallen,* hab ich gesagt, *heute noch. Mit der Waffe im Handschuhfach. Das Geld kriegt dann Mike.* Der Plan war bombensicher – und dennoch tat sie mir leid, weil ich ihrer Stimme angehört habe, wie viel Angst sie hatte.«

»Währenddessen sind Sie von der Datsche in Waidmannslust aus nach Flecken gerast.«

»Ja, das war knapp, ich war total außer Atem, als ich Sarah vor der Sparkasse traf und wir rein sind, um das Konto zu eröffnen. Da war noch die alte Frau, Gott sei Dank, so konnten wir alles ein bisschen verzögern, damit Doreen rechtzeitig da war. Sie kam dann, mit Strumpfmaske und Knarre …«

»Und hat Sie nicht erkannt …«

»… denn Sie hatten das Basecap tief ins Gesicht gezogen, trugen die neue Jacke mit den vielen Taschen und waren an der Seite einer Frau, die Doreen nur flüchtig kannte – und nicht als Ihre Freundin.«

»Genau. Das wusste sie nicht von mir. Ich hatte es auf Mallorca nicht gesagt, und unsere Hotels lagen weit genug auseinander, damit sie es nicht zufällig bemerkte.«

»Die alte Frau, die Sie gerade erwähnen … Sie hat etwas ausgesagt, das mir wirklich weitergeholfen hat. Mein Kollege hat es mir vorhin erzählt, bevor wir überhaupt wussten, dass das Geld fehlte.«

»Hm?« Ben Jatznick sah Linh gespannt an.

»Die alte Frau Müller habe ihm erzählt, dass es zwei Doreens gegeben habe während des Überfalls. Eine völlig verstörte Frau, die nicht wusste, was sie da tat. Sie hat die Angst in ihren Augen gesehen, sagte sie. Das war Doreen, als sie noch dachte, Mike Holler habe ihre Tochter in seiner Gewalt. Und dann gab es eine andere Doreen, eine sichere, überlegte, die nur heil rauskommen wollte, um Emily wiederzusehen – und das Geld zu bekommen. Das war …«

»… nachdem sie mich erkannt hatte, genau.«

»Ungefähr zu der Zeit, als ich in die Bank gekommen bin.«

»Ich hatte eigentlich den Plan, dass Doreen da reinrennt und wieder draußen ist, bevor die Polizei kommt. Sie sollte mich erkennen und dem Filialleiter den Schlüssel abnehmen, um das Geld aus dem Tresor zu holen. Aber leider hat der Idiot den Alarm gedrückt. Deshalb musste ich umdenken.«

»Weil mein Kollege und ich auf der Bildfläche erschienen sind.«

»Genau. Aber auch für so einen Fall hatte ich vorgeplant. Ich habe irgendwann mein Basecap aus der Stirn geschoben und meine Tarnung aufgegeben, da Doreen kurz davorstand, die Kontrolle zu verlieren. Das war heikel, weil ich nicht wusste, ob sie in Ohnmacht fällt oder mir eine knallt oder so. Aber sie ist klug, sie hat sofort verstanden. Sie hat mich den Tresorraum öffnen lassen. Da konnten wir kurz reden.«

»Weil sie im Tresorraum waren und Doreen in der Tür stand.«

»Ja. Ich habe ihr zugeflüstert: Ich habe Emily, sie ist in Sicherheit. Mike wird dir nie wieder etwas tun. Sie war überrascht, aber sehr dankbar. Tausch die Geiseln aus, lass die Polizistin rein, hab ich gesagt. Ich war ziemlich aufgeregt, denn da im Tresorraum lag wirklich das ganze Geld. Es waren nur so wenige Scheine, ich dachte erst, da wäre was schiefgegangen mit der Lieferung.« Er musste lächeln, als wäre er wieder im Tresorraum der Sparkasse. »Also habe ich schnell nachgezählt. Aber es stimmte. Ich musste noch warten, ich wollte nicht, dass jemand die Veränderung bemerkt.«

»Sie sind wieder rausgegangen zu Sarah.«

»Wie eine ganz normale Geisel, ja.«

»Dann kam der kritische Moment: der Austausch. In dem Moment war viel los im Raum, deshalb hatte ich die

Zeit, die ich brauchte. Alle waren abgelenkt, alle sahen zur Tür.«

»Sie brauchten nur einen kurzen Moment, um Ihr Handy hervorholen, es anzuschalten und die vorbereitete SMS abzuschicken. Die Nachricht an Mike Holler, dass seine Tochter in seinem Bungalow sei.«

»Ihr seid wirklich gute Polizisten.« Wieder lag ein kaltes Lächeln auf seinen Zügen, als bereitete ihm das alles eine diebische Freude.

»Das war nicht so schwer«, antwortete Adam matt. »Und dann war meine Frau in der Sparkasse.«

»Genau, für den letzten Schachzug. Und der hieß: Sarah. Sie musste raus, das war ganz klar. Dass mir die alte Kukrowski so gut helfen würde, hatte ich aber nicht einkalkuliert.«

»Sie haben in der Zeit, als meine Frau die schwangere Geisel rausbringen wollte, wieder auf Ablenkung gesetzt.«

»Ja, ich bin nach hinten in den Tresorraum gerobbt. Doreen hat mich gedeckt. Aber dann ist die Kukrowski losgestürmt. Als der Schuss fiel, hab ich gedacht, alles sei vorbei. Ich hab wie ein Irrer das Geld in den Taschen meiner Jacke versteckt. Als die Rauchbombe explodierte und Doreen schrie, bin ich nach draußen, hab die Hände hochgehoben und so getan, als wäre ich auch auf der Flucht. Es war genial, so was können Sie sich nicht ausdenken.«

»In der Tat.«

»Als dann die Stürmung begann, war ich natürlich in Sorge, aber Ihre Frau hat alles so gut unter Kontrolle gebracht. Ich habe gehofft, dass die SEK-Jungs nicht die Geiseln durchsuchen – aber warum sollten sie? Also bin ich mit 129 000 Euro da rausmarschiert, in Tausenderscheinen, in meiner Jacke verborgen. Und Sie, Frau Kommissarin, haben mir dann noch gesagt, ich solle meine Freundin nach Hause bringen.«

»Die Sie an der nächsten Kurve aus dem Auto gesetzt haben.«

»Tja, wo gehobelt wird … Aber Sarah ist so süß und nett, die findet schon jemanden. Hinter der war doch immer das halbe Dorf her.«

»Sie sind ja wirklich ein fieser Hund«, sagte Linh voller Abscheu.

»Und was macht Sie so sicher, dass Doreen freikommen wird?«, fragte Adam.

»Sie hat ja nichts getan. Es war Notwehr. Kein Staatsanwalt will in der *Bild* sein Foto sehen, mit einer Schlagzeile wie *Sie wollte ihre Tochter retten – dieser Bürokrat schickt Doreen M. deswegen in den Knast!* So ist das deutsche Recht, da passiert so etwas nicht. Ihr Flug war schon gebucht. Sie wäre mit Emily übermorgen ausgereist, mit dem Flixbus bis Amsterdam und dann weiter mit dem Flieger. Weil in Holland ihr Name nicht auf der Fahndungsliste steht.«

»Und dann hätten Sie auf Kuba zusammen ein neues Leben begonnen.«

»Während Mike seine gerechte Strafe bekommen und seine Tochter nie wiedergesehen hätte. Wow! Nicht wirklich fair, oder?«

»Er hat Doreen geschlagen. In dem Moment hat er alle Rechte verwirkt, finden Sie nicht, Frau Kommissarin?«

Linh erwiderte nichts.

»Und jetzt?«, fragte Adam. »Jetzt endet alles hier. Und Sie haben nichts, aber auch gar nichts gewonnen.«

»Aber mir wird auch nicht viel passieren. Eine Anstiftung zum Raub, eine falsche Verdächtigung. Wenn es der Richter ernst meint, krieg ich zwei Jahre. Und dann kann ich immer noch mit Doreen zusammen sein.«

»Ich hasse es, belehrend zu sein. Aber Sie haben echt mit dem Leben vieler Menschen gespielt. Ich schau mal, wie ich meinen Bericht so schreibe, dass vielleicht doch fünf Jahre Gefängnis draus werden. So lange werden weder Doreen Matysek noch Sarah Krämer auf Sie warten. Linh, du hilfst mir doch dabei, oder? Wir sind hier fertig. Wache! Sie können den Mann jetzt abführen.«

17 JAHRE FRÜHER – 2005

Adam war wie ein See, der ganz still dalag. Aber wenn man genau hinspürte, dann bemerkte man das Brodeln in den Tiefen dieses Sees. Es war wie eine Welle, die über den schlammigen Boden rollte, dort, wo niemand genau hinsehen konnte. Er merkte es, weil er in diesen Momenten in den Besprechungen, wenn es am ödesten wurde, wenn er Melanie am deutlichsten vor sich sah, begann, an seinen Fingern zu knibbeln. Der Zeigefinger kratzte über das weiche weiße Fleisch am Daumen, so lange, bis das Blut kam und er die Hände in den Pulloverärmeln versteckte.

Es ging nicht weg, niemals. Es war das Erste, woran er dachte, wenn er aufwachte, und das Letzte, woran er dachte, wenn ihn nachts um drei endlich für wenige Stunden der Schlaf überkam.

Er konnte Melanie nicht vergessen, ihr Gesicht, so leblos, so leer. Seine eigene Erstarrung, die diesem Tod gefolgt war. Oder war sie ihm vorausgegangen? War er schuld? Natürlich war er schuld. Die Erstarrung war geblieben, sie hatte sein Leben übernommen. Ein erstarrtes Leben.

Sie saßen im Revier um den Konferenztisch, es ging um

die Clanstrukturen in Neukölln, um einen neuen Boss, Said irgendwas. Er machte nicht nur in Drogen, sondern auch in Nutten – und ganz neu: in Immobilien. Er wollte auch was Ehrbares machen.

Sie wollten ihn drankriegen, hatten aber bislang nichts vorzuweisen. Adam saß da, hörte zu und suchte fieberhaft an seinen Fingern irgendein Stück gesunde Haut, die er noch nicht abgeknabbert hatte. Nichts zu finden.

Die Kollegen ringsum waren sich alle sicher, dass er ein Karrierist war. Ein Typ, der nur nach oben wollte. Einer, der sich als Polizeipräsident sah. Dabei wollte er eigentlich nur sterben. Ihn wunderte jeden Tag, dass sie nie auf seine Finger achteten. Jeder hätte es wissen müssen, wenn er die abgebissenen, blutigen Fetzen sah, seine bis aufs Leben runtergebissenen Nägel.

Als die Sitzung um war, fragte der Leiter der Abteilung *Organisierte Kriminalität:* »Wer ist dabei? Kleines Observationsteam heute Abend. Ich will ganz nah an dem Said dran sein. Dicke Bewaffnung. Freiwillige vor. Schmidt, du warst lange nicht mehr draußen. Du machst immer nur die Vernehmungen. Die machst du gut, aber du willst doch auch mal wieder 'ne Knarre tragen, oder? Biste dabei?«

»Heute Abend?« Adam steckte die Hände in die Taschen. »Nee, geht nicht. Ich hab so viele Überstunden, und heute Abend … meine Großmutter, die ist im Krankenhaus …«

»Adams Oma mal wieder«, murmelte einer von den Kollegen. Doch der Leiter sagte: »Okay, Familie geht vor, ich weiß das, ich hab nämlich keine mehr, weil ich euch Luschen schon zu lange anleite. Gut, du bist raus, Schmidt. Andere?«

Während sich die Testosteron-Boys um den Auftrag kloppten, ging Adam nach draußen. Er nahm den Weg zum Klo und stellte sich im Waschraum vor den Spiegel. Sein Gesicht war jung und hübsch. Aber er selbst sah nur Verfall. Graues Elend. Die nackte Wahrheit. Die Angst.

Die Tür ging knarrend auf. Rabenstein, der Wichser. Er musste ihm gefolgt sein.

»Sag mal, Adam, was ist denn los mit dir?« Seine Stimme weich wie Butter. Er wollte schon lange sein Freund sein. »Komm doch mal auf einen Einsatz mit raus. Du bist irgendwie so verstockt. Stimmt was nicht? Ich will dich mal wieder dabeihaben, wir sind doch Kumpel.«

»Ich kann heute nicht, hab ich doch gesagt.«

»Hast du Schiss, oder was?«

Rabenstein ließ die Worte durch den Raum fliegen, wartete aber keine Antwort ab, sondern beugte sich vor und klatschte sich kaltes Wasser ins Gesicht. Adams Hand sah er zu spät. Er spürte nur, wie Adam ihn mit der Kraft eines Verzweifelten unter den Hahn drückte. Das Wasser lief ihm über den Kopf, übers Gesicht. Adam drehte den Wasserhahn auf heiß. »Hey, lass los!«, rief Rabenstein, seine Stimme noch amüsiert. Er musste glauben, dass es sich um einen Scherz handelte. Aber dann wurde das Wasser wärmer, viel wärmer, bis es kochend heiß war. Er schrie auf.

Adam beugte sich zu ihm herab, sein Griff immer noch wie der Biss eines Pitbulls. »Sag das nie wieder zu mir, du Wichser, oder ich bring dich um.«

Er stieß Rabensteins Kopf gegen das Porzellan, dann erst ließ er ihn los. Rabenstein drehte schnell das kalte Wasser auf, um seine verbrühte Haut zu kühlen. Zitternd drückte er sich hoch, doch da war Adam schon in der Tür.

»Ach ja?«, rief Rabenstein schnell. »So wie Melanie?«

Adam drehte sich um. »Was willst du damit sagen?«

»Ich hab das alles noch mal nachgelesen, nächtelang. Ich hab die Pläne studiert, wer wo gestanden haben soll. Es kann nicht sein. Melanie kann nicht geschossen haben, wenn es so war, wie du sagst. Ich will wissen, was da in dieser Wohnung wirklich passiert ist. Und ich werde es herausfinden. Und dann, Schmidt, dann mach ich dich fertig.«

Adam winkte ab, mit all der Coolness, die er sich als schützende Mauer antrainiert hatte. »Viel Spaß, du Bastard.«

Dann war er draußen.

Er hatte seine Oma besucht, wenigstens das. Sie war nicht im Krankenhaus, sondern zu Hause in Pankow, aber das machte ja nichts. Jetzt stromerte er durch den Kiez. Er musste die Zeit totschlagen, weil ihn die Wände seiner Bude in der Dunckerstraße sonst erdrücken würden.

Er blieb beim Späti in der Lychener stehen und holte sich ein großes Beck's, es war sein drittes. So langsam wirkte der Alkohol. Die Kirschbäume in der Straße blühten, aber er nahm die weißen Knospen gar nicht wahr.

Als sie vor ihm stand, begriff er. Er hatte sie auch schon gestern gesehen und den Abend davor, aber er war sich sicher gewesen, dass er sich täuschen musste. Dass sein Gedächtnis ihm einen Streich spielte. Doch das hatte es nicht. Sie war es wirklich. Sie war immer da gewesen.

»Hallo, Linh«, sagte er.

»Hallo, Adam«, antwortete sie. »Es tut gut, dich zu sehen.«

»Hm«, murmelte er.

»Dir geht es nicht gut, oder?«

Er sah sie nicht an. »Du bist groß geworden.«

»Ich bin einundzwanzig.«

Er konnte nicht umhin, sie mit seinem Blick zu vermessen. Sie war eine junge Frau geworden, hübscher, als er jemals eine gesehen hatte.

»Was willst du?«

Sie stand da und sah zu, wie er mit einem Feuerzeug sein Bier öffnete. Sie nahm ihm die Flasche aus der Hand und trank einen großen Schluck, dann gab sie ihm das Bier zurück. Sie war ihm zu nah, viel zu nah.

»Ich habe ewig gebraucht, um dich zu finden. Ich habe nach dir gesucht, aber anscheinend ist es echt schwer, einen Bullen zu finden.«

»Gut für mich.«

»Na, jetzt hab ich dich ja. Ich folge dir seit zwei Monaten.«

Er trank und sah sie nicht an. »Warum?«

»Weil ich auch nicht schlafen kann. Sie überfallen mich auch, die Erinnerungen und der verdammte Schmerz. Ich muss immer daran denken, an deine Kollegin, an Duc, an …« Sie sprach nicht weiter, sondern griff nach seiner Hand, einfach so, als wüsste sie, dass er sie nicht wegziehen würde.

Ihre Hand war klein und zart und warm. Seine Hand war kalt und versehrt, sie war wie ein blutiger Klumpen. Er hoffte, dass sie nicht hinsehen würde.

»Du bist nicht allein mit deinem Schmerz, Adam. Du bist nicht allein. Du hast mich gerettet. Mich und meine

Familie. Ich war ein kleines Mädchen damals. Aber ich kann dich nicht vergessen.«

Sie ließ seine Hand nicht los, sondern zog ihn mit sich.

»Niemand weiß von all dem, außer Duc und dir und mir. Vielleicht …«

Sie kam ihm wieder nah, ganz nah, er sah ihre Augen übergroß, er hätte ihr Gesicht streicheln können. »Vielleicht brauchen wir uns, damit wir heilen können.«

»Ich glaube nicht …«

»Gib mir diesen einen Abend, Adam, komm mit mir.«

»Ich will nicht, ich …«

»Komm …«

Er zögerte noch, dabei hatte er sich längst entschieden. Er ging Hand in Hand mit ihr die Lychener entlang, über den Hof der Kulturbrauerei, er wusste nicht, wo sie ihn hinführte, er verstand nichts. Sie kaufte im Kino zwei Tickets, und als der Vorspann von *Stolz und Vorurteil* begann, fing er an zu weinen. Das Kino war fast leer. Er weinte, er schluchzte, er ließ alles raus, und sie hielt ihn im Arm, hielt seinen zuckenden Körper, ihr Ärmel war so nass, dass sie ihn hätte auswringen können. Und dann, als Keira Knightley im Regen stand, beugte sie sich zu ihm, und er umfasste ihr Gesicht und spürte ihre Lippen auf seinen.

38

»Was für ein Tag«, sagte Adam stöhnend.

»Und hier sieht es aus, als wäre nichts gewesen – na ja, hier war ja auch nichts.«

Sie gingen Hand in Hand die Raumerstraße hinunter. Bei der Eisdiele *Hedwig* standen sie noch Schlange, junge Paare, Eltern mit Kinderwagen, die nach der Abendpizza noch einen Nachtisch wollten. Auf dem Helmholtzplatz gegenüber spielten die Sauftouristen Pingpong oder so was in der Art, und ganz hinten am *Café Liebling* wurde Aperol Spritz in rauen Mengen verabreicht, wie immer an diesen warmen Sommerabenden. Auf den Balkonen der Gründerzeithäuser tranken die Menschen Weißweinschorle, die fröhlichen Stimmen drangen zu ihnen herunter.

»Es ist so verrückt, was wir erleben. Und ein paar Kilometer entfernt dreht die Welt sich ganz normal weiter.«

»Aber genau deswegen machen wir das doch, oder? Damit die Leute hier in Ruhe Eis essen können.«

»Und wir auch.« Vor der Eisdiele blieb Adam stehen und hielt sie fest. Er lächelte sie an, sie trat ganz nah an ihn heran und küsste ihn. Er erwiderte ihren Kuss.

Als sie nach zehn Minuten endlich an der Reihe waren,

bestellte er wie immer eine Kugel Stracciatella, und Linh entschied sich für das Rhabarber-Sorbet. Mit ihren Waffeln in der Hand traten sie wieder in den lauen Abend, die blaue Stunde ließ den Himmel leuchten.

»Das war schön, dich anzusehen, als du mit der Kleinen auf dem Arm auf uns zugekommen bist. Ich konnte gar nicht die Augen von dir lassen.«

»Ich wäre gern noch früher bei dir gewesen. Der Tag …«

»… war die Hölle?«, ergänzte sie, als er nicht weitersprach.

»Ich habe einen Türsteher verdroschen. Und es hat mir gefallen, weil ich endlich mal keine Angst hatte.«

Jedes Mal erwartete er Entsetzen, ein fassungsloses *»Du hast was?«*, wenn er ihr erzählte, was heute wieder passiert war. Doch sie reagierte nie so, wie er es befürchtete. Stattdessen sah sie in seine traurigen Augen und sagte: »War es wieder so schlimm?«

»Wir sind bei diesem Pädo rein, und Thilo verlor sein Gleichgewicht. Auf einmal hatte der Typ dessen Knarre – und ich stand nur da und hab mir vor Angst fast in die Hosen geschissen. Es war … ich weiß nicht, wann ich zuletzt so ein Déja-vu hatte. Es war wie damals, ich konnte mich keinen Zentimeter bewegen. Ich wollte nicht sterben, aber deshalb konnte ich auch Thilo nicht retten. Hätte der nichts gemacht … Ich weiß nicht, wie es ausgegangen wäre.«

»Aber am Ende hast du etwas gemacht?«

»Ich habe geschossen. In die Wand.«

»Siehst du, also hast du etwas gemacht.«

»Aber es kann so nicht weitergehen.«

Er schrie es fast, so laut, dass sich die Abendschwärmer nach ihnen umsahen, erschrocken, aber auch interessiert, in der Hoffnung, einer echten Ehekrise beizuwohnen. Adam zog Linh mit sich in die ruhigere Schliemannstraße. »Ich muss machen, dass diese Angst weggeht. Aber du weißt, je mehr ich es versuche, desto schlimmer wird es.«

»Hast du was genommen?«

»Deshalb habe ich ja den Typen verprügelt …«

»Warst du wieder bei dem Dealer im Mauerpark?«

Adam antwortete nicht.

»Adam, echt, das geht nicht«, sagte Linh sanft. »Der Türsteher wird dich nicht anzeigen, das weißt du. Aber wenn das irgendwann doch mal schiefgeht, dann ist dein Job weg. Wir müssen das anders lösen.«

»Sonst … sonst bist du …?«

»Nein, auch dann bin ich nicht weg, Adam. Ich werde nicht gehen, egal, was für eine Angst du hast. Und ich werde dich nicht verlassen, weil du Scheiße baust. Aber wir müssen etwas tun, weil ich nicht zusehen kann, wie du dich selbst in den Abgrund reißt.«

Ihr Gesicht war jetzt wieder ganz nah vor seinem, sie sprach leise, fast flehend. »Ich kann es nicht ertragen, deine kalten Hände zu spüren, bevor du zur Arbeit gehst. Diese Stadt ist die Hölle für uns Bullen, es passiert immer irgendwas, und ich weiß, dass du diesen Job brauchst wie die Luft zum Atmen. Du bist ein geborener Polizist, aber es muss etwas geschehen, damit du dieses beschissene Trauma loswirst. Sonst gehst du kaputt.«

»Ich sehe dich immer noch da stehen, als junges Mädchen, und der Rauch kommt aus deiner Waffe.«

»Siehst du? Das meine ich. Ich denke darüber gar nicht mehr nach. Ich musste es tun, um Duc und dich und mich zu retten. Ich musste es tun.«

»Nein, *ich* hätte es tun müssen – damit du nicht ewig diese Schuld trägst.«

»Wir überlegen uns was, okay? Aber jetzt will ich hoch in die Wohnung. Und mit dir ins Bett. Ich will dich spüren. Jetzt.«

Sie zog ihn mit sich zur Tür und küsste ihn wieder, dann schloss sie auf, und sie stiegen schnell die Treppen hoch. Als sie die Wohnungstür öffneten, schlug ihnen der Duft von Zwiebeln, Knoblauch, Lorbeer und Weißwein entgegen. Im Wohnzimmer sahen sie, dass der Tisch auf dem Balkon gedeckt war. Caro hatte sogar eine Kerze entzündet.

»Da seid ihr ja endlich«, rief sie aus der Küche. »Ich dachte, dass ihr bestimmt einen krassen Tag hattet. Und da ich heute Morgen so mürrisch drauf war, hab ich die einzige Nudelsoße gekocht, die ich kann.«

Sie trug einen riesigen Topf mit Spaghetti und die Soßenschüssel an ihnen vorbei und stellte sie auf den Balkontisch. Linh und Adam traten zu ihr.

»Danke«, sagte Adam strahlend und küsste seine Tochter. »Du bist echt die Tollste.«

»Hattest du etwa schon Dessert?«, fragte Caro und wischte ihm einen Schokofleck vom Mund.

»Erwischt!«, sagte Linh lachend. »Wir konnten nicht widerstehen. Aber sag mal: Ist etwa der ganze Wein in der Soße?«

»Nee«, sagte Caro lachend und kam gleich darauf mit einer kalten Flasche wieder. »Hier. Darf ich auch ein Glas?«

»Zur Feier des Tages«, sagte Linh und goss ihr einen Schluck ein.

»Mädchen gefunden?«, fragte Caro.

Adam nickte.

»Bankraub geklärt?«

Linh nickte.

»Na dann, auf die besten Bullen der Welt!«

»Und auf die beste Tochter!«, sagten Linh und Adam im Chor, und dann stießen sie an, während sich die Nacht über Berlin legte.

»Ja, Rabenstein hier. Ich hab keine Bereitschaft. Müller ist dran.«

»Ich weiß, Herr Hauptkommissar. Hier ist Kupferschmidt. Obermeister Kupferschmidt. Ich arbeite in der …«

»In der Einheit von Adam Schmidt, richtig? Ich kenne Sie. Ich verfolge stets, wer mit einem meiner besten Kollegen arbeitet.« Die Ironie troff nur so aus seinen Worten. »Was wollen Sie?«

»Ich … ich war heute bei dem Einsatz dabei und … Schmidt ist, glaube ich, nicht ganz bei sich. Ich wäre fast gestorben, und ich denke, das ist wirklich unzumutbar, weil … Der Mann ist ja nicht nur eine Gefahr für sich, sondern auch …«

Auf einmal war die Stimme am anderen Ende nicht mehr abweisend, sondern sehr freundlich.

»Herr Kupferschmidt, wo sind Sie jetzt? Ich komme gleich zu Ihnen, und dann erzählen Sie mir das alles ganz in Ruhe, ja?«

Als es schon späte Nacht war und sich die Trinkenden vor dem Späti am Kollwitzplatz in ihre Wohnungen verzogen hatten, trat Linh aus der Haustür. Das Auto blinkte, als sie es aufschloss, und das gelbe Licht warf Schatten auf die Wand. Sie öffnete den Kofferraum. Gott sei Dank war das hier eine sichere Gegend. Adam hatte die Tasche vorhin gar nicht beachtet, so sehr hatte er unter Strom gestanden.

Es war ein Leichtes für sie gewesen, die Tasche wieder aus der Bank zu bekommen. Eigentlich zu leicht. Linh schüttelte lächelnd den Kopf. Alle waren so sehr mit dem leeren Tresorraum beschäftigt. Die Tasche hatte unbeachtet unter dem Schalter gelegen, und sie hatte einfach so getan, als sicherte sie die Habseligkeiten einer der Geiseln.

Jetzt nahm sie die Tasche aus dem Kofferraum und trug sie schnellen Schrittes die Straße entlang. Sie spürte die Waffe in ihrem Hosenbund, sicher war sicher. Selbst wenn es nur hundert Meter waren, die sie zurücklegen musste.

Sie schloss die Haustür auf, ging dann aber nicht die Treppe hinauf, sondern zwölf Stufen hinunter. Ihr Keller war der letzte ganz links. Das Neonlicht war kalt und blau. Sie schloss den Verschlag auf, dann bückte sie sich und öffnete die Tasche. Betrachtete den Inhalt. Es waren nur grüne und gelbe Scheine darin. Sie fand, dass Ben Jatznick nicht recht hatte. Hunderttausend Euro waren viele Scheine. Und diese Scheine gaben ihr Sicherheit, Sicherheit für die Familie – wenn Adam eines Tages zu weit ging.

Duc würde das Geld nicht vermissen, außerdem stand er in ihrer Schuld. Sie zog den Reißverschluss wieder zu und schob die Tasche mit dem Fuß hinter einen Stapel Umzugskartons. Hier würde sie niemand finden. Hier wäre sie sicher versteckt. Für später.

Denn Adam würde zu weit gehen, eines Tages, daran hatte sie keinen Zweifel.

ENDE